イケニエの羊だって恋をする!?

プロローグ　イケニエにされちゃったらしいですよ？

——どうやらわたし、社長にイケニエとして捧《ささ》げられてしまったらしいですよ？

などと頭のなかで実況して冷静になろうとしたものの、七崎雨音《ななさきあまね》はほとんどパニック状態だった。

（おかしい。どう考えたっておかしいでしょ、コレぇっ⁉）

ここは現代日本。しかも、真っ昼間の会社の社長室。

イケニエなんて言葉が出てくるのは、ありえない。そう思うのに……

「イケニエのくせに、俺を無視して考えごとをするな。生意気だ。その大きな目でちゃんとこっちを見てろ、七崎。命令だ、命令」

傲慢《ごうまん》な態度で言われ、声の主である端整な顔立ちの青年にコツンと頭をこづかれる。

「いや、だって社長、ななな、なんで⁉　この状況、おかしくないですか？　それにわたし、今日中に作成しちゃいたい書類があるんですが、そろそろデスクに戻っていいですか？」

雨音がいまいるのは、ガラス張りのデザインビルの一室。

このあたりではひときわ高いビルの最上階にあるその部屋は、棚や机などのインテリアが落ち着いた色調で統一されている。オフィスというより、まるで高級マンションのモデルルーム。濃緑《のうりょく》の観葉植物がアクセントになっていて、かなりお洒落《しゃれ》だ。応接セットのソファは滑《なめ》らかな手触りの革張りで、座り心地もいい。

なぜその上質なソファの上で、雨音のような庶民が、青年社長に追いつめられているのだろう。就業時間中にもかかわらず、雨音はソファの背もたれと青年の腕に囲いこまれ、動くことさえままならない。少女漫画なんかで言うところの、いわゆる壁ドン状態。ソファの上だけれど。

「……おまえ、自分の身分を忘れたのか？」

「…………。身分なら、平社員以下で、試用期間中だったはずですが」

「その通りだ。よくわかってるじゃないか、平社員以下のイケニエ」

(だから、そのイケニエって、なんなんですか!?)

雨音が捧《ささ》げられてしまった相手は、柊城雪也《ひいらぎゆきや》。

社員の間で暴君と噂されている、この会社の社長だ。その暴君の一言で、部下の配属も部署の存続も決まるというのだから、恐ろしい。順調に進んでいたプロジェクトも、「中止だ」と突然告げられ、過去に何人もクビになった者がいるのだとか。

もちろん雨音は、そんな相手に逆《さか》らう気はない。もう二十六歳になるし、社会のルールに従う分別くらいある。なんといってもいまは、正社員になるための大切な時期だ。社長の不興を買いたくないし、上司からは正社員登用されるような評価が欲しい。

そのためには多少の残業や無茶な仕事を頼まれても仕方ないと、覚悟していたのだけれど……

（さすがに社長へのイケニエにされるというのは、予想の斜め上すぎませんか⁉）

これは無茶な仕事の範疇《はんちゅう》に入るだろうか。いや、なにか違う気がする。雨音はちょっとばかり泣きたくなって、唇を尖らせた。

「なんだ、その恨《うら》みがましそうな目は？」

「うぅ……だって社長、就業時間中にこの体勢は、おかしいと思いませんか？」

「この部屋にふたりっきりのときは、社長じゃなくて雪也と呼べ」

「…………。名前でって……なぜに⁉　む、無理。それは無理ですよ！　というか、名前を呼び捨てにしたとたん、クビにしようとか考えてません？」

雪也を睨《にら》みつけたら、ゴツンとこぶしでこづかれたあげく、頭をぐりぐりされた。痛い。

ますます恨みがましい気持ちで見上げると、雪也はやや色素の薄い目を細め、ふんと鼻で笑った。

「イケニエのくせに口答えするなんて、生意気だぞ」

「うぐ……だって……」

「だって、なんだ。言ってみろ。潤《うる》んだ目で睨みつけてくるその顔はかわいいから、ひとまず聞くだけは聞いてやる」

（ううう。かわいくなくていい。ひとまず聞くだけは聞いてやるとか、おかしい。イケニエなんて非現実的すぎる‼）

雪也の甘い顔が近づいてきて、頭は混乱するばかり。

その上、雨音がいま座っているソファは、社長室のなかでも特に高そうな一品だ。うっかり爪でも立てて傷つけたらと思うと、気が気じゃない。こんなところに囲いこまないでほしい。

心臓がどきどきと高鳴るのは恐怖のせいだけでなく、社長の――雪也の顔が近いのも要因のひとつだ。

さっきから雨音の目は青年社長に釘付けになっている。だって雪也の高い頬骨と、すっと鼻梁《びりょう》が通った顔は、ちょっと日本人離れした格好よさなのだ。

雪也はクォーターだそうで、西洋人の血が少し混じっているらしい。その整った顔が間近に迫ってくると、勝手に雨音の胸が高鳴ってしまう。

（いやだから、ダメ。意識したらダメなんだってば、雨音！）

必死に自分自身に言い聞かせても、鼓動は速まるばかり。

彼から目を逸《そ》らすためうつむくと、今度はすらりと伸びた腕と足が目に入った。

雪也は背が高い。

一七四センチと女子にしては上背のある雨音より大きい、一八六センチなのだとか。しかもただ大きいわけではなく、肢体は均整が取れている。体のラインが美しく出るオーダーメイドスーツ姿が素敵すぎて、雨音はくらくらさせられてばかりだ。

とりわけ、立って話しかけるときが危険だった。雪也に寄り添った状態でちょっと見上げると、その身長差にいつも雨音の心臓は跳ねる。

「……社長ってやっぱり、背が高い、ですよね？」

「そうか？」

「そうですよ！」

雨音は強く言い切った。

自分より身長が高い人にときめく。それは雨音の条件反射のようなものだった。けれども雪也に関しては、背の高さにときめくだけではすまなくなった。

腕時計を見るために腕を曲げるときの手の角度。ふと、ネクタイを緩める仕種。甘やかに微笑んだ際の、首の傾《かし》げ方——そんな些細《ささい》なことが、いちいち雨音の好みにぴったりで困るのだ。

いまも、つい雪也に見入ってしまう。そんな相手の腕に閉じこめられている状況で、どうしてときめかずにいられるだろう。

（いやいや、社長のことなんて別に、意識してないんだから！）

雨音は必死に雪也から気を逸らそうとした。

「あ、でも紀藤《きとう》課長も高いか……おふたりが並んでいると、とても目の保養になります。いつもありがとうございます。でも見ているだけで充分なので、この体勢はいささか不本意ですけれども」

「……不本意とは失礼な奴だな。それに『紀藤も』ね。そうだな、あいつも身長は高いほうか」

苦い声と共に、雪也は体を前に傾《かたむ》けた。

ソファがぎしりと軋《きし》んで、どきりとする。

（あれ？　わたし、なにか機嫌を損ねることを言ったのかな？）

雪也のにこやかな顔が、心なしかしかめられた気がする。

なにかまずかったのだろうか——

たらりと背中に冷や汗が伝《つた》い、思わず饒舌《じょうぜつ》になってしまう。

「あ、社長あの、わたし、いわゆるスケープゴートってやつなんですよね？　それでイケニエって、なにをするんでしょう？」

そう聞いたとき、ふわりと甘い香りがした。

（社長のオーデコロンの香り？　眩暈《めまい》が、しそう――）

くらくらと――まるで酒に酔ったかのように頭が上手く回らなくなる。

なのに、なぜだろう。

同時にこの匂いを嗅《か》ぐと心が安らぐ気がして、雨音は無意識に目を閉じ、深く匂いを吸いこんだ。

「……罪を背負わされた山羊《やぎ》って意味のスケープゴートというよりは、神に捧《ささ》げられたサクリファイスだと思うが。それとも俺が悪魔だったら、スケープゴートで間違いないか？」

そう低い声で囁《ささや》かれて、ちゅっと耳元に口付けられた。

「ひゃっ……！　な、なにして……」

こそばゆい感触にぱっと目を開くと、雪也にくすりと笑われる。

雨音はこんなことに慣れていない。恥ずかしさのあまり、かぁっと耳が熱くなった。

「しゃ、社長っ、わたし、食べてもおいしくないですから！」

「それはどうかな？　実際に食べてみないとわからないじゃないか」

にやりと口の端を歪《ゆが》めて笑う顔は意地悪そうなのに、雨音はなぜかときめきが抑えられない。

（違う。おかしい！　感じるならせめて、恐怖にして！）

そう思うのに、火照《ほて》りは増す一方で、しばらく冷《さ》めそうにない。

（そもそも私、新米の平社員以下なわけで！　目立たず人の足を引っ張らず、ひっそりこっそり会社の片隅に居座る――へいへいぼんぼんな正社員を目指していたはずなのに！）

――どうして、こんな展開になったんだろう？

雨音は混乱した頭で、必死に考えていた。

第一章　玉の輿《こし》は好きですか

ことのおこりは一ヶ月前にさかのぼる。

雨音は柊《ひいらぎ》エレクトロニクスカンパニーに仮採用が決まり、はりきっていた。

試用期間は三ヶ月。その間の働きに問題がなければ、正社員登用されるという。この不況時にせっかくつかんだチャンスを、ふいにするわけにはいかない。雨音は正社員になるために、慣れないながらも一生懸命働いていた。

Electronics《エレクトロニクス》 Company《カンパニー》の頭文字をとって、柊E・Cと略されるこの会社は、精密電子機器を扱っている。

精密電子機器といっても、その範囲は広い。家庭用の冷蔵庫からはじまり、医療用機器、新幹線の計量器械、あるいは最新のナノテクノロジーを使ったICチップまで。ありとあらゆる機器を取り扱う、大きな会社だ。しかも、柊E・Cが本社を置く桜霞《さくらがすみ》市にとっては、ただの企業ではなかった。

桜霞市は、東京から新幹線で二時間ほどのところにある。

地方の中核都市にしては大きなビルが建ち並ぶ企業城下町だ。

中心部に位置するビルと商業施設のほとんどは、柊グループという財閥の企業で占められており、街の経済を回している。住民はみな、なんらかの形で柊グループの恩恵を受けているのだ。

そんな柊グループの創業者一族は、みな〝柊城《ひいらぎ》〟を姓に持つ。

いってしまえば、柊城は桜霞市の支配者だ。

「柊城姓の人と話すときは気をつけたほうがいい」

弟の凪人《なぎと》は、転校初日に高校でそう警告されたらしい。

「万が一、柊城姓の人を怒らせると、親が職を失ったり、左遷《させん》されたり……。しかも、その話が広まると、ご近所との関係もギクシャクして、最悪この街に住めなくなるんだとか」

つまり村八分《むらはちぶ》状態にされる。だから、この街で柊グループと柊城一族に逆《さか》らう者はいない。

なんて恐ろしい話だろう。

その話を聞いてから、雨音は街の人に接するときにはかなり気をつけている。

雨音は東京で生まれ、東京で育った。この三月に家族全員で引っ越してきたばかりで、桜霞市の慣習には疎《うと》い。

しかもこれまで、一般的な会社勤めをしたことさえなかった。

大学を出てからは、父親が社長をしていた町工場——七崎機工《ななさききこう》で経理をやっていたのだ。

七崎機工は、少し人に自慢できる特許を持っていたものの、家族経営の小さな会社だった。立って見渡せば誰がいるのかわかる、十二畳ほどの事務所。工場の人はみんな顔見知りというアットホームな環境で、雨音は仕事をしていた。

もちろん、どんなに小さな会社で働いていたって、仕事は仕事だ。

でも、大きな会社に勤めるのはまるで勝手が違うと、柊E・Cに入社して実感した。社内で毎日見知らぬ社員とたくさんすれ違う――それは雨音にとって、初めての経験だった。もちろん、大企業のおえらいさんが街のどこかにいて、見知らぬ彼らに気をつけなければならない状況も。

勝手がわからない雨音は、初対面の人と接するたびに緊張していた。この人は〝柊城〟一族だろうか。なんの関わりもない人だろうか。怯《おび》えてチェックするその態度は異様だったらしい。

会社の先輩で同じ歳の佐々木《さ さ き》はるか嬢に、

「なんで人と会うだけで、そんなにびくびくしているのよ」

と呆れられてしまった。はるかは女子力の高いかわいらしい外見なのに、サバサバした性格をしている。だからバカにされたりしないだろうと理由を話したところ――

「柊城一族の人と道端で会うなんて、そんなにあることじゃないわよ！　桜霞市で生まれ育った私だって、この二十六年間、狙っているのに一度も会えていないんだから！」

そして、えんえんと玉の輿《こし》願望を語られる羽目になった。

「柊城一族の未婚の人に名前を覚えてもらえるチャンスがあるなら、絶対にモノにしてやるわ！」

(すごいです、さすがです！　絶対真似できないです！)

はるかの意気ごみを前に、雨音はただパチパチと拍手した。

雨音はこれまで、玉の輿に乗りたいなんて考えたこともなかった。

目立たない、人の足を引っ張らない、人に名前を覚えられるような失態をしない。

平凡に地味に失敗なく生きるのが一番だ。直属の上司である課長に、プラスの評価をもらえれば、充分雨音はうれしい。

まずは、問題なく試用期間を終えて、平凡な正社員になること！

それが雨音の目標だ。

とはいえ、引っ越してきたばかりの地で、慣れない仕事をしているせいだろう。

気をつけて働いていたつもりなのに、配属されたばかりの風力事業開発部で失敗をしてしまった。

取引先に資料を送付する際、間違って古いカタログを送ったのだ。取引先の担当者はすぐ間違いに気づき、電話をくれた。

資料は明日、朝一の会議で使うという。

慌てて最新のカタログを準備し、届けにいくことになったのが夜の八時。

（自分の力で、どうにか失態をカバーしなくては！）

雨音はそう決意して、課長に許可をもらい会社を飛びだしたのだった。

そして無事にお使いを終え、会社に戻ってくると十時を回っていた。社内にはさすがに人気《ひとけ》が少ない。大半の電気は消されて、薄暗い廊下を歩いているのは雨音ひとり。ちゃんと身分証を持っているのに、うしろめたい心地になるのはなぜなのだろう。人気がないところを歩いているだけで、咎《とが》められやしないかとびくびくしてしまう。

（不法侵入じゃないですよ？　ちゃんと入口でＩＣカードを通してきましたからね？）

心のなかで呟《つぶや》きながら、自分の部署に戻ってきた。いくつかの部署は無人になっていたけれど、風力事業開発部にはまだ灯りがついている。

「誰かまだ……仕事している？」

しかしパーティションで区切られた区画のドアを開けても、同僚の姿は見当たらない。

そもそも雨音は出かけるとき、課長の紀藤から直帰の許可をもらっていた。

「戻る頃には多分、部署のみんなは帰ってるだろうしな」

紀藤のそんな言葉がよみがえる。

だが、帰りがけに取引先から資料を預かってしまったのだ。しかも社外秘マーク付。家に持ち帰るのは不安で、資料を置きに戻ってきたけれど——

「残っているとしたら、課長かな？」

そう当たりをつけて、奥の課長席に目を向けると、スーツ姿の人物がふたり。

そのうちのひとりは、おそらく紀藤だろう。なにやらパソコンを覗《のぞ》きこんで、話をしている。雨音の帰社に気づいた様子はないが、声をかけないというのもおかしい。

預かった資料を自分のデスクに置き、挨拶《あいさつ》だけしようと区画の奥にそっと向かう。こちらに背を向けているふたりは、パソコンで予定を組んでいるらしい。ウェブ上で予定を管理したり、ウェブサイトのページをスクラップして残せるアプリ——グリーンノートに書きこみをしている。

「おかしいな……これで合ってるはずなんだけど……」

「って紀藤、いまのファイル、こっちのパソコンで開くと完全に文字化けしてるぞ。これじゃ全然意味がない……」

さらにふたりに近づくと、パソコンの画面が目に入った。

(部署のデータ管理の話をしているのかな?)

「グリーンノートは海外のサービスだから……最新バージョンは、日本語だとバグが出やすいんですよ。ダウングレードしてみたらどうでしょう?」

気がつくと雨音は、そう口にしていた。

それが運命の分岐点だったなんて、そのときの雨音は知る由《よし》もない。

雨音の声に、紀藤と仕立てのよさそうなベスト姿の青年は、ぱっと振り向いた。

「……えーっと、ダウングレード……。最新バージョンじゃなくて、ひとつか、ふたつ前のバージョンに戻すと、バグが改善することがあります……よ?」

説明が不充分だったかもしれない。そう思ってつけ足したけれど、なにやら空気がおかしい。

特に、見知らぬ青年の反応が微妙だ。なぜか威圧感を漂《ただよ》わせ、訝《いぶか》しそうに首を傾《かし》げている。

「あ、えーと課長、ただいま戻りました……?」

沈黙にいたたまれなくなって帰社を告げると、「ああ、ご苦労だったな」といたわりの言葉が返ってくる。いやみでも義務的でもないやさしい声に、今日の失敗を気にしていた雨音は、ほっと胸を撫《な》でおろした。少しだけときめいてしまいながら。

紀藤は二十九歳の若さで課長職についているだけあって、仕事ができるらしい。部署に来て日が浅い雨音から見ても、仕事熱心とわかる働きぶりで、今日のように残業もよくしている。

実際、紀藤がこの部署――風力事業開発部に来てから業績が伸びていると、はるか嬢に聞いた。

なのに、それを鼻にかけないところが素敵だと思う。仕事ができる人にありがちな厳しさはないし、指示も具体的でわかりやすい。帰りが遅くなるときには声をかけてくれたり、差し入れをしてくれたりと、細やかな気配りも忘れない。女の子たちの評判がいいのもうなずける。

もちろん、紀藤がもてるのは、仕事ができることだけが理由じゃないだろう。顔立ちは格好いい部類に入るし、背も高い。繰り返す、背も高い。

一八六センチなんだって。

女子としては一七四センチと身長が高い雨音と並んでも、見劣りしない。雨音がわざわざ背を丸めなくたって、横に並んで女の子に見える。

背の高さは、雨音のひそかなコンプレックスだ。

学生の頃、少しいいなと思っていた男の子から「背の高い女は好きじゃない」と言われ、泣いたことがあった。望んで身長が伸びたわけじゃない。それになにをしたって背を縮めることはできない。心の傷は深く、いまだに膿《う》んだままだ。

そんなわけで、身長が高いというだけで雨音は相手をいいなと思ってしまう。ましてや、紀藤は一流企業の若手の出世頭《しゅっせがしら》。性格もいいし、顔もいい。身長以外のスペックだって充分すぎるくらいだ。とりたてて狙ってますとアピールしているわけじゃない。でも、紀藤と話すときに、ささやかな下心があるのは事実だ。

（紀藤課長って、やっぱり素敵だなぁ……）

そんなことを考えながら紀藤の隣に目を移すと、雨音を訝《いぶか》しげに見ている青年も、すらりと背が高かった。まっすぐに立ったときの目線の高さからして、一八六センチの紀藤とほとんど同じくらいの身長に見える。

（この人、誰だろう――？）

雨音がまじまじと青年を見つめていると、心なしか青年の目が驚きで瞠《みは》られた気がした。

（あ、はい。すみません。わたし背が高くて）

やや卑屈《ひくつ》になり、心の中で呟《つぶや》く。こういう反応は珍しくない。もしかしてこいつ背が高い？　という疑いが、やっぱり背が高い！　という確信に変わるからだろう。

とはいえこちらも、不躾《ぶしつけ》に見ていたのは失礼だったかもしれない。そう思い、申し訳ありませんという気持ちをこめて苦笑いを浮かべると、不意に青年が口を開いた。

「…………紀藤、おまえのところは、こんなに夜遅くまで女子社員に仕事させてるのか？」

「いや？　今日はたまたま急なお使い頼んじゃったけど、普段はもう少し早い時間に帰してるぞ。なぁ、七崎」

「え、あ、はい。そうですね。こんなに残業したのは、今日が初めてです！」

紀藤の目線が賛同しろと言っている気がして、つい口走ったけれど――

（なんでこんな言い訳めいたことを、言わなくてはならないんだろう）

そんなことを考えていた雨音に、見知らぬ青年が傲然《ごうぜん》とした声で告げた。

「ふぅん？　まぁいいや。いまから帰るんだろ、送っていってやる」

「「は？」」

雨音と紀藤が同時にあげた驚きの声を無視して、青年は近くの椅子にかけてあった上着を身に纏《まと》う。その仕種は妙に洗練されているように見えた。

(なに、この人――物言いは乱暴なのに、身のこなしはとてもスマートな感じ)

雨音は思わず目を奪われて固まった。すると、青年は苛立《いらだ》った様子で雨音を振り返る。

「おい、もう帰れるのか？　それなら、とっとと行くぞ」

立ち居振る舞いとは真逆の、傲慢《ごうまん》な物言い。早く部署の出口に向かおうとする背中は、逆《さか》らうことを許してくれない雰囲気を漂《ただよ》わせている。

(え、ちょっと待って。わたし承諾してないし。むしろイヤだし……どうしたら……)

雨音はとまどい、紀藤に助けを求めるように目を向ける。けれども、紀藤は首を横に振り、声を出さずに口を動かしただけだった。

「さ・か・ら・う・な」

読唇術《どくしんじゅつ》ができない雨音にも、目の色と表情を見れば理解できた。

(いやいや。紀藤課長、見捨てないでくださいよ！)

雨音が再び目で訴えていると、まるで氷水のように冷《ひ》ややかな声がかけられる。

「なにを固まっているんだ。俺だって暇じゃないんだ。ぼーっとしてないで、とっとと来い」

(暇じゃないんだったら、送っていただかなくて結構なんですが!!)

しかし、そんなことはもちろん言える空気じゃない。時計を見ればいつのまにか十時半になっており、家までの最終バスが出てしまっているのだけれど……

（いや、でも、無理だって。自慢じゃないけどわたし、ちょっとばかり人見知りというやつでして、たったいま顔を見ただけの人と一緒に帰るとか、ホント無理ですから！）

「あのっ！」

やっぱり断ろうと口を開いたところで、体がぐんといきおいよく引っ張られた。

「あっ……！」

青年に右腕をつかまれて連行される。背後で紀藤が、どこか楽しそうな声をあげた。

「おぉ！」

動揺のあまり、雨音はぱくぱくと陸に揚げられた魚みたいに口を開け閉めしてしまう。

「た、助け……ッ」と掠《かす》れた声ですがろうとしたものの、無駄だった。頼みの綱の紀藤はひらひらと手を振り、「ご苦労さまー」とねぎらいの言葉をよこしただけだった。

† † †

なんなのなんなのなんなの——!?

「家はどっちだ？」

「あ、え、や……え、駅の近くで降ろしてもらえれば、それで!!」

高そうな左ハンドルの外車。

ベンツやＢＭＷではなく、雨音にはまるでわからないマークがついた車だった。

こんな車に乗ったのは初めてだ。はっきり言って、落ち着かない。

（高級外車に乗ってる、素性のよくわからない人に家を知られるとか……やっぱりない！　適当なところで降ろしてもらおう！）

ひそかに決意したとき、ふわりと香水のような匂いがして、なぜかふっと肩の力が抜けた。

くらりと眩暈《めまい》を誘うほど甘いその香りは、どこか懐かしい。

（なんの、香りだろう――？）

不思議に思っていると、なだめるように頭をぽんと叩かれ、香りが強くなる。

（この人がつけているオーデコロンの匂いだ）

そう気づいたのは、髪をくしゃっと撫《な》でられたあとだった。

「え？　と、ええっ!?」

髪のなかに指を入れられたのは、信号待ちの短い間だけ。雨音が動揺している隙に、するりとやさしい感触が離れていく。

「馬鹿、遠慮するな。駅の近くじゃ、わざわざ車で送ってやる意味がないだろ。道案内ができないなら、最寄りのバス停を言え」

「あ、すずかけ通り！　すずかけ通りです！」

人を従わせる物言いに、とっさに口走っていた。

どうやら雨音が住所を言いたがらないのは、遠慮しているからだと思ったらしい。

（多分、悪い人じゃ……ないんだよね？）

そう思って青年に目を向けると、鼻梁《びりょう》と頬骨が高くて、とても端整な顔立ちをしている。

(もしかしなくても、この人すごく格好いいんじゃない?)

さっきは訝《いぶか》しげな表情ばかりが気になって、顔立ちに目がいかなかった。あるいは無意識に警戒していたのかもしれない。甘やかな顔立ちは、人をからかって弄《もてあそ》ぶのが好きそうな印象を受ける。

けれども、ときどき対向車のヘッドライトに照らされる横顔は、ずっと見つめていたくなる穏やかな雰囲気が漂《ただよ》っていた。

(……うん。この横顔はちょっと——素敵)

そんなことを考えている間に、車が交差点を曲がる。

目的地のバス停——すずかけ通りが近づいてきた。

(どうしよう。もうすぐバス停だし、止まってくださいって言ったほうがいいかな……でも)

雨音の家はもうちょっと先だ。バス停からだと、少し歩かなくてはいけない。

さっきまでは、家まで送ってもらうなんてとんでもないと思っていた。けれども、夜の十一時近い新興住宅街を目の当《まあ》たりにすると、心が揺らいでしまう。

夜のこぎれいな住宅街は、人気《ひとけ》がなくてちょっと怖い。

でも、初対面の人に家を知られてしまうのも、怖い気がする。

(どうしよう——どうしよう……わたし)

ひとまず呼びかけようと思って、はたと気づいた。

「あ、あの……そういえば、名前……名前、おうかがいしてませんでしたよね?」

「…………。そうだな」

「お名前……は？　あの、おうかがい、しても？」

「………………名前」

「そう、名前」

（なんだろう、この沈黙）

見知らぬ人に会ったとき、名前を聞くのは普通のことではないのか。

それともこの人にとって、それは失礼なことなのだろうか。

でも一度口に出した言葉は、なかったことにはできない。

雨音がぐるぐる思いを巡《めぐ》らせていると、ふぅと息を吐く音が狭い車内に響いた。

「雪――雪谷聖夜《ゆきたにせいや》だ。友人からはユキヤって呼ばれてる」

ユキタニ――雪谷と書くのだろうか。

（うん、とりあえず柊城姓じゃないし、大丈夫そう……よかった）

雨音はそこで安心して、素直にお願いすることができた。

「あの、ユキタニさん。そこの交差点を右に曲がって、少し先までお願いしてもいいでしょうか」

「もちろんですよ。お嬢さん」

くすくすと笑われた。その横顔に、どうして雨音が「家まで」となかなかお願いできなかったのか、すべて見抜かれている気がした。

（なに、その芝居がかった言葉！）

普段の雨音なら、嫌悪感もあらわに顔をしかめるところだ。なのに目の前の青年があまりにも自然に口にするから、ちょっといい気分になってしまう。キザなセリフに顔が熱くなるのを、どうすることもできない。

（いま、暗くてよかった……顔が赤いのを見られたら恥ずかしい。男慣れしてないと思われるかもしれない。いや、実際、慣れてないんだけど！）

雨音は気づかれないようにそっと深呼吸すると、必死に何気なさを装って話しかける。

「ユキタニセイヤなんて、まるでクリスマスに生まれた人みたいですね」

「そうだな。実際クリスマスイブ生まれだ」

「あ、やっぱりそうなんですか！　名前で誕生日を人に伝えられるなんて、素敵ですね。それに、いっぱいプレゼントをもらえそう！」

「……そうか。そういう考え方も……確かにあるな。そうでなくても、周りには誕生日が知れわたっていたが……」

「知れわたっていた？」

「いや、比較的……そう、比較的。小学校からずっと、変わりばえのない人間関係のなかで過ごしてきたからな」

「なるほど……あ、そこです。あの駐車禁止の標識の前の家です」

ききっと軽いブレーキ音を立てて、車が止まった。

二階建ての新しい家は、家族四人で住むには充分な広さだ。玄関に点《とも》る灯りを見て、雨音はほっと息をついた。まだ少ししか住んでないけれど、すでにここが我が家になっているようだ。無事に家に着いて、緊張が解ける。

雨音はシートベルトを外し、「ありがとうございました」と頭を下げた。そうしてすばやく車を降りると、なぜかユキタニセイヤも車を降りた。

「ナナサキ――七崎、雨音だったか？」

門に掲《かか》げられた表札を長い指でなぞり、彼は確認するように尋ねてくる。

「あ、はい。そうです」

笑顔で答えたところで、あれ？　と疑問が頭をかすめた。

（確か、紀藤課長に名前を呼ばれた気がするけど……下の名前まで言ってたっけ？）

「……そうか。遅くなったが、親御さんに挨拶《あいさつ》しなくて大丈夫か？　仕事で遅くなったって、俺かららちゃんと伝えたほうがよくないか？」

「と、とんでもない！　だ、大丈夫ですから！　というか、こんなスゴイ車で送ってもらったって親に知られたら、それこそ無用な心配をされてしまうかも……！」

慌てていらないことまで口走った気がするけれど、事実には違いない。心配してくれるにしても、ちょっと過剰だと思う。

（東京にいるときは、夜の十一時くらいに帰ることはざらにあった。今日は遅くなるってメールしたから、親はさして心配してないはずだし）

むしろ、挨拶なんてされたら困る。

お洒落《しゃれ》なスーツをさらりと着こなした青年。しかも外車乗り。

そんな人がやってきて、「遅くなったのは会社都合の残業です」だなんて、怪《あや》しすぎる。そうでなくても庶民的な我が家の前に、流線形の美しいフォルムをした外車が停まっている光景は、はっきり言って浮いているのだ。

「送っていただいただけで、充分です！　車から見てて思ったんですけど、この時間はやっぱり人気《ひとけ》がなかったから……とても助かりました。ありがとうございました！　おやすみなさい！」

ひと息にお礼を言ってのけると、やっと胸のつかえが取れた気がした。

（言えた……ちゃんとお礼、言えた）

車に乗りこんだときは緊張しすぎて、気分が悪くなりそうだった。なのに、乗っているうちに慣れてしまうなんて、自分でもちょっとびっくりだ。初対面の人からの親切すぎる申し出を怪しんでしまったけれど、雨音が神経質すぎたのかもしれない。最初に感じたあの訝《いぶか》しげな視線も、多分、青年にしてみれば、深い意味はなかったのだろう。なんでこんな遅い時間にＯＬが残ってるんだという、ごくごく一般的な疑念の表れだったに違いない。

（だって、女子社員どころか男子社員だって、いない時間だったもんね）

雨音はそう思い、にこにこしながら、ユキタニが車に乗るのを待っていた。

青年は考えこむように少し首を傾《かし》げたあと、にやりと人の悪い笑みを雨音に向ける。

「……ああ、おやすみ。七崎雨音……また、明日な」

「え？　あ、さよ……なら？」

（なにかいま、含みのあることを言われた気がしたけれど、気のせい……よね？）

雨音は気づかなかったふりをして、軽く手を振った。その間にユキタニは車に乗りこんでエンジンをかけ直し、雨音に挨拶《あいさつ》するようにヘッドライトを点滅させた。やがて聞き慣れないエンジン音を立てて、美しい車体が遠ざかっていく。

（ユキタニセイヤさんかぁ……。あんな時間にいたんだから、会社の人だよね？　初めて会ったな……といっても、他の部署の人なんて会ってもわからないんだけど）

「また、会えるかなぁ？」

雨音はのんきに呟《つぶや》き、ユキタニの車のテイルランプが見えなくなるまで見送った。

†　†　†

初めて会った人に、家まで送ってもらう。

しかも〝ドナドナ〟の仔牛のごとく、連行されて――

そんな事態が発生した翌日。

ちょっと朝寝坊したけれど、それ以外は通常通り。雨音は定時十分前に出社し、普通に仕事をしていた。

昨日は帰るのが遅かったから、寝不足気味で体がだるい。とはいえ、雨音は風力事業開発部ではまだまだ新米で、ほぼ戦力外。基本的に頼まれた仕事をこなしているだけなので、業務が辛いということもない。

配属されて十日ほどで、キーボードを打つのはそこそこ速いと思われたようだ。おかげでこのところ、パソコンで書類を作成する業務を主に任《まか》されている。

一番多いのは、試作品の実験結果をグラフにしたり、手書きの草稿をパワーポイントのデータにしたりする仕事。他には社内の共有ソフトを使い、部署の経理書類をまとめて経理課に送っている。

一見ささやかだけれど、どれも意外に時間がかかる。作業に没頭していると、午前中はあっというまにすぎた。

奇妙なことが起きたのは、あと二十分でお昼休みになる――そう思ったときだった。

「おい、七崎」

「は、はい！」

名前を呼ばれて、パソコンの画面を見たまま、びくりと反射的に返事をする。

知らない声だなと思いつつ肩越しに振り向くと、洒脱《しゃだつ》なスーツを着た、昨夜の青年が立っていた。

夜に見たときも、スーツに包まれた体のラインが綺麗だなと思った。明るい場所では、すらりと身長が高い姿は堂々としていて、より格好いい。

少し癖《くせ》っ毛《け》なのだろうか。動くと茶色がかった髪が揺れて、くるくる踊っている。

ユキタニは一見しただけでも部署の男性社員とは違っていた。人を威圧する雰囲気を漂《ただよ》わせ、そこにいるだけで人を惹《ひ》きつける。そんな強い存在感を放《はな》っていた。

「あ、昨日の……ユキタニさん。昨夜はどうもお世話になりました。ユキタニさんのほうはあんなに遅い時間におうちに帰られて、問題なかったですか？」

雨音は立ちあがって、ぺこりと頭を下げる。それは遅い時間にわざわざ送ってもらったという申し訳なさから出た言葉だった。けれども、周りの人には、どうやら違う意味に聞こえたらしい。心なしか部署のなかがざわつく。

「昨夜？　いまあいつ、昨夜って言ったか」

「いやまさか。そもそも、いつ知り合いになる機会があったんだ？」

そんなとまどいの言葉がひそひそと交わされる。とはいえ、雨音は青年に気をとられていて気がつかなかった。

「ああ。別に……車だったし」

そう言った彼は仏頂面《ぶっちょうづら》をしている。

どこか拗《す》ねているようにも見えて、雨音は思わずくすりと笑ってしまった。

(こんなに背が高くて格好いい人なのに、なんかちょっとかわいい……かも？)

「おい、なんで笑ったんだ？」

「いえ、なんでも……あ、そういえば紀藤課長に用事ですか？　いまちょっと席を外しているみたいなんですが……」

ユキタニの頬にさっと赤みが走ったのは見なかったふりをして、雨音は話題を変える。

整った顔立ちに、高い身長。そんな好条件の青年が顔を赤らめている姿は、なかなかの破壊力がある。まっすぐ見てしまうのが怖いくらい。

「紀藤には、いまそこで会って、これから出かけるって言っておいたから、もう用事はない。昼を食べにいくのに誘いにきただけだ。君は、昼はいつもどうしてる？」

なんとなくぶっきらぼうな口調に感じるのは、気のせいだろうか。

（まるで慣れないことでもしているような――？）

雨音は首を傾《かし》げたけれど、つっこむほど親しくもない。疑問は心のなかだけにとどめた。

「あ、いつもはお弁当なんですけど、今日はちょっと朝寝坊してしまって……コンビニに出かけて、なにか買ってこようかと」

「そうか、それなら都合がいい。行くぞ」

「は？　あ、や……まだお昼休みじゃな……」

強引に手を引かれ、雨音はとっさに抗《あらが》った。

（昼休みになる前に出かけるなんて、誰かが、きっとなにか言うはず……）

そう思って部署を見渡すと、まるで追い払われるように、一斉に手を振られた。しかも、すぐ近くにいる男性社員は、声を出さずともあきらかに「行け」と言っている。

（まだ就業時間中なのに、どういうこと？）

困惑しつつも、同僚に見送られてしまえば、どうすることもできない。

断れずに、廊下を引きずられるようにして歩く。

ときおりすれ違う人々の視線に、憐《あわ》れみのようなものを感じるのは気のせいだろうか。

（ユキタニさんって、もしかして営業さんなのかな？　外回りの人は就業時間にかかわらず、お昼を食べにいくことが多いって、はるか嬢が言っていた気がするし。いいのかな……？）

どことなく逆《さか》らうのが怖くて、すっと姿勢の美しい背中についていく。

（男の人の広い背中……肩胛骨《けんこうこつ》の動きでスーツに皺《しわ》が寄るのって、なんか好きだなぁ）

雨音はすっかりユキタニの背中に見蕩《みと》れていた。すると、進行方向から背の高い男の人が近づいてくる。見慣れた背格好に整った黒髪。紀藤だ。

「あ、紀藤課長……あの、わたし……」

お昼休み前に出かけることを伝えようと口を開くと、からかうような紀藤の声に遮《さえぎ》られた。

「ふーん……そうなんだ」

「なんだ？」

意味ありげに言う紀藤に、不機嫌そうに答えたのはユキタニだ。

「ああ、いやいや。お昼行くんだろ。いってらっしゃいー」

言い訳もまだだというのに、ひらひらと手を振られ、笑顔で見送られてしまった。

部署の長《おさ》である紀藤に送り出されてしまうと、もう逆らう理由がない。それに、この状態で「まだお昼休みではないので、行けません」とは、もはや言い出せない。

昨夜に引き続き、雨音は今日も半ば強制的にユキタニに引きずられていく。

頭のなかで、〝ドナドナ〟の歌が流れだす。雨音は諦めて、市場に売られる仔牛よろしく連れていかれるしかなかった。

ビルの中心部にあるエレベーターに乗りこみ、雨音が観念したと思ったのだろう。ユキタニが雨音の腕を離してくれて、ほっとする。狭い空間にふたりきりというのは、別の意味で困ったけれど。

チンという軽い音がして一階に着くと、エントランスホールはとても静かだった。

まだお昼前だからだろうか。吹き抜けのエントランスには、就業時間中特有の緊張感が漂《ただよ》っている。エントランスの真んなかには受付があり、出入り口を通るときに、受付嬢からちらりと訝《いぶか》しそうな目を向けられた気がした。

怪《あや》しむような――あるいは羨望《せんぼう》が入りまじったような視線に感じるのは、自分がそう思いたいからかもしれない。

（だって――こういうの、ちょっと憧れていた）

隣を見上げれば、スーツ姿の素敵な男性。

普段、口にすることはない。けれども、道行く人の目を惹《ひ》くような男の人と連れ立って歩くことができたら――。そんな妄想をずっと抱いていた。

（しかも自分より背が高くて、こんなに格好いい人から誘われるなんて……ちょっと気分いい）

雨音は浮かれて、思わず、くふと相好《そうごう》を崩した。

ドナドナめいた強引な誘い方や、同僚や見知らぬ社員から向けられた好奇の視線には、抵抗があった。でも、その抵抗感を差し引いても、この身長差の男性と歩けるのはうれしい。少しでも気を抜くとすぐ頬が緩んで、そのたびに我に返って表情を引きしめなくてはいけないくらい。

雨音は表情をころころと変えながら、ユキタニをちらちら横目に見てしまう。その視線に気づいてはいないのだろうか、ユキタニは少しばつの悪そうな顔で切り出した。

「いきなり連れ出して悪かったな。昼だが……一応、聞いておく。行きたい店とかあるか？」

「え？　あ、えーとすみません。実は引っ越してきたばかりで、まだこの辺りに詳しくなくて」

「じゃあ、勝手に決めていいか？　なにか食べられないものは？」

強引な割に、意外と細かい気遣いをする人なんだな。

雨音は妙に感心しながら、にっこりと笑みを返した。

「えーと、しゃことゲテモノ系は苦手なんですが、基本的に食べられないものはないです！　おまかせしちゃっていいですか？」

その言葉に、ユキタニがはっと目を瞠《みは》る。その一瞬の変化を、雨音は見逃さなかった。

（いま、なんでこの人、驚いたんだろう？）

そう思いつつも、雨音はユキタニに目を奪われた。日光の下で見ると、ユキタニは髪の色が茶色がかっているだけでなく、瞳の色も少し薄いのがわかる。

（あ、だからかな。この人、ちょっと日本人離れした顔立ちに見える。雰囲気と合ってるな）

思わず雨音は、ユキタニの顔に見入ってしまった。とはいえ、ユキタニの目元にさっと赤みが差したことには気づかなかったのだが。

「ユキタニさんて、目と髪の色素が薄いって言われません？　あ、変って意味じゃなくて……その、綺麗だなって思って」

「そうか。綺麗……かな？」

「え、あ、はい？　えっと、あんまりうまく言えないんですけど……。スーツの感じとか、身のこなしとか、そういう雰囲気とすごく合ってます」

「…………。へぇ？　そうなんだ」

（あれ？　なんかいま一瞬、空気がおかしかった？）

口調は穏やかだったけれど、どこか冷《ひ》ややかな声に感じた。

（なん……だろう）

気になって、いま一度、ユキタニを覗《のぞ》きこもうとしたところで、足元ががくんと崩れた。

「わ、ぁっ！」

上ばかり見て、足下の注意力がおろそかになっていたらしい。

歩道のブロックが割れているところで、つまずいたようだ。

転ぶ。痛い！

そんなことを考えて、衝撃を覚悟した——それなのに、いつまでも痛みはやってこない。かわりに、がっしりと力強い手に腕をつかまれていた。しかも、もう片方の手で腰を支えられて。

（わわっ、腰、腰に手を回されてっ！）

顔がぱっと熱くなるのを感じ、逃れようとしたところで、またもバランスを崩した。

「七崎、不注意だってよく言われるだろう……」

しっかりと立つように体を支えられると、頭のすぐ上で呆れた声が聞こえる。

（すぐ上でって……ナニゴト⁉　それよりなんでこんなっっ⁉）

頭のなかで問いかけても、状況は変わるわけがない。

雨音は抱きとめられていた——広い道の真んなかで。

「光栄だな。こんなところで、かわいい瞳で熱烈に見つめながら、胸に飛びこんできてくれるなんて」

耳元で甘やかに囁《ささや》かれて、心臓が跳ねる。

急に息苦しくなって、ぞわりと得体の知れない感覚が体に走る。

「な、や……ね、熱烈に見つめてなんかっ！　じゃなくて、ユキタニさんが、その、目とか髪とか、綺麗だから、そのっ」

「熱烈に見つめちゃったんだ？」

「ち、ちが……っ」

——言い訳をしようとしたとき、ユキタニと目が合って固まった。

雨音はすっかり混乱していた。彼が意地悪そうに微笑む顔があまりにも魅惑的すぎて、息ができない。目が離せない。昨夜も感じたオーデコロンの香りがふわりと鼻をくすぐり、頭の芯が甘く痺《しび》れた気がした。

この状況を『熱烈に見つめて』と言わないのなら、なんと呼べばいいのだろう。

頭の片隅で冷静にそんなことを考える自分もいる。

「ユキヤ。ユキヤって呼んでほしいな」

「……え？　えと……ユキタニだから、ですか？」

雨音の問いかけに、茶色がかった癖毛《くせげ》を揺らして、ユキタニは甘やかに微笑む。

どこかからかうようでいて、人を魅了する笑顔。

目が釘付けになりながらも、雨音の冷静な部分は、おかしい！　と叫んでいた。昨夜会ったばかりの人をこんなに見るのは失礼だし、真っ昼間の歩道で抱きしめられている状況も非日常すぎる。しかも、あだ名で呼ぶなんて考えられない。なのに、雨音はユキタニの顔から目が離せない。

「そう、なんだ。ユキタニってちょっと言いにくいだろ？　だから親しい人にはユキヤって呼んでもらってるんだ。だから……ね？」

おねだりするような物言いに、思わずうなずいてしまいそうだった。けれども、やっぱりおかしい。頭のなかで、警鐘《けいしょう》が鳴っている気がする。

「親しい人って……えと、わたし、ユキタニさんとは、昨夜会ったばかりなんですけど？」

「あ、そういうこと言うんだ？　じゃあ昼休みにどっと人が出てくるまで、このままでいようか？」

「は？」

にっこり微笑んで――脅《おど》された。

いやいや、それは確実にヤバイ。

十二時前のいま、片側二車線の広い道路は、人影がまばらだ。街路樹の向こうを通りすぎる人は、雨音がユキタニに抱きとめられていることに気づく様子はない。

けれども十二時になれば、あたり一帯のビルからわらわらと人が出てくるのを雨音は知っている。お昼を外で食べることはあまりないけれど、人が蠢《うごめ》くありさまをビルの上から毎日眺めていた。

柊グループのビルが集まるこの区画は、お昼のチャイムと共に「どこから湧いてきたんだろう？」

と首を傾《かし》げたくなるくらい、大勢の人で溢《あふ》れる。

「どうする、七崎？　あ、そうか。名前で呼んだほうが親しいかな？　どう思う？　――雨音」

低い声で囁《ささや》かれ、腰のあたりにざわっと得体の知れない感覚が走る。

のどの奥が熱くなり、雨音はなにも考えることができずにユキタニの腕にしがみついた。

（立って、いられない――）

ぎゅっと彼のスーツをつかんで、体に走る波が早く通り過ぎますようにとひたすら祈る。

なにが起きたのか、よくわからなかった。ただ名前を呼ばれただけなのに、頭も腰も蕩《とろ》けてしまったかのように力が入らない。

「な、名前、呼ばないでくださいっ」

「なんで？　あ、十二時十分前……どうする？　このままここにいる？　選ばせてあげるよ」

ユキタニはくすりと笑いながら言う。手首の腕時計を見ているのだろう。腕を曲げて覗《のぞ》きこむ仕種さえ、さまになる。目の保養だけれど、人を追い詰める言葉を吐いたあとに、そんなにやさしく微笑まないでほしい。まるで人が変わったような笑顔に、くらくらと眩暈《めまい》がしてしまう。

「ユキヤ……さん……って、よ、呼びますから、や……。もぉ、離して、ください……」

必死に声を絞《しぼ》りだせば、頭の上でくすくすと笑われた。

「なんだ、もう陥落《かんらく》？　……つまらないな。でも、よくできました」

そう言って髪を撫《な》でられると、またざわりとした震えが背中を駆けあがる。

得体の知れない感覚が怖い。それなのに、ユキタニ――ユキヤの体が離れていくのが、なぜか淋《さび》しい。そう思ったことに、気づかれたのだろうか。ユキヤは雨音の手をとって歩きだした。雨音の顔は火照《ほて》ったまま。きっと真っ赤に違いない顔を隠すために、うつむいて歩く。

その間も、ざわざわと心が動く気配は止まらなかった。

† † †

ユキヤが案内してくれたのは、高級そうなステーキ店だった。

ステーキ店というと、雨音はファミレス系列の店にしか行ったことがない。家族連れでにぎわう店内に、鉄板で肉を焼く音やソースの跳ねる音が溢れる——そんなイメージは軽く裏切られた。

「ここでいいかな？」

〝日菜瀬《ひなせ》〟という和風の看板を指差して尋ねられたものの、店先に漂《ただよ》う高級感にとまどう。とはいえ、さっきおまかせしますと言ったばかりで、ノーとは言えない。雨音は覚悟を決めてうなずいた。

「いらっしゃいませ」

店に入ると、白いシャツに黒いエプロンを腰に巻いたギャルソンが案内してくれた。レジカウンターを通り過ぎたところで、品のよい内装に目を奪われる。

数寄屋《すきや》造り風の店内には、インテリアとして洋風のテーブルや洒落《しゃれ》た織物のソファがセンスよく置かれている。艶《つや》やかな緑の観葉植物が癒《いや》しの空間を、ところどころに点《とも》る間接照明が暖かみを演出していた。

素敵なお店だと思うのと同時に、高そうだと緊張してしまう。

（正直言って、わたし、場違いな気がする……。お金、足りるかなぁ……）

雨音は怯《おび》えながらも、ユキヤのあとをひょこひょことついていく。

そもそも店名からして、洒落《しゃれ》ている。○○ステーキハウスとかじゃない。

カウンター席にユキヤと並んで座り、渡されたお品書きだって、花の紋様が入った和紙に流麗《りゅうれい》な墨書き。ステーキ店というより、むしろ料亭の趣《おもむき》がある。支払いはなんとか手持ちで足りそうだ。

よくわからないから、メニューもおまかせすると、ランチメニューを頼んでくれた。

「肉の焼き加減は、レア？　ミディアムレア？」

「あ、じゃあミディアムレアでお願いします」

ステーキは高い店ほどレアで頼んだほうがおいしいと聞いたことがある。けれどもレアだと生すぎるから、雨音はミディアムレアを選ぶことが多い。

「ん、じゃあ、ふたり分、ミディアムレアで」

そう言ってユキヤも同じものを頼んだのが、なんだかうれしかった。

注文した料理が出てくるまで、カウンター席の一角、大きな鉄板の前で、ふたり並んで座って待つ――それはいいのだけれど、雨音は店内や隣のユキヤを見て、そわそわしはじめた。

（わたしのこのＯＬっぽいスーツ姿って、なんか浮いてる……）

隣に座るユキヤはお洒落で、落ち着いた雰囲気の店内にもなじんでいるというのに。

「どうかしたのか？　あ、匂いがつくのまずかったか？」

「あ、いえ。そういうことではなくてですね！　わたし、ユキヤさんみたいに洒落たスーツじゃなくて、二組一万円の既製服なモノで、ちょっと……お店と合ってないなぁって思ってですね」

「は？　服？」

（う。やっぱり呆れられた……二組一万円だから、しょうがないけど）

恥を忍んで告白したけれど、情けなくて泣きたくなる。

「……そんなに服が気になるなら、デートに誘うときは、服を贈らないとダメかな？　サイズを聞いてもいい？」

ユキヤは少し首を傾《かし》げて、雨音の機嫌をうかがうように微笑んだ。とたんに、心臓がとくんと大きく跳ねて、顔に熱が集まる。この熱は、けっして目の前の鉄板が熱いせいじゃない。

（し、静まれ。心臓。この人にとって、こういう会話は日常茶飯事なのよ、きっと！　というか、デートに行くのにまず服を贈るって、どんだけハイソサエティな考えなの……ありえない！）

半分パニックになったところで、はたと気がつく。そうだ、これはきっと冗談なんだ。

雨音はそう結論づけた。とはいえ、会話の流れを断ち切ることも、怖くてできない。

だからつい素朴《そぼく》な疑問を口にしてしまった。

「ユキヤさんって、ただ正社員というだけじゃなくて、セレブなんですねぇ。デートのたびに女性に服を贈ったりするんですか」

「セレブ、ねぇ……雨音はおもしろいことを言うんだな」

ガタンという物音に振り向くと——どうしたのだろうか。飲み物を運んできたギャルソンが、空《あ》いたテーブルにトレイを置こうとして手を滑らせたらしい。

「し、失礼いたしました」

丁寧に頭を下げるギャルソンは、あきらかに動揺している。

(なんだろう?)

よくわからないまま首を傾《かし》げていると、ユキヤの色素の薄い瞳と視線が絡んだ。

「雨音? 嫉妬《しっと》してくれたんならうれしいけど、他の女に服を贈ったことなんてない。こんなことを言ったのも雨音が初めてだけど?」

どう? と流し目で見つめられ、雨音は今度こそ頭が沸騰《ふっとう》したかと思った。もう熱いとか熱くないとかいうレベルじゃない。恋人でもないのにこんな甘いセリフを言われるなんて、ありえない。他の女に服を贈ったことなんてない——ユキヤはそう言ったけれど、雨音だって、女として生きてきて二十六年間、こんなことを言われたのは初めてだ。

大学生のときには、友だちの紹介でつきあった人もいたけれど、すぐに別れてしまった。

『君ってちょっと、天然入ってるよね』

そんな言葉で振られたあとは、いいなと思う人にさえ出会うことがなかった。

『いいなと思う基準が、身長の高さだからいけないのよ! 身長一八〇センチ以上の人なんて条件にしてたら、アンタ嫁《い》き遅れるわよ!?』

友だちはそう心配してくれるけれど、ほかにどんなところで自分の心が動くのかわからないから、どうしようもない。あるいは友だちの言うとおり、このままずっと独身なのかも——

そんなふうに考えていたとき、桜霞市に引っ越すことになった。

新しい街で就職してみれば、配属された部署の若き課長は背が高く、独身だった。紀藤と話をするとき、ちょっとドキドキしていたのは確かだ。もっとも、残業してまでがんばっている一番の理由は、正社員になりたいからなのだけれど。

そんなある日、雨音はまたも理想の身長差の男性と出会った。

その上、甘い言葉まで囁《ささや》かれるなんて――

(絶対、冗談に決まってる。だってこんな素敵な人なんだし……。私が初めてだなんて言ったけど、他の女性に服を贈った話なんて、目の前にいる相手に普通しないもの。昨夜だって、さらっと家まで送るなんて言ってくれたし。慣れてるんだ、きっと。きっと、そうに決まってる)

「えっと、冗談はさておき、そろそろお腹空きましたね」

雨音はユキヤの言葉を聞かなかったことにして、鉄板に視線を移した。

そのとき、新しい客がおおぜい入ってきて、話し声が広い店内に響く。

「……別に、冗談じゃなかったんだけど」

にぎやかな音に掻《か》き消され、ユキヤの小さな呟《つぶや》きも、身なりに合わないちっという舌打ちの音も、雨音の耳には届かなかった。

じゅ、と心地よい音を立てて焼かれる和牛肉の香りに、食欲をそそられる。

前菜やサラダを食べる間に、シェフが厚さ二センチもある肉を大きな鉄板で焼いてくれる。しかも見事な手捌《てさば》きでコテを操《あやつ》り、肉を焼く合間をぬって、醤油《しょうゆ》味のもやしを炒《いた》めて出してくれた。雨音が思わず見蕩《みと》れていると、雪也がおもむろに問いかけてきた。

「そういえば、雨音はこの辺に慣れてないって言ってたけど……いつ桜霞市に来たんだ？」

「ちょ、名前呼ばないでくださいってお願いしたじゃないですか！　……来たのは、二ヶ月くらい前ですよ」

「二ヶ月前……それで一ヶ月前にうちの会社に採用された、と」

「あ、そーなんです。職が見つかって助かりました。こんな大きな会社に勤めるのは初めてで……わけのわからないことばかりなんですけど。とりあえず仮採用だって言われているので、三ヶ月の試用期間が終わったときに、ちゃんと正社員登用してもらうのが夢です！」

自分で言っておきながら、なんて平凡な夢だろうと思う。

とはいえ、この不況時に正社員になるチャンスをもらえるだけで、ありがたい。誰に話したとしても、「じゃあ、がんばれよ」の一言で終わる、ごくごく普通の話だろう。少なくとも雨音としては、ほんの世間話のつもりだった。なのに――

「へぇ……三ヶ月の試用期間か。じゃあ、あと二ヶ月残ってる計算になるな」

にやりと片方の口角を上げて笑うユキヤを見て、ぞくりと背中に悪寒《おかん》が走る。

なぜ、そんな畏《おそ》れにも似たものを感じたのだろう。特別な感情を抱かせるような――問題がある話の流れじゃなかったはず。そう思うのに、なぜか取り返しのつかないことを口にしてしまった気がしてならない。

同時に、なにがおかしいのだと冷静につっこむ自分もいる。だから雨音は頭のなかで鳴り響く警戒音を無視して、会話を続けた。

「えっと、そうです。まだみなさんに迷惑かけてばかりで……」

「そうか？　紀藤はがんばってるって言ってたけどな。新入社員なんて、なにもできなくて当然なんだ。大きな失敗さえしなければ、大丈夫だと思うぞ？」

先輩から、にっこり笑ってのアドバイス。

失敗しないようにとびくびくすごしている身としては、ちょっと胸に沁みる。いまのユキヤからは、一瞬だけよぎった怖い気配は、みじんも感じない。雨音はほっと肩の力を抜いて、サイコロ状に切られたステーキを満面の笑みで頬張った。

「おいしいですねー。やわらかくてジューシーで、とろけそう！」

「お気に召していただいたようで、よかった」

甘やかな笑顔でそんなことを言われ、いい気分にならないわけがない。

(昨日は強引な人だなと思ったたし、どちらかというと硬い表情ばかりだったのに——。今日はなんか、雰囲気が違う)

男らしさと甘さが絶妙に入りまじる整った顔をした男性に、目の前で微笑まれる。そんな経験を、雨音はいままでしたことがない。さっきから心臓が高鳴って、なんだかふわふわと浮かびあがりそうな心地になる。

(そうか。きっと昨夜は時間が遅かったたし、ユキヤさんも疲れていたんだろうな)

都合のいい解釈かもしれないけれど、よくあることだ。

（わたしも就職したばかりの頃は毎日すごく不機嫌だったって、凪人に言われたっけ）

両親と違って、弟の凪人ははっきりとした物言いをする。

慣れない環境に、初めての大企業への就職。雨音も疲れていたときは、きっと硬い顔をしていたのだろう。あるいは、もっとひどかったかもしれない。

（あ、もしかして……だから今日、お昼に誘ってくれたのかな？　でも——）

強引ではあったが、昨夜は送ってくれて助かった。

（本当はわたしがお礼をすべきなんだろうなあ）

とはいえ、こんな高そうな店で「昨日送ってくれたお礼におごります」とは、気楽に言えない。

（初めて会う人に、嫌われないようにしたいし……どうしよう）

そんなことを悩んでいるうちに食事が終わり、デザートが運ばれてきた。

ミルフィーユのバニラアイス添えとクリームブリュレ。違う種類のデザートが運ばれてきたのには理由がある。実はさっきメニューを選んでいるときのこと——

「ほら、雨音。デザートはどうする？」

そう尋ねられても、雨音は選べなかった。

「だってクリームブリュレも好きだし……ミルフィーユも気になる……でも……」

迷う雨音に、ユキヤはくすくすと笑う。

「じゃ、とりあえずひとつずつ頼んでおこうか？　現物を見て選ばせてあげる」

「う、いやでもそれは……」

お願いだから、そんな殺し文句を吐かないでほしい。

そう思ったけれど、ずっと悩み続けるわけにもいかないし、昼休みは有限だ。結局はユキヤが言うとおり、両方を頼んでもらい、雨音は選択を先延ばしにしてしまった。


――けれども、デザートが運ばれたいまも雨音は決めかねている。

どちらのデザートも赤や黄色のフルーツソースが添えられていて、おいしそうだ。

「うう……どっちも、おいしそうー。うー……でもブリュレ、ブリュレかな……やっぱ、ブリュレ」

「アイスが溶けそうなほど、熱い視線だな。そんなに気になるなら、また来ればいいだろ」

「え、う……でもデザートメニューは日替わりだって、お店の方が言ってたじゃないですか……また同じメニューが出るとは限らないし」

「じゃあ、とりあえず俺がミルフィーユ食べるから、雨音はブリュレな」

そう言いながら、ユキヤにミルフィーユのバニラアイス添えをさっと取り上げられた。

「ほら、早く食べないと。一時には部署に戻るんだろ？　さっきしつこく言っていたじゃないか」

「はっ、そうでした！」

我に返ると、目の前にデザート用のスプーンを差しだされる。

「ん、ほら」

「あ、ありがとう……ございます」

なにからなにまで、いいのだろうか。そう思いつつも、受けとったスプーンでブリュレをすくい、ぱくりとひと口。

「ふわとろで、あっまーい！」

なめらかな舌触りと口中にふんわりと広がる甘さに、目元も頬も緩む。

「そうか。よかったな。じゃ、こっちもどうぞ」

ユキヤが言うと同時に、バニラビーンズの甘い香りが漂《ただよ》った。目の前には、ミルフィーユとバニラアイスがバランスよく載ったフォークが差しだされている。

「いや、で……っ」

でもと続くはずだった言葉は、口を開いたとたん押しこめられたフォークに封じられた。

「む、ぅ……っぐ、あ、サクサクしたミルフィーユと香り高いバニラアイスが、絶妙なハーモニーを奏でて……って、そういう問題じゃないですよ、ユキヤさん！　いきなりなにするんですか⁉」

「ん－？　だって、あんなに悩んでる姿を見たら、食べさせてあげたくなっちゃった。ダメ？」

「うぅ？　いや、その……」

「ダメ？」だなんて――

首を傾《かし》げながら聞かれて、またしても頭が沸騰《ふっとう》した。

ユキヤの顔を直視することができない。目を逸《そ》らすため手元に視線を落としても、じーっと視線を向けられている気がする。

（違う。そんなことない。きっとこれはわたしが自意識過剰なんだ！　ちょっとからかわれただけで、ユキヤさんが、ずっとわたしのことを見てるわけがない。隣を意識する必要なんてないの。絶対、ユキヤさんは見てないんだから――）

自分自身に必死で言い聞かせていたのに、ちらりと視線を走らせると、ユキヤと目が合った。見られていた。そう確信し、またしても心臓が跳ねた。動揺するあまり、グラスに手をぶつけてしまう。がちゃんと音が鳴り、グラスが倒れた。

「わわっ。倒しちゃっ……」

ぱっと手を引いたとたん、グラスと反対側にいたユキヤの椅子とぶつかる。

「大丈夫、大丈夫。たいして水入ってないじゃないか。というか、残念だな」

「残念……？」

雨音の動揺をなだめるためか両肩に手が添えられ、軽く抱かれていた。けれども雨音は自分の失態に気をとられ、それを気にする余裕はない。

「これで水が盛大に零《こぼ》れて服が濡《ぬ》れてしまったら、服をプレゼントできたかなって」

「え？　ええっ!?　プ、プレゼントって――や、だ、だから、そういうの、お、おかしいですよ？」

「なにが？」

なにが……デートのときに服を贈るという発想。自分が汚したわけでもない服のかわりを、プレゼントしようという度量。そのどちらも雨音の感覚ではおかしい。ユキヤにとっては、なんてことないのかもしれない。なんでもないのかもしれないけど――

(わたしはっ、慣れてないんだから、そういうの！　あんまりあたりまえみたいに言わないでよぉおっ！　デ、デザートだって……)

雨音が混乱して固まっているうちに、ユキヤは雨音の倒したグラスを直し、零《こぼ》れた水を拭《ふ》く。そしてなにごともなかったかのように、デザートの残りに口をつけた。

雨音はその姿に、ぎょっと目をむく。

「そ、それ……ッ、か、かんせ、つ……ッ」

同じフォークを使ったら、間接キスじゃないの!?　とは口にできなかった。

「ん？　どうかしたのか、雨音？」

ねっとりとした口調と誘うような流し目に、雨音は悟った。

(わざとだ！　絶対、わざとやったんだ！)

顔を真っ赤にしたまま震える。その理由がなんなのか、雨音自身もよくわからない。

羞恥《しゅうち》なのか、怒りなのか——。パニックを抑えようとスプーンを握り、デザートに手をつける。

ブリュレを食べようと思ったのに、ココット皿に震えるスプーンが触れて、カタカタと不自然な音を立てた。

(き、昨日会ったばかりなのに、なんで——なんでこの人、こういうの平気なの!?　なんで!?)

顔は熱いまま、ぐるぐるとわけのわからない感情が渦巻《うずま》いて止まらない。

この人、信じられない。なのにもっと信じられないことに、あまりイヤじゃないかもしれない。

でも雨音の一般常識としては、受け入れられない。

頭のなかで相反する感情が吹き荒れ、いつもなら一般常識に傾《かたむ》く思考がどうしてもまとまってくれない。雨音は完全なるパニックに陥《おちい》っていた。

一方のユキヤはいたって平静だった。なにごともなかったかのようにデザートを食べ終え、小首を傾《かし》げて雨音を見ている。かわいらしくも見える仕種は、ある意味、凶悪だ。

「ん？　どうした？　もう十二時四十五分だぞ。とっとと食べないと一時に間に合わない」

彼はそう言って頭を軽くこづいてくる。おかしい。

どう考えても、おかしいのに――

混乱した雨音は、震える指でブリュレを平らげることに、いっぱいいっぱいだった。

なんでフォークを替えなかったか、言っていることがおかしくないか。

そんなまともな反論を口にすることもできずに――

第二章　求む！　普通のＯＬライフ

（なんだか、周りの視線がちくちく突き刺さるような――気がする）

「やっぱり……服が匂うのかな？」

くんくんと服に鼻を近づけて匂いを嗅《か》ぐ。特に匂わないが、鼻が慣れただけだろうか。一応お店のトイレに置かれていた消臭スプレーを使ったのだけれど。

（あとで、はるかちゃんに聞いてみようかな？）

そう考えて、あまり気にしないことにした。そして午後の業務をはじめ、書類作業に没頭する。

やがて部署に戻ってきた佐々木はるか嬢に匂うかどうか尋ねたところ――

「ううん。ほとんど気にならないよ。大丈夫！」

そう保証してくれたのでひと安心した。

午前中は社外に出ていた、はるか嬢。どうやら雨音がユキヤに連行されたことは、誰にも聞いていないらしい。いつもお弁当の雨音が珍しく外食したことについても特に追及されず、また雨音もあえてなにも言わなかった。

（だってきっと、昨日の夜のお詫びみたいなモノなんだから、一回きりのことだろうし）

雨音はそう気楽に考えていた。

(それにしても、ちょっと……ううん――すごく素敵な人だった)

最初はちょっと強引で、えらそうな人だなと思っていた。

でもそれは雨音が警戒していて、不自然だったせいもあるだろう。

(強引なのは本当に、最初の最初だけだったのよね。今日のお昼は、あんなに紳士的だったし)

しかも、スプーンを手渡してくれて――。あれはポイントが高かったけれど、誘ってもらった自分こそがするべき気遣いだった。思い出すだけでいたたまれない。

(わたし、気が利かない女の子だな、とか思われたかも！　っていうか、絶対思われた！)

いくら動揺していたとはいえ、ぼんやりしすぎだった。

(どうせなら、緊張して相手を気遣う感じになれたら、よかったのに！　気が利かない上に、本当はお礼をしなくちゃいけないわたしが、ご馳走になっちゃったし……)

そんなことを考えても、あとの祭りだ。

(あんな……デザートを食べさせてもらったりとか、肩を抱かれたりとか、しかもしかも……)

『食べさせてあげたくなっちゃった。ダメ？』

彼の甘やかな声がよみがえると、頭が沸騰《ふっとう》した。

「うああああああぁぁっ！」

「あ、雨音⁉　ど、どうしたの？　匂い大丈夫だって！　問題ないよ？」

羞恥《しゅうち》に耐えられなくなり、雨音が急に叫んだ。それをはるか嬢は、服の匂いが気になっているからだと思ったらしい。隣の席から慌ててなだめてくれたけれど、問題はそこじゃない。

(違うんだってば！　と言いたいけど……あんなこと、他人に話せる……気がしない！)

「うううううう。大丈夫。大丈夫、なんでもない……なんでもないの」

(だって、あの人とはもう、きっと会うこともないもの――)

昨夜、あんな遅い時間に会社にいたのだから、ユキヤも柊E・Cの関係者なのだろう。けれども、これまで雨音はユキヤを見たことがない。廊下ですれ違った記憶もない。つまり昨夜は、たまたま紀藤のところに来ていただけに違いない。雨音がいる風力事業開発部にしょっちゅう用事がある部署の人じゃないはず。あるいは、柊グループに属していても、柊E・Cの社員ではないのかもしれない。

なんといっても、柊グループは大きな企業だ。

見ず知らずの社員がたくさんいる。このままずっと名前も知らず、顔を合わせることもない社員だって、たくさんいるだろう。つまりユキヤとの関係は、さっきお昼をごちそうになったことで終わり。きっともう、二度と会うことはない。

(たとえどんなにときめいても、あんな素敵な人の隣に立つのがわたしみたいな平凡なOLじゃ、さまにならないのよね～)

――ああいう人と運命で結ばれるのは、もっと違うタイプの女性のはず。

たとえばその女性は、雨音が名前も知らないような外車に乗せられても、緊張なんてしない。高級そうな店に行っても、すんなりと店の雰囲気に馴染《なじ》む。そんな、雨音とは次元が違う洗練された女性。

（きっと、そうに決まっている）

雨音は自分に言い聞かせて、ユキヤに感じたときめきは忘れるつもりだった。

けれども、どうやら雨音の想像とは違う方向に風は吹いているらしい。

その翌日。

聞き覚えのある声が、昼休み直前の静まりかえった部署に響いた。

ぎくり。物陰に隠れるように体を縮めて、雨音は壁にかけられた時計をこっそりうかがう。

時計の針が示す時刻は、十二時十五分前。

「七崎、いるか？」

時間を確かめて、雨音の背筋に悪寒《おかん》が走った。

背中にじわりと冷や汗がにじむ。しかも、資料用のバインダーや本の隙間から見える同僚が、雨音に強い視線を向けてくるのも怖い。先輩のひとりがとっとと返事をしろと言わんばかりに、声がしたほうを指しているけれど、気のせいだと思いたい。

（いやいや。二日続けて、部署で一番の新人が早めにお昼食べに出ていくとか、ない。無理に決まってるって！）

先輩に対し、全力で首を振って拒絶する。

（わたしはいない、わたしはいない、わたしはいない。そんな目立ちまくること、もう二度としたくない！　早く諦めて帰ってください！）

祈るような心地で、デスクの前で縮こまっていると——

「おい、紀藤。七崎は今日休みなのか？」

そんな、とんでもない言葉が聞こえた。

（な、なに課長に聞いてるんですか！　いや、そうか。この間も夜遅くに課長のところに来ていたんだから、課長とは仲がいいのかもしれない。ふたりが並んでいる雰囲気だって、とても親しい感じだった）

でもやっぱり、二日連続でお昼休みを早めに、しかも長くとるなんて目立つこと、絶対イヤ。

わたしは平凡で普通なＯＬライフを送りたい！

頭のなかでそう祈っていたのに、あっさりと上司に裏切られた。

「休みじゃないぞ。奥にいるだけだろ。おーい、七崎ー、ちょっとこっちに来い」

直属の上司の呼び出し。しかも、部のみんなに聞こえる大声で。

突きつけられた死刑宣告に、雨音は今度こそ、やりすごすことができなかった。

——合掌。

† † †

それからというもの。

昼休みの十五分前にユキヤが雨音を誘いにくるのは、恒例行事になってしまった。なんといっても、直属の上司である紀藤の許可があって送り出されるのだ。断るのは難しい。

（そうだ。時間近くになったら、トイレに籠《こ》もってやりすごそう！　我ながらナイスアイデア！　なんで、いままで思いつかなかったんだろう――正午を告げるチャイムと共に部署に戻ればいい）

完璧な計画！　と雨音は気分よく実行してみた。そしてチャイムを聞き、さてお昼を食べるかとトイレから出たところで、固まった。トイレの入り口で、ユキヤが仁王立《におうだ》ちしていたのだ。

「俺の誘いを断ろうとするとは――いい度胸だな、七崎」

「ひぃッ！　ゆ、ユキヤ……さん⁉」

（顔、顔怖い！）

がしっと雨音の腕をつかむユキヤの口元は笑ってるのに、目は笑ってない。

花のようにふわっと微笑んでくれた顔が、まるで別人のものに思えるほど怖い。

「ユ、ユキヤさんユキヤさん。あのですね、いくらなんでも女子トイレ前での待ちぶせは、その男前な顔が泣くんで、止めたほうがいいと思います！」

必死に訴えても、雨音の腕をつかむ力は緩まない。そのまま腕と腰に手を回され、引きずられるようにして廊下を歩く。

お昼休みを告げるチャイムは鳴ったばかり。

どこかの部署の見知らぬ社員が、おおぜい廊下を歩いている。これから思い思いの昼休みをすごすのだろう。そんななか連行される状況に、雨音はアワアワと慌てふためいていた。頭のなかにはまた、ドナドナの歌が流れている。

（これから売られていくんだ、わたし。どうしよう、怖いよ怖いってば、誰か助けて）

辺りに目を走らせても、救いの手は現れない。雨音は泣きたくなってしまう。

「なんでいつもの時間に、部署で大人しく待っていないんだ？　そうすれば、こんな手間をかけることもなかったと思うんだが？」

「や、だってユキヤさんもお仕事あるでしょう？　それに同じ部署の人と出かけるほうが、時間の無駄がないじゃないですか。わたしも、早めに昼休みに入るなんて目立つこと、したくないですしね。えっとですから、ランチタイムのご相伴《しょうばん》は、そろそろ辞退させていただきたく……」

「この時間に廊下を引きずられて歩くほうが、よほど目立ってると思うが？」

「だからそれは、ユキヤさんのせいじゃないですか！」

雨音はつい叫んだ。

ユキヤがわざわざ雨音がいる部署まで誘いに来ることが、根本的な問題なのであって——そう言葉を続けようとして、固まる。

「聞いたか？　ユキヤさんって言ったぞ、あのＯＬ」

「彼女なんじゃね？」

そんな言葉が耳に届いたのだ。

（か、彼女——⁉）

廊下を引きずられるだけでもパニックだった頭が、さらに混乱する。

（いやいやユキヤというのは、雪谷の音読みで！　本当の音読みだったらセツヤだけど。じゃなくて、これは単なるあだ名みたいなもので！　ユキヤさんがそう呼べって言ったんだし）

言い訳めいた思考に意識を囚《とら》われて、雨音はろくに抵抗できない。

結局そのまま引きずられ、お昼を一緒することになってしまった。

今日のお昼は和食。

店先にディスプレイされていたランチメニューを見て、雨音は季節のお膳《ぜん》に決めた。食べやすく一口サイズに握られたお赤飯や炊《た》きこみご飯。鮮やかな緑のアスパラガスの天ぷら。味がよくしみていそうな色の煮物もまた、心をくすぐる。

黒い漆《うるし》のお膳には季節の料理が盛られ、彩《いろど》りも美しく食欲を誘う。

(おいしそう――ううん、おいしいに決まってる。だってユキヤさんに連れていってもらった店のお料理は、これまでどこもおいしかったもの)

もちろんお値段もかなり素敵だった。といっても、雨音は一度も自分でお金を払っていない。

「俺がおごると言っているんだ。店で男に恥をかかせるなんて、雨音はしないだろう?」

甘い笑顔でそう言いくるめられて、自分の財布を出すことすらできなかった。

(誘われたうちの大半は突然連行されたせいで、そもそも財布を所持してなかったんだけど)

座敷の個室に通されてすぐに届いた料理は、やはりおいしかった。舌鼓《したつづみ》を打ちながら、雨音はちらりとユキヤを盗み見る。

高い鼻梁《びりょう》と頬骨が印象的な、端整な顔。見慣れてはきたけれど、和室に座る姿は、いつもとまた違って見える。上品な顔立ちは、和風の侘《わ》び寂《さ》びが感じられる部屋に、よく似合っていた。

(いつもはむしろ日本人離れして見えるのに……。こうしてみると、和の佇まいにも見える)

静謐《せいひつ》な美貌《びぼう》は近寄りがたい雰囲気がある。それでいて、ずっと見つめていたい心地にさせられる。

惹《ひ》きつけられて、目が離せない――

とくんとくんと鳴る自分の鼓動の音だけが、世界に響いているようだった。

「雨音？」

見つめていることに気づかれたのだろうか。

ユキヤがふせていた瞳をふっと上げて、雨音と視線を合わせる。

「ふぇっ!?　え、や、あ、ななな、なんですか？」

雨音の心臓が再び、バクバクといきおいよく跳ねた。

（や、なんで……っていうか、さっきまで七崎って呼んでいたじゃない。七崎って！）

「やけに静かだな。なにか考えごと？　聞いてもいい？」

「なッ……!?」

雨音の意向をうかがう、柔らかい物言い。

しかも甘やかに微笑まれて、心臓をわしづかみにされた気がした。

（さささ、さっきまで強引で、上から目線だったくせに。なんなの、その、おねだりするみたいな笑顔！）

頭の奥が痺《しび》れて、くらりと酩酊《めいてい》したような心地になる。

（やだ……違う。わたし、この顔に――囚《とら》われてなんかいない）

そう自分に言い聞かせる。なのに目はユキヤの顔に惹きつけられて、動かない。もちろん目の前に座っているのだから、視線を外すのが難しいのも事実だ。ここで無理やり目を逸《そ》らすほうが、むしろ失礼だろう。

「雨音ー？　なに固まってんの？　箸《はし》も完全に止まってるし、和食、嫌い？　それともお腹空いてなかった？」

ちゃんと見えてるか確かめるように、目の前で手を振られる。

それに反応を示す前に、雨音は唐突に気づいた。

（そうか。ふたりきりのときだけなんだ。それで、名前、で――呼んでるとき、だけ――）

ユキヤは柔らかいおねだりとともに、甘やかな笑顔を見せる。

まるで雨音だけが、ユキヤの特別だというみたいに――

（トクベツ――!?）

いま気づいた事実に、かぁっと顔に熱が集まる。

（いやいやいや。それ、おかしいから！　あまりにも無理やりの、都合がよすぎる妄想だから！）

「おーい。ひとりで赤くなったり青くなったり……具合でも悪いの？」

額に手を当てられて、心配そうな顔で覗《のぞ》きこまれた。

雨音はユキヤからのお願いで、座卓に向かい合わせではなく、L字型に座っている。端整な顔を寄せられると、ただでさえ近い距離がぐっと縮まり、また心臓が不規則に跳ねた。のどの奥がきゅんと締まって、どことなく息苦しい。

（な、んで――!?）

「や、やだ。なんでもないですってば」

「んー、だって雨音、顔は真っ赤だし。瞳も潤《うる》んで焦点が合ってないし、話しかけても反応悪いし……心配するに決まってるだろ？」

そう言って、めっと言わんばかりに軽くデコピンされた。痛い。本当はそこまで痛くないけど。

「うぅ」と半泣き状態で睨《にら》んでみせると、ユキヤはにやりと口角をあげて微笑んだ。

「だから、そんな潤んだ目で男を睨んじゃ駄目だって。誘ってるんだと――思われても知らないよ？」

そして――ぱたり。

（あれ、なんで、天井が見えてるの？）

いつのまにか雨音は、畳の上に押し倒されていた。

「っていうか、いま俺は確実に誘われてるって思ったけど……ね？」

ユキヤが雨音の上にいる。

その状況が一瞬理解できず、抵抗できなかった。天井の灯りで逆光になったユキヤの顔は、影が濃くなって少し怖い。なのに雨音は、その顔から目が離せない。

穏やかな声で紡がれる甘い言葉と、強引で傲慢《ごうまん》な態度。

そのどちらが本当のユキヤなんだろう。

知りたい――そんなことを考えていると、ユキヤの骨張った指が頬を撫《な》でた。彼の指先は、輪郭《りんかく》を辿りながら首筋を這《は》う。ぞくりと背筋にざわめきが走り、肌が粟立《あわだ》った。

「……抵抗、しないの？　雨音」

額と額をくっつけられて、低い声で甘く誘惑するように囁《ささや》かれる。心の奥底の、自覚できないところまで搦《から》め捕《と》られたみたいで、まるで身動きができない。

「ユキヤ……さん？」

どくどくという自分の鼓動があまりにもうるさい。心臓が耳のそばにあるような錯覚に陥《おちい》っていると、雨音に覆いかぶさるユキヤと視線が絡んだ。

（綺麗な、色だな）

色素の薄い瞳が、はっきりと見える。

ユキヤの癖《くせ》毛《げ》がふわりと揺れ、毛先が雨音の額をくすぐって――

（口付け、られ、る――）

吸いこまれそうな心地に、つい目を閉じてしまった。その瞬間。

「失礼します。デザートと食後のコーヒーは、もうお持ちしてもよろしいですか？　先ほどのお話では、五十分にお店を出られるということでしたけど……」

障子の外から店員に声をかけられて、雨音ははっと我に返る。瞬《まばた》きをしながらユキヤの瞳を見返すと、彼はくすりと笑った。

「……持ってきてくれていい。ありがとう」

いつになく、底知れない闇をはらんだ声だった。

そう感じたのは、雨音だけだろうか。店員は「では、すぐにお持ちいたしますね」と明るく答えて去った。

　足音が遠ざかるのを確かめて、ユキヤは雨音から離れる。手を引いて雨音の体を起こしたあとは、なにもなかったように座り直し、残っていた膳《ぜん》を片づけはじめた。

　気まずい沈黙が流れるうち、店員が再びやってくる。ユキヤが「どうぞ」と答えると、和装の店員が障子を開けて入ってきた。デザートとコーヒーが漆塗《うるしぬ》りの座卓に並べられるのを見て、ユキヤが大きなため息を吐く。

　さっきまで雨音の心を支配しそうだった甘い空気は、もうどこにもない。

　食べ終わったのはちょうど十二時五十分で、タイムアップ。

「店員というのは、空気を読んでるのか読んでいないのか……」

　ユキヤが呟《つぶや》いた言葉にうなずくべきだろうか――雨音にもよくわからなかった。


（もうなんか、わからない。お昼だけ黙ってごちそうになっておけば、まるくおさまる気がするし。とにかく、彼を避けるのはやめよう）

　雨音がそう決めたのは、一時ぎりぎりに部署に駆け戻り、席に着いたときだった。

　そんな雨音に、上司である紀藤がにっこりと笑顔でのたまった。

「七崎、おまえ、昼前にずっとトイレに籠《こ》もるの禁止な」

　それを聞いた先輩たちも、一斉に声をあげた。

「そうそう。おかげでこっちは絶対零度の冷気にさらされたんだ。昼休みになっても、生きた心地がしなくてさ」

「ホント。もういいから。どうせ昼近くになれば、午前中の仕事なんて切りあげはじめるんだ。新人のひとりやふたり、いなくても問題ないから、な」

「というわけ。理解したか？」

「は、はぁ……」

雨音は首を傾《かし》げながら、ひとまずうなずく。正直なぜここまで言われているのか、わからない。けれども上司と先輩からのお達しだし、ちょうど雨音も抗《あらが》うのはやめようかと考えていた。ここはひとつ、周りの言うことを聞いておくことにした。

そこに、はるか嬢が「ただいま戻りました」と部署のみんなに聞こえるように声をかけて入ってきた。先輩営業マンのアシスタントとして、取引先に行っていたのだ。

「いったいなんの話？」

雨音の机に先輩たちが集まっているのを見て、彼女は不思議そうに尋ねた。するとみんなは話は終わりとばかりに自分の席に戻り、雨音もなにもなかったような笑みを浮かべる。

「あ、ううん。なんでもないの。おつかれさまー。お昼食べてきたの？」

「もっちろん。営業なんて、好きな時間にお昼をとれるのが唯一の利点だし。あ、でも明日は営業の宮本《みやもと》さんは書類仕事するから、外に出ないんだって。久々に一緒にランチ行こうよ！」

「あ、了解！　久しぶりだね、はるかちゃんとお昼食べるの！」

年が同じで仲良くしてくれて、なにかと面倒をみてくれるはるかに、雨音はとても助けられている。風力事業開発部に配属されてしばらくは、毎日一緒にお昼を食べていた。ただこのところ、はるかはお昼どきに営業さんと外回りに行っていて、いないことが多かった。

だから雨音はうれしくなって、二つ返事で了承してしまったのだけれど……

（あれ、でも、なにか忘れてるような——）

一瞬だけよぎった奇妙な感覚は、「そこ、いつまでくっちゃべってるんだ？」という紀藤の叱責《しっせき》に身を縮めたとたん、掻《か》き消えた。

翌日の午前中、雨音は、はるかとランチに行くのを楽しみに仕事をしていた。

やがて、時刻はお昼休み十五分前になり、そろそろ仕事を切りあげようかと作業を中断。マウスを操作し、ファイルを保存したところで——

「七崎、いるか？」

このところ日課となっている、お誘いの声がした。

ユキヤだ。雨音ははっと首を伸ばして、入り口を見た。先輩たちからは「とっとと行け」と合図され、これはまずいと顔をひきつらせる。昨日はるかと話したときは、すっかり忘れていた。最近、お昼はずっとユキヤに連行されていたのだった。

とはいえ、後悔してももう遅い。そもそも、ユキヤの連絡先など知らなかった。もし昨日の時点で約束を覚えていたとしても、やはりお昼のこの時間に断るしかできなかっただろう。

「雨音、どうかしたの？　なんか呼ばれてるみた……」

わけがわからないという顔をしていたはるかが、近づいてくるユキヤを見て固まった。

そりゃそうだろう。長身の男が不機嫌そうな顔で近づいてくるのだから、怖いに決まっている。

「七崎、おまえ、今日逃げなかったことだけは褒《ほ》めてやる。が、呼んだらとっとと出てこい。それともまた、社員がいならぶ前で連行されたいのか⁉」

「ユ、ユキヤさん。あのですね、今日はちょっと、友だちと一緒にお昼を食べる約束があってですね。ご相伴《しょうばん》は遠慮させていただきたい――」

雨音の言葉を聞いて、周りがぎょっとする。次いで、一斉にジェスチャーをはじめた。それはあきらかにユキヤについていけと言っている。

「ユ、ユユ、ユキヤさんって……あ、ああ雨音。あんた、い、行きなさいよ。行ったほうがいい。わ、私となんて、いつだってお昼できるわよ！」

「え、や、でも」

ユキヤとはこのところ毎日お昼を食べているのだ。きっちり食べているせいで、服の腰回りがきつくなってしまった。そのせいで夕飯を少なめにしているくらい。

(それに、久しぶりに女同士で気兼ねなく食べたいのに)

そんな雨音のささやかな願いは、ユキヤと周囲の圧力によって却下された。

「おまえの友だちもいいと言っているし、とっとと行くぞ」

ぐいっとシャツの首根っこを掴まれて無理やり立たされると、今日もやっぱりユキヤにずるずる引きずられるように連行されていく。

「雨音ってば、びっくり玉の輿《こし》だわ！」

あとに残ったはるかがきらきらと瞳を輝かせていたことなど、もちろん雨音は知る由《よし》もない。

† † †

「いーい、雨音。きっちりきりきり吐いてもらうわよ!? 今日は覚悟なさい！」

仕事帰りに飲み屋まで連行されたのは、はるかにしてみれば当然の成り行きらしい。

「吐くって……いったいなんのこと？ ……って、あ、昼間ユキヤさんにお昼連れていかれたこと？」

「ったりまえじゃない!! ユ、ユキヤさんだなんてっ!! もうこの娘は、ぼーっとしてるようで、なんて手が早いの！ いったい、いつどこで出会ったのよ？ どうやってとりいったの!?」

「と、とりいっ……は、はるかちゃん、落ち着いて？ まだほんのひと口しか飲んでないのに、酔っ払っちゃった？」

「酔っ払えるなら、酔っ払いたいわよ！ 玉の輿よ、玉の輿！ くー、私だってひそかに狙っていたのに！ まさかあんたに奪われるなんて……」

ぐわっと生グレープフルーツジュースのカクテルをあおるはるかに、雨音は目をむいた。

「や、なんか、盛大な誤解だと思うんだ。はるかちゃん。ひとまず落ち着こう。ね？ カクテルは意外にアルコール度数が高いし、一気飲みは体によくないよ」

はるかのグラスには、氷の隙間にわずかに液体が残るばかり。

「もう一杯、同じのください！」

いきおいこんで注文するはるかの荒れそうな気配を感じて、雨音はハラハラしてしまう。

「『ね？』じゃないわよ、もう！　どこ？　どこで出会ったの？　ほら、白状なさいよ！」

「ぐ、苦し、首、シャツ引っ張らないでよ、はるかちゃん！　会社だってば！　うちの部署にたまたま来ていて……」

「もう、はるかでいいわよ！　はるかって呼びなさい！　うちの部署ですって!?」

間近で問い詰められて、雨音は、最近、人から呼び方を強要されることが多いなとのんきに思った。

「そう、夜遅くに紀藤課長のところに来ていて……わたしはたまたま出先から帰ったところで」

「紀藤課長!?　出世が早いから親しいんじゃないかって噂、本当だったんだ！　そうだとわかってたら、もっと早く紹介してくれって課長にお願いしておいたのにー！」

「はるかちゃ……や、はるか。お、落ち着こう、ね？　興奮しすぎだよ。確かにユキヤさんは、かなりセレブな感じの人だけど……」

「かなりじゃないわよ、これが興奮せずにいられるかっていうの！　それで？　ただ部署で会ったってだけで、お昼に誘うわけないじゃない！　なにがあったの？」

「いや、別になにも……ただ、時間が遅いからって家まで送ってくださっただけで」

「おく、送ってくれ……た？」

「そう。それで翌日、お昼に誘いにきてくれて……それから毎日、かな？　えっとそろそろ十日くらいになるかも？」

　びくびくと、まるで悪いことをしたような気分で告白する。

「なんですって⁉　その一、夜遅くに紀藤課長のところに来ていて、その二、夜が遅かったから送ってもらって、その三、翌日に向こうから誘いにきたの⁉　あんたから、お礼にお昼おごりますって言い出したんじゃなくって⁉」

「う、うん……すみません。いま思うと、まさにはるか……の言うとおり。わたしがおごるべきでした。が、あまりにも高そうな店に連れていかれたので、そのままおごられてしまいました」

「そんなことはどうだっていいのよ！　ううん、そんなによくないけど。ともかくそれって、アレじゃない⁉」

　どうだっていいのかよくないのか、はっきりしてほしい。そうツッコみたいけど、ツッコめる雰囲気じゃない。

「アレ……ってなに？」

　雨音にできたのは、こう問い返すことだけだった。

「ひと目惚《めぼ》れね！」

「は？　ひと目惚れ——って、えええええぇぇ⁉　いや、それはない！　絶対にないって！」

「ずいぶんはっきりと言い切るわね？」

「いや、だって——そんな感じじゃ……なかった、と思う」

雨音はユキヤと初めて会ったときのことを、いまもはっきりと覚えている。

最初に声をかけてきたときの、ユキヤの訝《いぶか》しげな顔。送ってくれたときの態度。

あれは、ひと目惚れという感じじゃなかった。

「ひと目惚れじゃないって言うなら、実はどこかで会ったことがあるとか――どうよ？」

（実はどこかで会ったことがある――？）

雨音は思わず、目を大きく瞠《みは》って固まった。

「そんなこと……考えたこともなかった。それに、あそこまで背が高い人なら、会ったことがあれば絶対覚えてると思うけど……」

自分より背が高くてあんな素敵な人なら、記憶に残りやすいはず。自慢じゃないけれど、滅多《めった》なことでは忘れない自信がある。それぐらい、雨音の身長に対するコンプレックスは根が深い。

そうでなくても、ユキヤの顔は日本人離れしている。色素の薄い瞳や栗色がかった癖毛《くせげ》は、ひどく印象的だ。すれ違っただけならともかく、ユキヤが雨音を覚えているくらいなら、自分だって覚えているだろう。これは絶対とまでは言えないけれど、かなり確率が高いと思う。

「まぁ、そんなことはどうだっていいのよ。ともかく、おめでとう玉の輿《こし》！　まったくもうあんたは、こんなにびくびくして男に興味なさそうにしているくせにずるいわ！　でもまぁ許す。そのかわり、独身の親戚を私に紹介してくれるよう頼んでちょうだい！」

「親戚って……ユキヤさん……の？」

「そうに決まってるじゃない！　ユキヤさんだなんて。いつのまにか、名前にさん付けして呼ぶくらい親しくなって……トクベツに決まってるわ！　恋人どころか婚約者って感じじゃない！」

はるかの言葉に、雨音の思考が停止した。

（名前にさん付けして――）

「えっとユキヤさん……ユキタニさんのこと、だよね？　あれは名字をもじったあだ名みたいなものだって、ユキヤさんが……」

「なに馬鹿なこと言ってるのよ。ユキヤが名前に決まってるでしょ。柊城雪也。うちの――柊E・Cの社長じゃない！」

第三章　縁など、きっとなかった

はるかとの飲み会の翌日、雨音は朝から絶不調だった。

どうにか出社してきたものの、デスクに座っているのがやっとの有様《ありさま》。

ガンガンゴンゴン――。鈍《にぶ》い痛みが、まるで昨夜の話を忘れるなと言わんばかりに頭に響く。

(頭が痛い……死ぬ。もう無理)

昨日はるかに聞かされたことが理解できなくて、受け入れられなくて。

スマートフォンで社長が出ている社外ＰＲ用の動画を見せられても、半信半疑だった。というか、信じたくなかった。おかげではるかの一気飲みにも負けないいきおいで、ガンガン飲んでしまった。

雨音はいま、絶賛二日酔い中。青とクリーム色を基調にした落ち着いた内装の社内が、さっきからぐるんぐるん回って見えて気持ち悪い。早く昼休みになってほしい。どこかで横になりたい。そう思ってはさっきから時計をちらちらと眺めて、ため息が漏《も》れる。

時刻はお昼ちょっと前。

いつユキヤ――雪也が来てもおかしくない時間だと思うと、余計に感情が抑えられない。いますぐここから逃げ出したい衝動やら、周りからの逃げるなという無言の圧力への反抗心やら。いろんな感情がないまぜになり、雪也とのやりとりを思い出しては混乱するばかり。

仕立てのよさそうなスーツを着ているのも、名前も知らない高そうな外車に乗っているのも、雪也が柊城一族の御曹司《おんぞうし》だから。

初めて会ったとき、雨音の反応を見て雪也が訝《いぶか》しそうな顔をしたのは、雨音が勤めている会社の社長の顔を知らなかったから。

ステーキ屋で『セレブなんですね』と言ったとき、ギャルソンが不自然に動揺していたのは――ユキヤの正体を知っていたから。

『さ・か・ら・う・な』

最初に雪也と会ったとき、紀藤が口パクでそう言ったことを思い出す。

雪也が雨音をお昼に誘いにきたとき、部署のみんながとっとと行けとジェスチャーしたことも。

（わたしだけが――知らなかったんだ）

そう思うと、じわりと目頭が熱くなってしまう。

『聞いたか？　ユキヤさんって言ったぞ、あのＯＬ』

『彼女なんじゃね？』

そう言われた意味が、やっとわかった。

（ふぇぇぇぇぇぇ。信じられない信じられない～～！　みんなユキヤさんが社長だってわかってて、引きずられているわたしのこと、いったいあの女なんだろうと思って見ていたんだ！）

社員がたくさん歩く廊下を、社長に引きずられるようにして歩いていたなんて。思い出すと顔が熱くなって、机の下に隠れたい衝動に襲われる。いますぐ潜《もぐ》りこんで泣きたい。

壁にかかった時計が十二時十五分前を指したのを見て、雨音はついに耐えられなくなった。

その衝動のまま、雨音はスカートを気にしつつ、机の下に潜る。

（ユキタニじゃなくて、柊城。柊城雪也。誕生日はクリスマスイブ）

調べてみれば、社長は顔写真とプロフィール付きで会社の広報誌に出ていた。

（だから、誕生日は周りに知れわたっているなんて言ってたんだ。そりゃ知れわたっているはず。だって柊城一族なんだもの！）

「おい、七崎……机の下に潜って、なにしてるんだ？」

カラカラと音を立てて、事務用椅子が引かれた。そして、声の主が机の下を覗《のぞ》きこむ。ふわりと揺れる癖《くせ》毛《げ》に、整った顔立ち——雪也だ。

「……えっち。こんなところ、覗きこまないでください」

「地震があったという放送なんてなかったと思うが……避難訓練でもしてるのか？」

（なにして……いるんだろう、わたし）

昼休み十五分前にトイレに籠《こ》もるのは、禁止されてしまった。

部署をするりと出ていく度胸はなくて、でも、平然としてもいられなくて。

（頭も痛いし、暗いところに籠もりたかった）

仕事中にこんなことするなんて、おかしい。雨音の行動基準である一般常識が、そう訴える。けれどもいま、雨音は普通にしていられなかった。

雨音は、平凡と一般常識をなにより愛している。なにごとも普通が一番。目立たないことが一番。

これまでそうやって生きてきたのに、雨音の愛していた平凡は音を立てて壊れてしまった――いつのまにか。

（わたし、社長なんて知らない。そんな雲の上の人と知り合いになるなんて、ありえないもの）

雨音は机の下に潜《もぐ》ったまま、膝に顔を埋めて丸まった。

どうやら部署の先輩たちは、雨音が逃げなければよしと判断したらしい。雪也に雨音の居場所を教えたあとは、触らぬ神にたたりなし。見て見ぬ振りを決めこんだようだった。それとも雨音の知らないうちに、雪也に人払いされていたのだろうか。

「雨音？」

雪也が雨音の目の前にしゃがみこんで、甘やかな声で囁《ささや》く。

七崎ではなく、雨音。ふたりきりのときだけ、呼んでいたはずの――

なぜだろう。アマネと呼ばれるとき、いつも言いしれない感覚が、心の奥深くに湧き起こる。なにかが雨音の琴線に触れる。忘れている記憶を思い出させようとするような――そんなもどかしい感覚。

雨音が雪也の問いかけに答えないでいると、そっと大きな手が髪に触れて、頭を撫《な》でられた。

それはまるで泣いてる子どもを慰《なぐさ》めるみたいな手つきで、なぜだか涙が溢《あふ》れてしまう。

「……んで、騙《だま》したんですか。ユキタニセイヤだなんて、嘘をついて……ひどいじゃないですか！わたしがなんにも知らないの、そんなに、おもしろかったですか!?」

「やっと気づいたのか。まぁ……そうだな。おもしろくなかったといえば、嘘になる、かな？」

「なっ……信じられない……！」

からかうような口調なのに、ふわりとやさしい声で言われ、なおさら感情が昂《たか》ぶってしまう。ふたりきりでいるときの物言いが、いまは腹立たしい。傲慢《ごうまん》な口調で言われるほうがましに感じる。

（社長なんだから、ただ叱ればいいじゃない。就業時間中に机の下に潜りこむ社員なんて、おかしいって。そうでなければ――）

ぐるぐると渦巻《うずま》く思考がイヤな記憶に辿りついて、雨音は涙に濡《ぬ》れた目を大きく見開いた。

『へぇ……三ヶ月の試用期間か。じゃあ、あと、二ヶ月残ってる計算になるな』

そう言って雪也は、とてもいいことを聞いたとばかりに、にやりと笑ったのだ。

（もしユキヤさんが社長なら――わたしのことなんて、簡単にクビにできるんじゃない）

「ん？　突然、固まってどうした？」

「……な、なんでも……」

（もし、会社をクビになったらどうしよう――それは、とても……困る）

雨音が重大なことに気づいて血の気を失ったそのとき、紀藤の声が聞こえた。

「あーおい、雪也。ウチの部署の者はみんな怯《おび》えて退散しちまったけど、痴話《ちわ》ゲンカだったら、社長室とか人目につかないところでやってくれないか？」

痴話ゲンカ。社長室。

（と、とんでもない！）

紀藤の呆れまじりの言葉に、ぶんぶんといきおいよく頭を振る。紀藤には見えないとわかっていても、反応せずにはいられない。すると、がつんと机の引き出しに頭をぶつけた。痛みのあまり、雨音はさらに体を丸める。

「ったーい！」

「おい雨音……いますごい音がしたぞ。とにかくそこから出てこい。社長室に行くぞ」

（社長室なんて、人目につかないところ、やだ！）

そう思ったけれど、二日酔いの上にショックを受けたばかりでヘロヘロだった。さらに、男の力に抵抗できるわけがない。

机の下から引っ張り出された雨音に、紀藤は言う。

「いってらっしゃいー。あ、具合悪そうだし、急ぎの案件はないし、今日はなんだったら早退しても問題ないから」

（ええええええぇぇぇ――――っ⁉）

声にならないほど驚いていると、紀藤に自分の荷物を手渡される。そのまま、ひらひらと手を振って見送られてしまった。


二十五階建てのガラス張りのデザインビルを、エレベーターで最上階まで上がる。

どうやら雨音が机の下に立て籠《こ》もっている間に、外に食べにいく人々は出払ってしまったらしい。

廊下では誰ともすれ違わなかった。見知らぬ社員に、泣いて真っ赤に充血した目を見られずにすんだことだけは救われた。

気分は毎度、市場に売られていく仔牛のよう。頭のなかでドナドナがぐるぐるとリフレインしている。

もういい加減にしてほしいと思うけれど、雨音にはどうすることもできない。

最上階のエレベーターホールに着き、静かな廊下を進む。その一番奥に木製の扉が見えて、雨音は怯《ひる》んだ。パーティションで仕切られたイマドキのオフィスとは違う。大きく重厚そうな木の扉は、庶民の雨音を威圧する高級感を漂《ただよ》わせている。

(わたし、まだ正社員でもないんですけど、社長室なんて入っていいの⁉)

そんな、どうでもいいことを考えていると、ピッという電子音で我に返る。見れば、扉のそばに設置されたセキュリティーシステムに、雪也がカードキーを通したところだった。

「なかへどうぞ?」

まるで大事なお客さまに接するかのように、雪也は手で差し示す。

その紳士的で品のいい仕種に、またも胸がときめいて、やるせなくなった。

雨音がおずおずと社長室に入ると、思っていたより明るい空間が広がっていた。

入ってすぐに、革製のソファの応接セットが目に入る。その周りには濃緑《のうりょく》の葉を持つ大きな観葉植物が置かれて、落ち着いた雰囲気を醸《かも》しだしている。

一番奥には、一面のガラス窓を背にして置かれた、大きな木の机。

社長である雪也のものだろう。まるで西洋の貴族の館に置いてあるような優雅さがあり、オフィスデスクとは格が違う。壁際に置かれた書類棚も、クリーム色のスチール製なんかじゃない。机と同じ色をした格調高いものが揃《そろ》えられていた。

雨音は滑《なめ》らかな革のソファに座らされた。そのすぐ隣に雪也が腰を下ろす。あまり近くに座るから、袖が触れあって――思わずびくりと身を引いてしまった。反射的な行動で他意はない……と思いたい。

(べ、別にユキヤさん……ううん、社長のことなんか意識してないんだから！)

そう思うのに、体が触れると、先日の昼に畳の上で押し倒されたことを思い出してしまう。

(そうじゃない。あれは、からかわれただけなの。もう、黙れ黙れ、わたしの心臓！　言うこと聞いて、おさまりなさいよ！)

必死で自分自身に言い聞かせて、冷静さを取り戻そうとする。けれども、顔はさっきから熱くなる一方だし、鼓動はどきどきと高鳴ってうるさい。

雨音は気持ちを抑えるように、ぎゅっと自分の腕を抱きしめた。そうして昂《たか》ぶる感情と戦っていると、ソファの軋《きし》む音がして、びくりと体を震わせた。

「雨音？　なにか言いたいことがあるなら、聞くけど？　ここだと誰かに聞かれる心配はないし、大声でわめいても問題ないよ？」

ふたりきりだからだろうか。上から目線で強引に命令されるのではなく、甘やかな言葉で話しかけられた。だけどなおさら、彼を疑ってしまう。

あまりにも、わからないことばかりだ。

柊城雪也、二十八歳。日本屈指の大企業――柊エレクトロニクスカンパニーの社長であり、柊城一族の御曹司《おんぞうし》。そんなすごい人がなぜ、ただのＯＬにすぎない雨音に、こんなに下手《したて》に出た物言いをするのだろう？

――なんで初めて会ったとき、わたしを送ろうと言い出したの？

――なんでいまも、わたしをお昼に誘いにくるの？

――なんで、わざわざ偽名を名乗ったの？

いろいろ聞きたい。聞きたいけど、うまく口にできない。

彼が偽名を名乗ったのは、雨音を騙《だま》して、ユキヤと名前で呼ばせるためだったのだろうか。

親しい男友だちだったらいい。ユキヤと名前で呼んでも、不自然じゃない。

でも知り合って間もないＯＬ。しかも新入社員が、自分の勤める会社の社長を名前で呼ぶ理由は、なんなのだろう。どう考えても、おかしい。

「それで柊城社長、いったいなんのご用でしょうか」

雪也にそう呼びかける。それは雨音の決意表明だった。

（もう絶対に、ユキヤさんなんて、呼んだりしない）

雨音の言葉に、雪也がはっと息を呑んだ。でも、そんなことは、雨音には関係ない。

（もうこれで全部終わり。明日からまた、夕飯も普通に食べるって宣言しておかないと。このところ、ランチが豪華だった分、夕食はずっとまともに食べてなかったから、多分わたしのおかずは作ってないよね……）

沈黙が長い。雨音がどうでもいいことを考えている間も、雪也の返事はなかった。社長室の重たい空気のなかに、チッチッチッと時計の秒針が時を刻《きざ》む音がやけに響く。

（やっぱり弟の凪人が学校で聞いてきた通りだ。柊城姓の人と関わるとろくなことがない。いや、社長の顔を知らないわたしも悪かったんだけど。でも……）

これからは会社の広報誌に、きちんと目を通そう――雨音はぐっとこぶしを握りしめて、心に誓う。

「それが、雨音の答えなんだ」

雪也の苦い声がした。まるで雨音のほうがわがままを通していると言うような、非難の響きを感じる。

「…………そう、ですね」

（ただの先輩社員ならよかった。社長でその上、柊城一族だなんて。友だちにだって、なれるわけがない。お昼友だちとしても、無理。ありえない）

「ふーん……わかった。お昼はどうする？　お弁当でも頼んでおこうか。俺は午後から出かける予定なんだ。ここで食べたあと、今日はもう課に戻りたくなければ、帰ってもいいよ？　紀藤も了解ずみだし」

その言葉を聞いて、切られたと思った。そんな考えは自分勝手すぎるけれど、他にこの気持ちを表す言葉が見当たらない。バカみたいだ。ショックを受ける雨音をよそに雪也は電話をかけ、短くなにかを告げた。しばらくして、社員食堂の弁当が届けられる。雪也はそれを雨音の前に置くと、立ち去った。

「部屋を出るとき、忘れ物には気をつけて？　ここオートロックで、出ていったら鍵が締まっちゃうから」
それだけ言い残して――

†　†　†

正社員になりたくてがんばって仕事をしてきたのに、雪也に騙《だま》されてからかわれていた――そう知って、雨音は自分の感情をコントロールできなかった。桜霞市に来てからずっと恐れていた柊城一族。それも、勤めている会社の社長に生意気な態度をとってしまうなんて――

社長にあんな態度をとったのだから、クビになっても仕方ない。

社長室に行った翌日、雨音は諦め半分、未練半分の気持ちを抱えて出社した。

びくびくと怯《おび》える自分を理性でどうにか抑えて仕事に出てくるには、とても勇気が必要だった。社会人としては当然だけれど、今回ばかりは自分で自分を褒《ほ》めてあげたい。

「おはよう、七崎」

「お、おはようございます」

部署の区画に入ると、先に来ていた紀藤が雨音に気がついて挨拶《あいさつ》してくれる。

紀藤はきっと、昨日あったことを全部知っている。でもなにごともなかったかのような態度だ。まるで、昨日の話を持ち出すなと言われているみたい。

そんな紀藤は、雪也と同様、腹の底がよくわからない人だと感じた。雨音はぎくしゃくした動きで自分の席に向かい、椅子に座ったところで、どっと疲れてしまった。——まだ出社したばかりだというのに。

（試用期間が終わったら、正社員への登用はなし……かな）

そう考えると暗い気持ちになるけれど、じゃああのとき、彼を今までどおりユキヤと呼べただろうか。騙《だま》されながら憤《いきどお》らずにいられたかといえば、無理。やっぱり同じことをしたと思う。

（つまり、クビになったって仕方ないってことなのよね……。うん。仕方ないけど、またハローワークかぁ。なんで正社員に登用されなかったんですかって、聞かれちゃうかなぁ）

ため息をひとつ吐いて、立ちあげたパソコンの画面に目を向ける。昨日やりかけだった業務のファイルを開き、集中しようとする。

（とりあえず今日は、はるかとお昼を食べにいこう。この間、約束破っちゃったし）

今日の予定を決めると、少しだけ気持ちが落ち着いた。

昨日は社長室でお弁当をひとりで食べながら、雨音は不覚にもぼろぼろと泣いてしまった。なにが悲しかったのかは、よくわからない。

裏切られた——そんな想いに似た感覚もあったけれど、それも違う気がした。

結局、お弁当を食べ終わっても、真っ赤になった目では部署に戻れなかった。そんなとき、スマートフォンの画面を見れば、ご丁寧に紀藤からメールが入っていた。

『早退の届けは明日で構わないから』

なんで紀藤は、全部お見通しなんだろう。ありがたい気遣いだったけれど、この件については、紀藤のことも、憎らしい。この茶番に気づいていたはずなのに、黙っていたのだから。

あるいは雪也と親しいため、彼に——社長に口止めされていたのだろうか。

(それもありえる。ユキヤさんって、なんだかそういうことをしそうな感じだもん。他人をからかって、自分の言動で他人がおろおろするのを楽しんでいるような——)

自分をからかっていたときの雪也の顔を思い浮かべ、唇を尖らせて——はっと我に返った。

(いやいやいや。もう思い出さない。それに頭のなかでも社長って呼ぶって、決めたんだから!)

頭を振って雪也の面影を無理やり消すと、ぱんっと両手で頬をたたいた。

「あ、あああ雨音? ど、どうしたの?」

いつのまにか隣の席にいたはるかが、びくりと体を震わせて雨音を見る。

「あ、ううん。なんでもないの。ちょっと眠気を覚まそうと思って」

「そ、そぉ? ならいいんだけど……」

少しして、はるかより社内メールが届いた。

『なんだったら、お昼にいくらでも話聞くからね?』

腫《は》れ物扱いはイヤだけれど、気遣いはやっぱりうれしい。

(われながら、矛盾しているけど——ね)

そんな自嘲的な自分にも落ちこんでしまい、雨音はため息をついた。

明るい雰囲気の、お財布にやさしいイタリア料理店。ちょっと贅沢《ぜいたく》してドルチェをつけても、ランチは千円！　店内は雨音たちと同じようなＯＬたちで席が埋まり、ずいぶんとにぎやかだった。

「わたしが社長の顔を知らなかったから、からかわれたみたい。正体を知ったたって伝えて、お昼も断っちゃった。ごめんね？　親戚の紹介なんて、やっぱりわたしには無理だったよ」

雨音がそう告げると、はるかは、

「あんたって欲がないのねー。からかわれたなんて、上等じゃないのよ！」

と言い、少し残念そうにしながらも笑ってくれた。

「それにしたって、私なんて三年もいて、直接社長と会ったこともなかったのに……。雨音は持ってるのねぇ……そんで、持ってる人はあっさり捨てるのよねぇ」

「三年いて、一度も？」

「そうよ。夜遅くまでいたことだってあったけど、気配すら感じたことないわよ。こういうのって古くさい言い方かもしれないけど、結局〝縁〟なのよ」

「縁？」

「そ。雨音がいいんなら、もうなにも言わないけどね。あんたって縁を自分から手放しそうで、心配だわ。逃した魚はでかかったって、あとで気づいても遅いんだからね？」

はるかのおせっかいは気にかけてくれている証《あかし》だから、内心うれしい。でも、それとこれとは別。後悔は絶対しない。

（もう、そう決めたんだから……縁なんてなくていいの）

「うん。ありがと……これでクビを切られることがないといいな、とは思うけど」

「まぁ、それはないと思うけどねー。むしろ別の噂のほうが心配だわ」

「別の噂？」

ドルチェを味わいながら、雨音は首を傾《かし》げた。

「んー、まぁよくは知らないけど、うちの部署、なくなるって話がちらほら……」

「な、なくなる⁉　業績は上がってるって話じゃなかった？」

「そうなんだけどね。海外への販売は順調でも、国内ではそんなに風力発電を推《お》してないじゃない？　だから風力はやめて、太陽光発電一本に絞《しぼ》ったらどうかって話が持ちあがってるみたい」

そんな話は寝耳に水だった。

（もし正社員になれても、自分の部署がなくなったらどうなるんだろう。どこか別の部署に再配属してもらえるの……かな）

あまりにもショックで、目の前が真っ暗になった気がする。

「ま、うちの社長はやりたいようにやる人だから。国の意向なんて関係ないかもしれないし——あくまでも噂だけどね」

はるかはそう話をしめくくったけれど、雨音の気は晴れなかった。

† † †

はるかとランチでそんな話をしてから、二週間ほど平穏な日々が過ぎた。

毎日雪也からお昼に誘われていたことなど、すべて夢だったかのよう。

雨音はあれ以来、一度も会社で雪也を見かけていない。

特に変わったこともなく、人から注目されることもない日常。それこそ雨音の望んだものだった。

なのに胸にポッカリと穴が空《あ》いたような気がするのは、なぜなのだろう。

その理由は、深く考えないようにしている。それでも、昼休みが近づいて部署の壁にかかる時計の針が十二時十五分前を指すのを見ると——

「七崎、いるか？」

そんな幻聴が、ふっと耳によみがえる。

そのたびに頭をぶんぶんと振って、雨音は記憶のなかの声を吹き飛ばしていた。

気がかりは、それだけじゃない。どうやらはるかが言っていたことは、ただの噂ではなかったらしい。六月の株主総会が近づくにつれて、部署では頻繁《ひんぱん》に廃止の件が話題にあがる。そのせいで、風力事業開発部には微妙な空気が流れていた。

「どうも大株主のなかには、風力発電はいらないって主張のやつがいるらしいぞ？」

「でも、株主が言ったからって、簡単に諦める社長じゃないだろ。もともと太陽光発電も風力発電も、株主は反対していたのを社長が独断ではじめたんだし」

「いまは前より業績も上がってるんだから、大丈夫じゃないか」

「でも政府の助成《じょせい》に関しては、何度も会議で問題になってるって聞くぞ」

「新型機の実験が終わったばかりなのに……アレ、製品化されないまま終わるのか？」

噂の新型機は、雨音も実験結果を何度もグラフにしてプレゼン資料を作成した、思い入れのある機体だ。製品化されなかったら、あの努力はすべて無駄になるのだろうか。

（間違った資料を送っちゃって、慌てて正しいカタログを届けにいったのも、この新型機に関するものだった。そして遅くに会社に帰ってきて――）

柊城雪也に出会ったのだ。

思えばあれは、もう一ヶ月も前の話になる。

あのときはまだ、柊エレクトロニクスカンパニーのことはおろか、桜霞市のこともよくわかっていなかった。実のところ、それはいまもあまり変わっていない。けれども不思議なことに、机の下に引きこもり、社長と揉《も》めるというみっともない姿を人に見られたことで、逆に開き直れたらしい。

仕事で失敗したら、正社員になれない。そう思って、ずいぶん緊張していたに違いない。開き直ってからはその怯《おび》えがなくなり、部署の人とも話しやすくなった。

（せっかく少し慣れてきたのに――）

もし風力事業開発部がなくなったら、正社員になれたとしても、自分はやっていけるだろうか。

そう考えると、少し怖い。また別の部署で新しい人間関係をゼロから築かなくてはならないなんて、想像しただけでぐったりしてしまう。

憂鬱《ゆううつ》になっていると、区画のドアが開いて、課長の紀藤が入ってきた。紀藤は部の存続が議論される、上層部の会議に出席していたのだ。

「あ、課長。どうなるんだ？　やっぱりうちの部署、なくなりそうか？」

戻ってきたばかりの紀藤は、すぐに部署の人に取り囲まれて、質問をされている。

「んーなんとも。やっぱり業績よりも、国の助成《じょせい》がネックで、撤退を検討しているって」

あまりにもあっさりと、紀藤は爆弾発言をした。

ざわざわと話しだす先輩たちの声を、雨音は黙って聞いていた。

国の助成基準というのは、必ずしも現場に即したものではないようだ。いつだったか、はるかにこんこんと説明されたことがある。

いまも紀藤が、会議での経緯や助成基準について話していたけれど、雨音にはいまいちよくわからなかった。

ともかく、風力発電は国の助成を受けるのにあまり向いていないらしい。そのせいで、風力事業開発部もなくなるかもしれないのだという。

「どうにかならないのかよ、おまえ社長と親しいんだろ？」

「親しいというわけでも……大学が一緒だっただけで」

その言葉に、周りがざわめいた。

風力事業開発部の区画は、決して狭くはない。ビルの広いフロアーを部署ごとに仕切ったうちのひとつで、そのなかもさらに背の低いパーティションで区切られている。

床とパーティションは落ち着いた雰囲気の青。棚は白っぽいクリーム色。

まるでドラマに出てきそうな印象の、こぎれいなオフィス。その上座の課長席に、年配の社員が十数人も詰め寄っている。はっきり言って異様な光景だ。

「じゃあ、あれだ。社長が苦手にしてそうな大学の先輩から、ちょっと圧力をかけてもらうとか」

「本当にやめようと思ってたら、そんなことで意志を変える性格には思えないんですが……。むしろ、それを理由に潰されるかもしれませんよ」

人垣の向こうに見える紀藤は笑みを浮かべている。けれども、雨音には紀藤が嫌がっているのがわかった。といっても、ほとんど吊しあげのこの状況で、年上の社員にイヤなことを言われても笑って応対できるのだから、紀藤はやっぱり肝《きも》が据わっている。

そもそも紀藤は課長と呼ばれているが、これは正式な呼び方じゃないらしい。雨音はその仕組みがよくわかっていなくて、ついこの間はるかと飲みにいったときに説明してもらった。

はるかによると、紀藤は風力事業開発〝部〟の長《おさ》なのだから、本当は部長なのだそうだ。それなのになぜ〝課長〟と呼ばれているのか。

それは風力事業開発部が柊E・Cのなかでも、特殊だからなのだという。

「あくまでも柊エレクトロニクスカンパニーでの話ね。開発部や広報部、営業部は、それぞれ独立して存在しているんだけど、うちの部は違うの」

「部のなかに営業課と開発支援課があるのが、そう？」

「そのとおりよ。開発と営業の連携をスムーズにしたいって社長の意向なんだって。それでうちの部は立ちあげのときから、他の部署とはいろいろ違うのよ」

普通というものがよくわからない雨音は、とにかく相づちを打って聞いていた。

「ただ、柊城社長の発案で作られたせいか、うちは社内で問題視されることが多くてねぇ。部としては大きくないのに、ひとつの部署に何人も課長がいるのはどうなんだって言われて。もともとは、もういくつか課があったのよ。だけど結局、課が統合されて課長職を減らしたから、紀藤課長が風力事業開発部の部長と営業課長を兼任してるのね」

「そうなんだ……確かに外回りにご一緒させていただいたときは、部長と名乗っていたかも」

「肩書きって一般的には、複数あるなら高いほうを名乗るのよ。でも二十代の部長だと年輩の社員がうるさいから、社内では便宜的に課長って呼ばれているのね」

紀藤がそんな縦社会的な面で苦労しているなんて、雨音は考えたこともなかった。

「社長と仲がいいのは本当らしいけど……仕事ができるから課長は社長と仲がいいんじゃないかしらね？」

「仕事ができるから仲がいいって——、どういうこと？」

はるかの言葉の意味がよくわからなくて、雨音は首を傾《かし》げる。

「柊城社長は仕事できない人が嫌いだって噂なのよ。以前、どっかのおえらいさんに頼まれて、ご令嬢を秘書として雇ったことがあったのね。でも、仕事ができなくて、ずいぶん問題にしてたみたい」

「ふーん……縁故採用かぁ。その人、正社員だったの？」

「もちろん。取引先のお嬢さんを契約社員とかアルバイトで雇わないでしょ。半分くらいは体《てい》のいいお見合いだったみたいだけど」

「お、お見合い⁉」

「そっりゃそうよ！　柊城グループの御曹司《おんぞうし》とその秘書！　毎日、長い時間を一緒に過ごすうちに、芽生《めば》える愛！」

「……はるかは、小説やドラマの見すぎー」

あまりにも力《りき》むはるかに、雨音は思わず平坦な声で茶々を入れた。

「でも、あれ秘書って……？　わたし社長室に行ったとき、そんな人いなかったけど……人払いされてたの、かな？」

一回だけ連れていかれた社長室。その記憶を思い起こしてみれば、社長のデスクのそばに、もうひとつデスクがあった。もしかしたら、あれがご令嬢の机だったのかもしれない。

そういえば、雪也はそのまま出かけると言っていた。お昼休みのあともご令嬢と出会わなかったのは、社長と一緒に出かけたからだろうか。

（社長と一緒に――）

そう思うと、胸の奥がツキンと痛んだ。

（わたしには、関係ない。社長がいつ誰と一緒にいようと、いいの。ただの平社員にすぎないわたしには、まったく関係ない話なんだから！）

雨音はぶんぶんと頭を振って、妄想を振り払う。雪也と見知らぬご令嬢のツーショット、そして胸に湧き起こったどす黒いモヤモヤ。

「そりゃ、会うわけないわよ。言ったでしょ。社長は仕事ができない人が嫌いらしいって。そのご令嬢は、一ヶ月くらい前に辞めさせられちゃったもの」

「辞めさせられた……？　わたしの記憶が確かなら、仕事ができないという理由だけで、正社員を辞めさせることはできないはずだけど……？　退職者が労働局に会社のことを訴えたら、確実にまずいことになるでしょ」

「あんた、変なことに詳しいのね」

「ハローワークに行ってる間に、勉強しました！」

雨音は自慢げに言う。その知識があったから、今回の試用期間の結果、もし納得がいかない事態になったときは、戦おうと思っている。

「あんた、ここをどこだと思ってるのよ……桜霞市よ？　柊城一族が辞めさせたいって言うのに、労働局にどうこうできるわけないじゃない」

「……それ、ホント？　真剣に言ってる？」

「こんなこと、嘘で言うわけないでしょ。桜霞市は柊グループのおかげで、失業率が異様に低いんだもの。ご機嫌損ねるようなこと、できるわけないじゃない。あんたなんか柊城一族に逆《さか》らって、よくこの市に住めると思うわ……社長のはからいね」

はからい。雨音になんの危害が及ばないのも、会社で働き続けていられるのも、はるかの考えでは雪也のおかげということらしい。雨音にしてみれば、そもそもなんで自分が社長に目をつけられたのかわからない。

「……わたしだって、好きで社長と出会ったわけじゃないし……。部署でも目立って注目されて、むしろいい迷惑だった。感謝なんてしてない」

「あっそ。ま、それはいいけど、柊城一族の崇拝者に知られでもしたら面倒だから、黙ってなさい。部署の人たちだって、そうよ。あんたの巻き添え食わないように、言い触らしてないんだからね。あんたもよそで話すときは気をつけなさいよ」

どこか心にぐさぐさと突き刺さる言葉だった。

はるかはいつも、歯に衣《きぬ》着せぬ物言いをする。嘘っぽい綺麗な言葉より、はるかの話す痛い真実のほうが、たいていの場合ありがたい。けれども、いまのはすごく痛かった。ちょっとばかり、悪意も感じた。唇を尖らせて苦情を申し立ててみる。

「むごい……」

「なーに言ってんのよ！　あんたのことは、いくら恨《うら》んでも足りないくらいなんだからね！　わたしの生涯の夢である玉の輿《こし》を、あっさりすっぱりと棒に振っちゃったくせに！」

結局、その後はぐでぐでになったはるかに、玉の輿のすばらしさを語られた。あげく、なぜか飲み代までおごらされて——。わけがわからないと思ったけれど、これもつきあいのひとつ。日頃お世話になっているしと思って、おとなしく従っておいた。この判断は、きっと正しかった。

ちょっと話が逸《そ》れたものの……

（なんにしても、部署がなくなるというのはやっぱり切実な問題。……というか、まだ入社して二ヶ月弱。お世話になった人の役に立つどころか、足を引っ張ってばかりなんだもの。はるかにだって飲み代をおごる以外のことで、お返しできるようになりたいしなぁ）

そんなことをぼんやり考えていたせいで、前方で行われていたやりとりから意識が離れていたらしい。

「ん？」

ふと気づけば、がやがやとにぎやかだった声が聞こえない。顔を上げると、紀藤をはじめとする同僚全員が雨音に視線を向けている。そんななか、年配社員が苦笑いして言った。

「そういうこと考えるかね、普通」

「ていうか課長。さっきは圧力をかけたら逆に潰されるかもって言ってましたよね？　賄賂《わいろ》は問題ないんですか？」

いつのまに帰っていたのだろう、はるかの声だ。体格のいい男性社員の陰で見えないけれど、どうやらはるかも話し合いにまざっているようだ。

「それはやってみないとわからないな。でも、生まれたときから社長の椅子が約束されていた人間だしな。無理やり従わせるより、袖の下のほうがまだ効果はある気がする」

「なるほどぉ……それは確かに」

（賄賂？　袖の下？　一体なんの話だろう？）

なんで、自分のほうをじっと見ながら、そんな話をしているのだろう。

「しかしちょっと、アレはぼーっとしすぎじゃないかね？」

ため息まじりに、先輩のひとりが雨音を指差す。ぼーっとしすぎだなんて、失礼な。というか、人を指差さないでください。そう思って唇を尖らせていると――

「わかりませんよ。案外、ぼーっとしてるところがいいのかもしれないし」

弁護のようで、なんの弁護にもなっていないはるかの言葉が聞こえた。

「なるほど、そういう考え方もあるか」

紀藤は妙に感心したようにうなずく。おかしい。どうも雨音の話をしているのに、ちっとも話がわからない。それでいて、悪寒《おかん》みたいな震えが全身に走る。

（なんだか――とってもイヤな予感がする）

「じゃあ、その手でいきますか」

にっこり笑った紀藤の笑顔は、どす黒く見えた。

第四章　ドナドナされる五秒前

世のなかって、理不尽だ。

腕を拘束されて会社の廊下を歩く雨音の瞳は、すっかり潤《うる》んでしまっていた。

（なんでわたし、会社の同僚にこんな目に遭《あ》わされてるの⁉）

雨音は後ろ手に、黒革と鎖でできた拘束具がかけられている。そんな状態で引きずられるようにして会社の廊下を歩かされるなんて、どう考えてもおかしい。なのに、みな見て見ぬ振りだ。ときおりすれ違う他部署の社員も、ひそひそ言葉を交わしたあと、目を逸《そ》らして去っていく。

（おかしいでしょ、コレェッ⁉）

雨音は叫び出したくて、仕方がない。

先ほど、にっこり笑顔で近づいてきたはるかに気を許したのが、間違いだった。背後でじゃらりと金属が擦《こす》れる音がしたかと思うと、腕を縛られ、そのまま連行されてしまった。

無理やり歩かされてしばらくすると、見覚えのある扉が近づいてきた。

一度だけ来たことがある――社長室の重厚そうな木の扉。

こんな恥ずかしい格好で、雪也の前に連れていかれるのだろうか。なんのために？　風力事業開発部が直談判するため？　雪也がいる場所に連れていったら雨音が嫌がると思って、拘束されたのだろうか。

（こんな格好をさせられるほうがむしろイヤなんだけど！）

雨音は涙目で体をひねった。どうにか拘束が解けないかともがくけれど、鎖は外れそうにない。逃げようにも、前後左右に人がいて、身動きがとれなかった。

（イ、イヤだ……ユキヤさん——社長にこんな格好で会うなんて、絶対おかしい！）

そんな雨音の心の叫びを無視して、扉をノックをする音が響く。

「入れ」

低く硬い声が答えて、雨音はどきりとした。ややくぐもって聞こえるけれど、間違いない。雪也の声だ。彼の低い声は、えらそうだけどやっぱり素敵だと思う。どこか冷《ひ》ややかな物言いは、記憶にあるやわらかい声とは違う。それでも、雨音は自分の心が震えるのを感じてしまった。

（ずいぶん、久しぶりに、聞くみたい）

会社にいるときは、名前で呼ばれていない。

上司と部下としての仕事用の声で、「七崎」と苗字で声をかけられていた。なのに、記憶に残っているのは、ふたりきりのときの魅惑的な声ばかりだ。「雨音？」とおねだりするように名前を呼ばれ、いつのまにか心を侵食されていた。毒に似た——耳朶《じだ》を震わせる囁《ささや》き。

雨音は胸の痛みをこらえて、唇をぎゅっと引き結ぶ。そのとき、ピッという音と共に、扉の電子錠が解かれた。ギィと扉が開く音に、雨音ははっと顔を上げる。

部屋の奥のデスクに、雪也が座っているのが見えた。

色素の薄い瞳が、不機嫌そうにすぅっと細められる。

冷《ひ》ややかな視線は、紀藤に肩を抱かれた状態の雨音を捉《とら》え、さらに温度が下がった気がした。けれども、それはほんの刹那《せつな》だけ。雪也はすぐさま口元に皮肉そうな笑みを浮かべ、いつもの傲慢《ごうまん》な態度で入室した風力事業開発部の面々を眺めた。

立ち並ぶ大人の男五人と、女子ひとり。紀藤に引き連れられてる雨音は、ほとんどおまけ状態だ。雪也は座ったまま、それらの面々と対峙する。雪也から漂《ただよ》う余裕と威圧感は、すさまじいものだった。

(これが大企業の――柊エレクトロニクスカンパニーの社長)

雨音はこんな雪也の顔を、初めて見た。

(知らない人――みたい。ううん、本当に、知らない人なんだ)

後ろ手に動きを封じられた雨音を眺める雪也は、ひどく遠い存在に見える。

雪也はこの事態をどう捉えたのだろう。彼は風力事業開発部一同をひとりずつ見据えて、にやりと人の悪い笑みを浮かべた。

「みなさんお揃《そろ》いで、一体なんのご用かな?」

声には揶揄《やゆ》の響きがこめられていて、彼の目は笑っていない。はっきり言って怖い。

わざわざ貴重な時間を割《さ》いているのだ。くだらない話なら、ただではおかない。

雪也はそんな雰囲気を威圧的に漂わせている。

(ふぇぇ。逃げだしたいよぉぉ)

そう思い腕を引こうとすると、背中でじゃらりと鎖の音がした。

静かな社長室に鎖の音。なぜだかひとりだけ、ひどく恥ずかしいプレイをさせられているみたいだ。羞恥《しゅうち》で顔が熱くて仕方ない。

鎖の音がするたびに雪也がにやにやとするのにも、身がすくむ。さもおもしろいことを期待していると言わんばかりだ。雨音に向けられる冷ややかな視線に、心底いたたまれない。

（はっきり言って……見ないでほしい。ううう。すごく……恥ずかしい）

羞恥に悶《もだ》える雨音とは違い、隣に立つ紀藤はひどく冷静に見える。いつもと変わらない態度で雪也と向かい合い、駆け引きのような言葉を紡ぐ。

「そうですね。おおよそお察しのとおりだと思います」

「風力事業開発部の存続の件か」

「開発中の新型機は、中止にするには惜《お》しい結果を出しているとご存じの上での処置ですか」

「もちろんだ。午前中の会議で話したとおり、このプロジェクトを日本で進める必要があるかどうかが問題なのであって、良好な結果を出しているかどうかは関係ないんだ。紀藤は当然わかってると思っていたが」

そんな雪也の言葉を受けて、紀藤がにっこりと笑う。その笑みは、どこか黒く見えた。

（怖い。満面の笑みでのやりとりだというのに、この冷ややかさはなんだろう）

場のピリピリとした空気に当てられて、雨音はすっかり怯《おび》えていた。

「もちろん、わかってますとも。それと社長の性格も。他人になんと言われようと、やろうと思っているときには反対など意に介さない人ですからね」

「そんなに買いかぶってくれなくていい。自分の意志を貫き通すと言っても、俺だって無意味に株主とやり合いたいわけじゃないしな」

「そうですよねぇ。独善的に進めているようで、意外と株主からの反応も考慮されてますよね。つまり社長の判断は、絶対にどんな影響も受けないわけじゃない、と――」

「ほう？　話を聞くだけは聞いてみようか？」

(き、狐《きつね》と狸《たぬき》の化《ば》かし合い！　こ、怖い。火花がバチバチ散っているよぉぉっ！　課長、あまり、社長の機嫌を損ねないで！　怖いから！　わたし、恐怖のあまり叫んじゃうから！)

雨音は動かない腕にぎりぎりと力をこめた。もちろんそれで逃れられるわけでもないけれど、怯《おび》えるあまり、つい体が反応してしまう。

「そうですねぇ……イケニエなんて、どうかと思いまして？」

「……イケニエ？」

さすがに思ってもみなかった言葉だったようだ。雪也は悠然《ゆうぜん》とした態度を崩して、目を瞠《みは》っている。雪也が初めて動揺らしい動揺を見せれば、紀藤がちらりと雨音に視線を向けた。なんだろう？雨音がきょとんとしていると、ふいに背中を押されて、体勢が崩れた。たたらを踏んだところで、みんなの前に引き出される――つまり、雪也の真ん前に。

「どういうことだ？」

雪也の訝《いぶか》しそうなその顔には、見覚えがあった。

初めて会った夜、雨音がなんの気なく雪也に話しかけてしまったときと同じ。

(きっとあのとき、なんて図々しい女だと思われてたんだろうな——)

会社における生殺与奪《せいさつよだつ》の権を持つ社長だ。あんなに気軽に話しかける社員がいるわけがない。雨音はこんなときなのについ、かつてのいたたまれない行動を思いだしていた。

そのとき紀藤はポケットからなにかを出して、雪也に向かって投げた。ぱしっと音を立てて片手でキャッチした雪也は、手のなかの物を見て「ふーん……」と、つまらなさそうに言う。

(イケニエ。イケニエがいったいなんのことか気になるけど、この流れはどうなんだろう。うちの部署、やっぱりなくなるのかな?)

雨音はただ、事の成り行きを見守ることしかできない。他のみんなも固唾《かたず》を呑んで雪也の反応を待つなか、チッチッと時計の秒針が進む音がやけに響く。

沈黙が痛い。

耐えきれずに雨音が目をぎゅっと閉じたそのとき、ため息をゆっくりと吐き出す音が聞こえた。

はっと顔を上げる。見れば、雪也はまったく表情が読めない顔をしていた。

(さっきまで……にやりと笑って、余裕のある顔をしていたのに)

いったいなぜだろう。理由を探るように、雨音が雪也の顔を見つめていると——

「……いいだろう。取引に応じて、検討だけはしてやる。あくまで、検討だけだからな」

「それで充分。結構ですよ」

「なんだかその言い方、むかつくな」

「いえいえ。利益につながることに、社長は誰よりも敏感だと思っておりますので」

「……紀藤の妙に聡《さと》いところは、役に立つと思ってるし気に入ってもいるんだが……。ときどき大っ嫌いになるんだよな」

「褒《ほ》め言葉として、受けとっておきますよ」

雨音には、なにがなんだかわからない。なのに、いつのまにか取引が成立したらしい。

(紀藤課長が喜んでいて、社長が苦虫を噛《か》みつぶしたような顔をしているということは……うちの部署、なくならないってことなのかな?)

雨音は頭のなかを疑問符だらけにして、きょとんとしたまま雪也と紀藤の顔を見比べる。

すると背後の手を引っ張られ、くるりと体が回転した。風力事業開発部の面々は、雨音の横をすり抜けて扉へと向かう。

(うをっ? なになに、なんなの――!?)

雨音が混乱して身じろぐと、背後でまた、じゃらりと鎖が動く音があがる。

「じゃあ、そういうことでよろしく。あ、七崎も」

「はい?」

「部署みんなの未来がおまえの働きにかかってるんだから、社長のご機嫌を損ねないように!」

紀藤にびしっと命じられて、雨音はますますわけがわからなくなった。

「イケニエ……」

思わず呟《つぶや》いてみても、なにを任《まか》されたのかさっぱりわからない。

「そう、イケニエ。みんなが生き残るために、誰かが犠牲になる。そういうことってあるだろう？」

「そうですねぇ？　………って、ええっ!?」

混乱する雨音に向かって、扉から出ていく直前の紀藤が唇の動きだけで伝えてくる。

「さ・か・ら・う・な――」

いつかも聞かされた忠告が、再び雨音に迫る。

「社長の言うことはなんでも聞けよ、七崎？　今度社長の機嫌を損ねたら、おまえ、クビになるどころか桜霞市に住めると思うなよ？」

「機嫌を損ねたらって……」

あまりにも過激な最後通牒《つうちょう》だった。言われたことと状況を思い出し、ようやく頭に血が巡《めぐ》る。

「わたし？　ええっ、わたし!?」

（つまり、あれ？　そういうこと？）

部のみんなが社長室を去り、パタリと扉が閉まる音を聞いたところで、自分の状況を理解した。

――どうやらわたし、社長にイケニエとして捧《ささ》げられてしまったらしいですよ？

第五章　初めてのキスは甘い暴君と

イケニエにされた雨音は、いつのまにか雪也にソファへと押し倒されていた。

ビルの最上階の社長室で、どう考えてもおかしいやりとりのあと。

雪也と紀藤の背が高いことについて触れたことは覚えている。そうしたらあきらかに雪也の表情がイヤそうに歪《ゆが》んで——気がつけばこんな体勢だった。

（社長って、紀藤課長と親しいんだよね？　でもいまわたしが課長の名前を出したら、なんだか不機嫌になったような……？　それって、嫉妬《しっと》みたい……）

勘違いかもしれない。それに、確かめたくても気軽に聞ける雰囲気ではない。とまどう雨音に雪也が覆いかぶさってきて、ソファがぎしりと音を立てる。

（どうしよう。この、体勢はまずい。どきどきしすぎて、理性が消えてなくなりそう）

雨音は身の危険を感じて、身じろいだ。といっても、すっかりソファにあおむけになっていて、逃げ場所がない。雪也の顔が近づいてきて、彼の息遣いが聞こえる。その熱っぽい吐息にどきりと心臓が跳ね、どっと体温が上がった。

そのときふと、雪也の茶色がかった癖毛《くせげ》が雨音の目についた。

（あの髪——ちょっと触ってみたいな）

ふとそんな欲望が疼《うず》く。それで雨音は手を動かす――けれど、無駄だった。彼によって封じられた腕はぴっと突っ張っただけで、自由に伸ばせない。ささやかな願いも叶わなくて、雨音はちょっと悲しくなってしまう。まるで欲しいおもちゃを買ってもらえない子どもになった気分だ。

きしりと、心臓が軋《きし》むような痛みが雨音の体を侵食する。

（べ、べつに社長に触ってみたいわけじゃないんだから！）

自分で自分に言い訳すると、雨音は唇を尖らせて雪也をうかがう。

「あ、の……社長。この拘束具？　どうにかなりません？」

「社長？　さっき俺が言ったこと、もう忘れたらしいな、イケニエ」

間髪容《かんはつい》れずに返された声は、皮肉めいていて冷たい。

（俺のことを見ろってこづかれて、身分を聞かれて……あとはなんだったかな……）

記憶が曖昧《あいまい》で答えられない雨音はきゅっと身をすくめ、雪也と出会う前に聞いた噂を思い出した。

『うちの社長って暴君だよな……』

『失敗したやつは案件分を給料天引きとか、聞いたか？　訴えてぇ』

『ばっか！　この桜霞市で社長を訴えるなんて、できるわけないだろ？　柊城一族ってのはさ、この街じゃ昔のヨーロッパでいう絶対君主みたいなものなんだから』

これまでそんな会話を聞いて社長を恐れていた雨音だけど、いままで直接的な影響はなかった。社長とは会ったことがなく、そもそも顔も知らない。雨音は桜霞市では新参者だ。柊城一族のことは本当に風の噂で聞くだけ。だから彼らに怯《おび》えてはいたものの、この不況時に雇ってもらえてありがたいという気持ちもあったのに。まさか、こんなことになるなんて――

「おい、固まってどうした、イケニエ？　おい……雨音？」

名前で呼ばれると、ぶぁっと顔に熱が集まって、うまくものが考えられなくなる。

自分が怯《おび》えているのか、それとも雪也の甘やかな雰囲気に呑まれているのかもわからない。

「う……あ……ち、近寄らないでくださいよ、社長」

「自分に捧《ささ》げられたイケニエにどれだけ近づこうと、俺の自由だろ？　ん？」

軽くこづかれ、雨音は今度こそ動けなくなった。顔はきっと真っ赤になっているだろう。

雪也はこれまでも、雨音が自分の言うことを聞いて当然というように振る舞うことがあった。

初めて会った夜も、お昼に連行されたときも、そう。

でもいまの雪也は、以前とはまた違う顔をしている。もっと権力者然とした強引さが感じられて怖い。雨音はつい、自分がどうしたいのか考える前に命令に従ってしまう。

(だって、でも、これはどこまでなら拒絶しても許されるの!?　誰か教えて！)

雨音は自分の気持ちがよくわからない。雪也に押し倒されたとき、切なさをともなって心臓がとくりと跳ねた。自分が雪也をどう思っているのか、雪也の誘いに対してどうしたいのか――雨音のなかで、その答えは出なかった。

そもそも前提条件がおかしい。

イケニエや貢《みつ》ぎ物というからには、差しだすものは差しだされる側――この場合、雪也にとって価値があるものじゃなければ成り立たないはずだ。

（それがなんでわたし⁉　どう考えても、全然釣り合ってない。こんなの、取引としておかしい）

そんな考えに気をとられて、雪也の「おい」という呼びかけに反応が遅れた。すると骨張った指に髪をするりと掻《か》きあげられる。そのやさしい仕種に甘い期待を抱いて、再びとくん、と胸が跳ねた。ところが次の瞬間、雪也の指が乱暴に雨音の耳を引っ張る。

「聞いているのか？　おい。この耳は飾りか？　七崎」

「痛い……っ！　痛いです、社長！　聞こえてますってば！」

雨音は泣きそうになりながら、暴君の雪也と向き合わなくてはと、いま一度、真剣に考える。

（社長が言ったこと。どれだ。いろいろ言われたから、よくわからなくなっちゃった……）

「えっと、『ちゃんとこっちを見てろ』ってやつでしたっけ……？」

涙目で、おそるおそる反応をうかがってみる。すると、雪也はわざとらしく横を向いて、はぁっとため息を吐いた。

「そうだった。ほんっとうっに、おまえ……天然だって言われてるんだもんな」

「そ、な……なんで社長が、そんなこと、ご存じなんですか！　それに、社長に関係ないじゃないですか！」

「あ、そういうことというんだ。さっき紀藤はなんて言ってたっけ……？　たしか」

『さ・か・ら・う・な』

紀藤の口の動きが、やけにはっきりと頭によみがえる。

『社長の言うことはなんでも聞けよ、七崎？　今度社長の機嫌を損ねたら、おまえ、クビになるどころか桜霞市に住めると思うなよ？』

「……えーっと、社長。いま……ご機嫌ななめ？」

「さぁ、どうだろう？　イケニエがあんまりにも生意気だと、機嫌悪くなるかもな」

耳元でもったいつけたように低く囁《ささや》かれる。動きを封じられた雨音の体は、雪也の腕のなかにすっぽりとおさまっている。端整な顔がやけに近い――と思ったら、ふぅっと耳に息がかかる。

「きゃぁっ！　な、みみみみ耳！　なに、耳に、息、吹きかけっ！　く、くすぐったいじゃないですか！」

雪也に耳を弄《もてあそ》ばれて、雨音はびくんと体を震わせる。

（いま、ぞわってした。首筋から体の奥まで、なにか悪寒《おかん》みたいな震えが走った！　おまけに顔！顔が近い！）

雨音は涙目になって、もういっぱいいっぱいだった。なのに、雪也は雨音を腕におさめたまま、くつくつと腹黒そうな笑い声をあげている。

「……そうだな。仕事のちょっとした息抜きに、こういうのも案外楽しいな」

「わたしは全然楽しくないのですが、社長！」

苦情を言って、雪也のにやにやと人の悪い笑顔をきっと睨《にら》む。雨音なりに威嚇《いかく》したつもりだった。それなのに、すっと視線が絡んだとたん、雪也の色素が薄い瞳に見入ってしまう。

「あ……」

またしても、とくん、と胸が高鳴る。

（茶色っぽい瞳だと思っていたけど、少し違う……。もっと灰色に近いというか、青っぽいというか――綺麗な色だな）

雨音はついそんなことに意識を奪われる。自分が後ろ手に拘束されていることを、不覚にも忘れて。

ふと気づけば、雪也もさっきまでとは違う。なにをどう、からかってやろうかと言わんばかりに黒い笑みを浮かべていたのに、いまは真剣な表情で雨音を見つめていた。そのせいで雨音も、雪也から目が離せなくなる。

（社長の、オーデコロンの匂いがする……なんだか甘い――匂い）

その匂いを嗅《か》ぐと、どきどきするのにほっとする。不思議だけれど、なぜか大丈夫だよと言われている気がして、つい雪也に気を許してしまう。

ふっと体から力が抜けた隙を、雪也は見逃さなかった。すばやく顔が近づいてきて――

ちゅっと、ついばむようなキス。

それはあっというまのできごとだった。

（なにが起こった、の？）

雨音が状況を理解するより前に、唇は離れ、またすぐに触れる。しかも今度は唇を開かせるようにして、深く口付けられていた。

「んぅ……」

どうしたらいいかわからずに、雨音はぐっと息を詰める。抗《あらが》いたくても、腕が封じられてどうにもできない。苦しい、息がもう限界。

離して——押し返そうと頭を動かしたとき、ごつんとものすごい音がした。目の前に星が飛ぶ。頭を打つと本当に黄色い星が飛ぶんだな。そんなことを思いながら、雨音は息苦しさに耐えかねて、咳《せ》きこんだ。

「っほ……あ……やっ」

「……雨音、キス、初めてだったのか？」

ひどく驚いたように言われ、苦しくて熱くなっていた顔が、今度は羞恥《しゅうち》で赤く染まった。いますぐ、この場から逃げだしたい。いっそのこと死にたい気分だ。

（きっと呆れられた！　二十六にもなってキスひとつしたことない女なんだって、絶対思われた！）

なんでこんな思いしなきゃならないんだろう。じわりと瞼《まぶた》が熱くなる。

「だ、……だったらなんですか。ユ、社長には関係ないじゃないですか」

思わずユキヤさんと呼びそうになり、慌てて言い直す。一度この人のことをユキヤさんと呼ぶとインプットされたせいか、どうしてもそれに引きずられてしまう。

頭では理解しているのに、慣れって恐ろしい。

この人はランチをごちそうしてくれる、太っ腹な先輩じゃない。自分が勤めるこの大きな会社の社長なんだ。そうわかっていても、ついユキヤさんと呼んでしまいそうになる。

「……雨音、いま、ユキヤって言おうとしただろう？」

甘く絡みつくような声で、雪也は囁《ささや》く。完全に見透《みす》かされていた。

羞恥と怒りで目の前が真っ赤に染まる。

(最低！　感じ悪っ！　気づいてて、わざわざ確認するなんて！)

頭に血が上ったまま、悶絶《もんぜつ》しそうになる。

同時に、雨音は悟った。

――雪也は雨音にユキヤさんと呼ばせて、楽しんでいたのだと。

ただの気まぐれだったのかもしれない。たまたま出会った社長の顔を知らない社員を、からかおうと嘘をついたのだろう。

ただ雨音に、柊城社長ではなく、雪也という名前で呼ばせるために仕組んだ罠。

雨音はまんまと引っかかり、いまは恥ずかしい思いをさせられている。

(どうせわたしは、抜けてますよ！　社長や紀藤課長と違って！)

うーっと獣《けもの》が毛を逆立《さかだ》てるように警戒するが、雪也の声は雨音の体を甘く侵《おか》していく。

「雨音――？　もういっぺん……俺の名前を呼べ。社長命令だ」

その言葉に、ぞわりと体の奥が震えたのは畏怖《いふ》のせいなのか、なんなのか。それとも雪也の誘いかける声に、自分の心が搦《から》め捕《と》られたせいなのか――

得体の知れない疼《うず》きが怖くて、雨音は熱く火照《ほて》った顔でうつむいた。

「や……そもそも、さっきは名前を呼ぼうとしたわけじゃないですよ！　ちょっと……えーとだから」

〝ゆ〟。〝ゆ〟がつくもので、なにかこの部屋にありそうなもの。なんでもいいから、〝ゆ〟からはじまるものを探して視線を走らせたところで、電動湯沸かし器が目に入った。

「あ、だから、湯沸かし器、えーと社長、お茶でもお淹《い》れしましょうかと言おうと思っ……ん」

唇が塞《ふさ》がれ、雨音は大きく目を瞠《みは》った。少しして、唇を離した雪也が少し困ったように微笑んだ。

とくん、と心臓が跳ねる音。とくんとくん。

意地悪そうにからかわれるのは、まだいい。でも下手《したて》に出るようにして誘いかけられたり、やさしく透明な笑顔を向けられたりするのはダメだ。信じられないくらい、心臓が高鳴ってしまう。

「雨音の初めてのキスも、二度目のキスも、三度目のキスも……俺のものだね」

そう言うと雪也は長い睫毛《まつげ》をふせて、また口付けてくる。雨音はもう、頭がおかしくなりそうだった。壊れそうなほど、どくどく速まる鼓動をおさめることが、どうしてもできない。

こんな、甘いとまどいを雨音は知らない。

雪也の言葉は、まるでずっと恋《こ》い焦《こ》がれてきた相手に告げる言葉のようで——

（そんなの、おかしい。そんなわけないのに）

雨音は必死で雪也の呪縛《じゅばく》から逃れるための言い訳を探した。なのに、思考がうまく働かない。

雪也の骨張った指がそっと頬を撫《な》でる。輪郭《りんかく》から首筋を辿られ、湧き起こる愉悦《ゆえつ》に雨音は体をくねらせた。

「や、やだ……くすぐった……ッ」

「首筋やのどはね、人間の急所だから……。そこをさらけだしたら、もう相手のものになるしかないんだよ……雨音？」

そう言ってのどに唇を寄せられ、ちゅっと口付けられる。誘いかける言葉と、どぎまぎさせられる体勢に頭がまた沸騰《ふっとう》する。「あ、ぅ」と情けない声を漏《も》らして、雨音はびくりと体を震わせた。のどを甘噛《あまが》みされるとまるで、心臓をわしづかみにされたように、きゅんと痛んで苦しい。それでいてのどもとでやわらかな雪也の唇が蠢《うごめ》くと、体の奥が脈を打ったように疼《うず》いた。

（やだ。ユキヤさんのものになんかならない。ならないって思うのに――）

頭がくらくらと蕩《とろ》けてしまいそうだった。

雪也が体に腕を回すと、後ろ手で拘束された雨音は逃れられない。ブラウス越しにも、自分とは違う筋張《すじば》った腕の熱さを感じた。雪也の唇がちゅっと音を立てて肌に触れて、「ひゃ、あ……」と鼻にかかった声が唇から零《こぼ》れ落ちた。

身を捩《よじ》って抗《あらが》ったところで、ブラウスの第一ボタンが、いつのまにか外されていることに気づく。

「や、だ……しゃ、社長、離して！」

雨音は涙がにじんだ瞳でどうにか雪也を睨《にら》み、抗いの声を絞《しぼ》り出した。なぜなのかわからないけれど胸が痛い。自由にならない腕だって痛い。二重の痛みのせいでまなじりに雫《しずく》がたまって、いまにも零れ落ちそうだった。

「社長……ね……そんな呼び方されると俺も傷つくから、雨音にひどいことしてしまうかもよ？」

（ひ、ひどいこと⁉　ひどいことってなに――⁉）

怯《おび》えきった雨音の顔から、そんな疑問がはっきりと読みとれたのだろう。こういうことだよ？と予告するみたいに、雪也は雨音の鼻先にちゅっと口付けた。驚いた雨音が目を大きく見開くと――

「そうだな……雨音をきずものにしちゃおうかな……？　どう？」

「ど、どうって……!!」

（お願いだからそんな魅力的な笑顔で、ひどいこと言わないでよぉぉ！）

頭がパンクして、気が遠くなりそうだった。

（ユキヤさんって、なんでそんなひどいこと……さらっと笑顔で言えるの!?　ひどいひどい）

「返事は？　雨音……んんっ……答えないんなら、いますぐきずものにしちゃうよ？」

鎖骨に唇が触れたかと思うと、くすくす笑い声が降ってきた。ぷち、とまたブラウスのボタンが外される。ブラウスの前をさらに広げられ、素肌が空気に触れて、雨音ははっと我に返った。

（ま、待ってわたし、今日、どんな下着つけているんだっけ？）

すぐに思い出せなくて、雨音は焦る。

（やだ。だめ……絶対、見られてもいい下着じゃない！　やだーっ！）

いまにもキャミソールの隙間からブラジャーが見えてしまいそうで、雨音は身を捩《よじ》る。

「や、やだ！　見ないで！　えっち！　ユ……社長のえっち！」

またしてもユキヤさんと言いそうになって、雨音は慌てて言い直す。

（もういい。名前を呼びそうになるのに気づかれたって、からかわれたって構わない。でも下着を見られるのはイヤぁぁ！）

「………。自分に捧《ささ》げられたイケニエから、そんなことを言われるとは思わなかったなぁ……。

紀藤はなんて言ってたんだっけ……雨音？　もう忘れちゃったのかな？」

『さ・か・ら・う・な』

「う……で、でも、だって……や、だ……」

ぽろりと、こらえきれなかった雫《しずく》が流れ落ちる。

「……そう……じゃあ、仕方ないな……ん」

「ふぁっ！」

雪也の言葉の温度が下がったかと思うと、ブラウスの上から胸の膨らみに手を添えられた。

男の人の大きな手に胸を触られるのは、もちろん初めてだ。キスも初めてだったのに、まさか一日のうちにこんなことまでされるとは、思ってもみなかった。信じられない。

恥ずかしさのあまり、理性が吹っ飛んでしまいそうだ。

「や、やめ、やだ……ユ、社長……ひッ」

真っ昼間に会社で社長に胸を触られるなんて、アリエナイ。アリエナイって雨音の常識は叫んでいるのに、胸に触れるぬくもりは現実だ。しかも――

「わ、痛ッ……な、にして……ふぁッ！」

真っ白い胸の、ブラジャーに隠れていないギリギリのところを強く吸いあげられる。その得体の知れない痛みとむず痒《がゆ》さに、びくりと体を反らした。

（もうだめだ……ブラジャー……やっぱり見られてしまった。せめてもっと、かわいいのにしておけばよかった）

絶望と、雪也の唇が自分の胸に触れている恥ずかしさとで、いたたまれない。

（せめて……早く終わって）

雨音は唇を引き結び、どうにか耐えようとしていた。視線を下げると、胸元と雪也の茶色い頭が見える。ちくりという痛みを何度も感じた膨らみには、赤紫の痕《あと》がいくつも残っていた。

「なに、それ……口紅の……痕？」

わけがわからずに呟《つぶや》くと、雪也はくすりと笑って雨音の乱れた髪を梳《す》いた。

そのまま耳に髪をかけてくれる仕種はやさしげで、どきっとする。なのに——

「雨音は、キスマークも知らないんだ？」

そう言われて、かぁっと頭に血が上った。「キス、初めてだったのか？」と聞かれたときと同じくらい、恥ずかしくてどうしようもなくなる。

「ほら見てごらん……んん……」

「ふぁん……ッ」

再び首筋に唇を寄せられて、雨音はびくりと体を仰《の》け反《ぞ》らせた。

やわらかな雪也の唇が触れて、くすぐったい。かと思うと、ぐっと強く吸いあげられて、肌が突っ張るような痛みを訴えてくる。

「や……ぁ……くすぐった、い……の……！」

雪也が強く口付けようと動くからなのか、雨音が身じろぎするからなのか。首回りに雪也のやわらかい癖《くせ》毛《げ》が触れ、肌がざわりと粟立《あわだ》って仕方ない。

「ふわぁ……ぁ……や、やめ……」

キスマークという言葉を聞いたことはある。けれども実を言えば、男の白いシャツについた女の人の口紅マークのことだと思っていた。もちろん友だちと話していたときには、それだけではおかしいなと思うことがあった。でも、知らないと思われるのが恥ずかしくて、聞けなかったのだ。そのツケをこんな形で払わされるとは、夢にも思っていなかった。

（ユキヤさんに、こんなことも知らないとばれるなんて――）

恥ずかしい。恥ずかしすぎて死にたい。穴があったら入りたい。

なのに、手で顔を隠すことさえできないなんて。悔《くや》しいやら情けないやらで、雨音は固く目を閉じて、ぽろぽろと涙を零《こぼ》した。肌が強く吸いあげられるたびに、自分の無知を嘲笑《あざわら》われている気がして、辛い。

「ど、どうせわたしは、なにも知りませんよ！　だからなんですか⁉　キスもしたことなくて、こんなふうに、男女のこともいろいろと知らなくて……イヤだったら、もう離してください」

雨音はなかば癇癪《かんしゃく》を起こして、逃れようと身を捩《よじ》る。なのに、雪也は逃がしてくれない。

「誰が、イヤだなんて言った？」

すっと静かな声で言われると、真剣な言葉に聞こえて怖い。自分に都合よく受けとってしまう。それは違うと、期待を否定できなくなりそうで――怖い。

「いいんだよ、雨音はなにも知らなくて――むしろなにも知らないままがいい。俺がすべて、雨音の初めてを奪うんだから」

「は？」

（いま、なんて言ったの？　『俺がすべて、雨音の初めてを奪うんだから』？）

そんなことを言う理由が、まるでわからない。

「雨音の初めてのキスも二度目のキスも、三度目のキスも――初めて体に痕《あと》をつけるのも、初めて胸に触れるのも……そこから先だって、全部、俺がする」

雨音は潤《うる》んだ目を、ただただ大きく瞠《みは》る。

「雨音の初めては、これからすべて俺のものだって言ったんだよ？」

とくりと心臓が跳ねる。その意味を、雨音は考えたくなかった。

「もっともっと――雨音の体の恥ずかしいところに、キスマークつけちゃおうかな？」

「なっ！　や、やめ……ッ」

（なんでそんな恐ろしいことを、楽しそうに言うの――!?）

「だって、雨音は俺に捧《ささ》げられたイケニエだもんね……憐《あわ》れな羊はかわいいなぁ」

そんな不穏なことを、楽しげに口走らないでほしい。そう思っていると、雪也の唇が赤紫の鬱血《うっけつ》がまだついていない膨らみに触れた。ブラジャーを少し下げられて、ひくりとのどの奥が震える。

下着だけじゃなくて、胸も見られてしまうなんて。しかもこのままでは、露《あら》わになった胸に直接、触れられてしまう。そんなこと、ちょっと考えただけでも、耐えられそうにない。

次から次へと涙が溢《あふ》れてくる。

「や、やだぁ……ッ！　は、離して！」

拘束されたイケニエの身としては、叫ぶしか抗《あらが》う術《すべ》がない。

「ふぇぇ……も、やだ……社長なんて……キライです……」

雨音の唇は泣き言を吐き出してしまった。

「キライ……ねぇ？」

ユキヤの顔は背けられていて見えない。それなのに、片眉を上げて笑っている顔が目に浮かぶ。

絶対零度の冷たさで、皮肉っぽく繰り返された声音は怖い。怖いのだけれど、怯《おび》えるよりも恥ずかしさが勝って、耐えきれずに叫んでしまう。

「だだだ、だって下着、勝手に見るなんて、失礼ですよ！　わ、わたし……今日、見られてもいいような下着じゃないんですから!!」

「は？」

――妙な空気が流れた。精一杯の嫌みを言ったつもりなのに、なぜか単音で聞き返された。

しかも、ちらりと見えた雪也の顔はどこかきょとんとしていた。

(あれ？　なにか、わたし、間違えた……？)

「いや、だからですね。会社に来て、こんな目に遭《あ》わされるなんて、普通思わないじゃないですか！　それに普通、恋人同士でもないのに胸触ったり……キスしたり……普通しませんよ!?」

「普通普通って、うるさいな、イケニエ」

頭をこづかれて、一蹴《いっしゅう》された。とりつくしまもない。

ひどい。涙に濡《ぬ》れた瞳で恨《うら》みがましく睨《にら》みつける。すると非難を抑えつけるためなのだろうか、今度は額に軽くデコピンされた。痛い。言うほど痛くないけど、ちょっとは痛い。

「なんだ、その目……文句でもあるのか」

「……うぅ、だって……」

（だって……なんだろう。文句。文句ならいっぱいある……でも、そうじゃなくて……）

本当に言いたいことはなんだろう。雨音が思考を巡《めぐ》らせていると、ちゅっとまた唇を奪われた。

雨音がすかさず雪也を睨《にら》みつけたのは、当然だろう。

「な、なにするんですかぁっ！　い、いま、苦情を考えていたのに!!　全部吹っ飛んじゃったじゃないですか！」

「吹っ飛んだなら、俺には都合がいいじゃないか、イケニエ。下着云々《うんぬん》の苦情はわかった。やっぱり雨音は天然だな……」

なぜか、はぁ、と大げさなため息を吐かれて、胸の上に頭を預けられた。人の頭って重い。

「わかった。やっぱりイケニエには特別に、毎日の服と下着を支給してやる。ちゃんと俺に見られてもいいものを選んでやるから、安心しろ」

「は？　服も下着もいりませんよ！　そうじゃなくて、下着は許可なく見ないでください！」

「……あ、そう。雨音はどうやら、なんでイケニエにされたか、さっぱり忘れてしまったらしいな？　このトリ頭め」

またも頭をこつんとこづかれて、雨音ははたと思考を巡らす。

（なんでイケニエにされたか――。それは、紀藤課長の策略に決まってる。うっかりはるかに拘束具をつけられて。うちの部署がなくなるかもって話があって――)

「あ!」

「思い出したか」

雪也は片方の口の端をあげて、にやりと意地悪そうに笑う。

(そ、そーだった。わたしがどうとかではなく、部署の存続がかかってたんだった)

気づいた雨音はしまったとばかりに、雪也から視線を逸《そ》らした。

「その様子じゃ、少しは気にしてるようだな……風力事業開発部の廃止の件」

「そりゃあ……自分の居場所がなくなったら……困りますし……」

目を逸らしたまま、拗《す》ねた声を出す。

(気になるのは当然だと思う。勤め先がなくなったら困る。しかも――)

「雨音はまだ、試用期間中だもんなぁ。部署がなくなったら、正式採用はなし! かもな」

「えええええ~~~っ!? それはっ困ります! ダメ!」

いきおいこんで雪也を見ると、にたにたと、からかうような笑みを浮かべていた。雪也の罠にまんまと嵌《は》まってしまった。これはあまりにもうかつだったと思ったが、もうどうすることもできない。

大きな手が雨音の頬をやさしく撫《な》でる。次に指先で、雪也は頬を伝《つた》った涙を拭《ぬぐ》った。

(そんなこと、やめて――)

心が震えそうになって、雨音は雪也の甘やかな相貌《そうぼう》に――その色素の薄い瞳に見入ってしまう。

（ダメ……この甘い空気に、呑まれたらわたし……）

――きっと逃げられない。

雪也の魅惑的な手管《てくだ》に一度搦《から》め捕《と》られたら、もう元に戻れない気がして、とても怖い。いまだって、まるで甘やかな檻《おり》に囚《とら》われてしまったかのように、頭は陶然と蕩《とろ》けている。うまくものを考えることができない。ただ胸の痛みだけが、ずきずきと疼《うず》く。

（胸の痛みなんてない。ユキヤさんの――社長の甘い空気になんか、呑まれてない……）

雨音は抗《あらが》おうと必死で自分に言い聞かせる。

これはただの取引。そう思うことにした。そう思いたい。

「な、なにを……すればいいんですか？」

やさぐれた気持ちで、半ばやけになって問いかける。

もうどうなってもいい。なんでもする。ともかく正社員になりたい。社長なんてキライだ。

そんな気持ちをこめて睨《にら》みつけると、雪也は片眉を器用に上げた。そこから一拍おいて、雨音の言ったことが腑《ふ》に落ちたのだろうか。にっこりと楽しそうに笑いかけられる。

「……いいよ。こういう駆け引き、嫌いじゃない」

そりゃそうだろう。でなければ、イケニエなんて普通は受けとらない。

「じゃあ……雨音が、雪也って呼びながらキスしてくれたら、いいかな」

「なッ、社長は社長ですよッ!?」

かぁっと頭に血が上《のぼ》って、雨音は目を吊りあげる。なにを言われてもやってみせると決意したばかりなのに、早くも挫折《ざせつ》した。これはできない。雨音が動揺して怯《ひる》むと、雪也はまるで猫ののどを撫《な》でるかのように、するりと雨音の顎《あご》を手の甲で撫でた。艶然《えんぜん》とした微笑を浮かべながら。

「雨音はまだ試用期間中だって言わなかった？　勇者だなぁ……じゃ、やっぱり部署は廃止……」

「わわ、やめッ！　ダメ！　部署を廃止しちゃ！」

「へーえ？」

それでどうするの？　と言わんばかりに顔を近づけられて、うっと言葉に詰まる。

（ずるい。こんなのパワハラだ……わたしみたいな平社員以下には、なにしたっていいと思って！）

雨音は恨《うら》みがましい気持ちで、涙がにじむ瞳を雪也に向けた。

（ひどい――でもそうじゃない。本当はわたし――）

雪也にいじめられるの、あまりイヤじゃないかもしれない。雪也の茶色がかった癖毛《くせげ》を見て、とくりと雨音の胸が高鳴る。雪也は雨音の火照《ほて》った顔を見て、くすりと笑い――

（あれ？）

ふわりと甘いオーデコロンの香りが鼻をくすぐる。

雪也の顔が近づいてきて、長い睫毛《まつげ》がふせられる――そう思ったら、また口付けられていた。

「ん……」

触れるだけのキスなのに、唇を掠《かす》める感触に、ざわりと疼きを掻《か》きたてられる。

「ふ、ぁ……ッ」

雨音は息苦しくて首をすくめる。なのに、肩を抱き起こすように雪也に腕を回されて、うつむくことさえできない。

（どうしたら、いいの……――!?）

唇を掠《かす》める彼のぬくもりに、触れているところの感覚が鋭《するど》くなる。唇が擦《こす》れ合う愉悦《ゆえつ》にどきどきする一方で、息苦しさに顔が熱くなった。ぐっと息を詰めたまま、雨音は苦しさのあまり、いやいやと小さく首を振る。もう、無理――そう思ったら唇が離れて、やさしくなだめるように髪を撫《な》でられた。

「雨音、少し唇をずらしたときに、鼻で息を吸ってごらん？」

雪也が甘い声で言い聞かせてくる。

「だ、……って……や、もぉ……しない！　キス、苦しいの、いや！」

まるで拗《す》ねた子どものような言い方だった。けれども、雪也はやさしい仕種で雨音の頬を両手で包み、そっと鼻をつける。それこそ、子どもに言い聞かせるように。

「雨音……苦しくないよ？　だから、雨音からキス……ね？」

――して？

そんな甘い声を聞いても、ふるふると首を振る。

「じゃ、やっぱり風力事業開発部は廃止だな」

「ダ、ダメぇっ！　それは、ダメ！　なの！　だって」

雨音は会社に勤めはじめて間もない。だからまだ、本当にささやかな仕事しかできない。紀藤や年配の社員はもちろんのこと、営業のサポートをしてばりばりと働くはるかを見ても、自分の無力さは歯がゆいばかりだ。

（それなのにっ！　ここでもまた足を引っ張るだけって、そんなの……イヤ！）

そう思っても、無理なものは無理だった。雪也の日本人離れした顔を見て、少しだけ想像してみたものの、とてもじゃないけれど、自分から雪也にキスするなんて……できる気がしない。

「どうする……の？　雨音……。そろそろ時間、締め切っちゃおうかな？」

「社長はなんでそんなに……」

わたしのキスなんかをねだるの？　そう聞こうとしたところで、じゃんっと音楽が鳴り響いた。

どきん！　と鼓動が大きく跳ねて、心臓が止まりそうになる。

そのぐらい驚いたけれど、なんてことはない。一緒にお昼に行ったときにも何度か耳にした、雪也のスマートフォンの着信音だった。

「しゃ、社長……電話、鳴ってません？」

おずおず問いかけると、雪也が盛大にため息をつく。その間も着信音は鳴り続ける。雪也はやがて綺麗な顔をしかめたかと思うと、がくりと脱力した。

そのとたん、雨音の心を支配していた甘やかな空気は消え去った。ふたりっきりの特別な空間だった社長室も、ただのオフィスビルの雰囲気に戻る。

（なんだった……のだろう……？）

雨音は社長室を見回して、机の上でちかちかと光を放《はな》つ機械に気づいた。雪也は立ちあがってスマートフォンを取りあげると、乱暴な動きでそれを耳に当てる。

「なんの用だ？」

雪也が苛《いら》ついた声で電話の受け答えをするのを横目に見て、雨音は体の力を抜き、ごろりとあおむけになった。

この背中に回された腕の拘束を早く解いてくれないかなぁなんて、のんきに考えながら。

第六章　イケニエって、なにをするのでしょう？

――イケニエにされた羊の、素朴《そぼく》な疑問です。

Q．イケニエって、なにをするのでしょうか？

A．さっぱり、わかりません。

「却下。その追加企画は通さないと通達したはずだ」

雪也は冷《ひ》ややかな声で、太陽光発電企画部の直訴《じきそ》を切り捨てた。

（怖いし、いたたまれないし、逃げだしたいし！）

ここは柊エレクトロニクスカンパニーの社長室。

オフィスにしては高級な、艶《つや》が美しい木製の机の前に、雪也はどっかりと座っていた。部屋の彩《いろど》りとなっている濃緑《のうりょく》の観葉植物は、雪也の機嫌にかかわらず落ち着いた雰囲気を漂《ただよ》わせる。

社長の背後、全面ガラスの窓の向こう側に広がるのは青天。なのに部屋のなかは、別世界のように冷ややかな空気が流れていた。念のため言っておくと、決して空調のせいではない。

直訴に関して、雨音はどうこう言える立場ではない。けれども、直訴に来た社員が雨音に聞こえるようにひそひそと話す声は、どうにかならないかと思う。

社長の机のすぐそばに、雨音の机は置かれている。もともとは、婚約者候補のお嬢さまが秘書として勤めていたときに使っていたものらしい。紀藤に確認してなんだか複雑な気持ちになったのは、雪也には秘密だ。

（だって別に、社長の婚約者候補とか、私には関係ないし）

雨音の席は、社長の雪也より入り口に近い場所にあった。だから来客者のちょっとした仕種が見てとれるばかりか、直訴《じきそ》に来る面々の囁《ささや》きがよく聞こえる。

「あの女、風力事業開発部からのイケニエだって？」

「なんだよ、それ。それであいつら、部署廃止免《まぬか》れたの？」

わざわざ聞こえるように言うんだから、これは嫌味なのだろう。勘弁してほしい。雨音だって好きでこんな目に遭《あ》っているわけじゃないのに。ため息を呑みこみ、素知らぬ顔を続けていると――

「なにか言ったか？　言いたいことがあるなら、はっきり言ってくれて構わないが？」

鋭《するど》い声が部屋の空気を凍らせた。

言ってくれて構わない――と口にしつつ、むしろ、とっとと出ていけと言わんばかりだ。

大の大人が五人、揃《そろ》いも揃って、恐怖のあまりわずかに後退《あとずさ》りしている。

（怖い……！　他人事《ひとごと》ながら、これは痛い！）

雪也が暴君だ絶対君主だと言われている理由のひとつは、この声にあるのだろう。

有無《うむ》を言わさず人を従わせる力を、雨音はいつも感じていた。

（声……か――）

そこまで考えて、ふとイヤなことを思い出した。

『雨音の初めてのキスも二度目のキスも、三度目のキスも——雨音の初めては、これからすべて俺のものだ』

仕事のときとは違う甘やかな雪也の声が唐突によみがえり、顔が熱くなる。

(なんで、こんな仕事の最中に、あんなことを思い出さなきゃいけないの⁉)

ぶんぶんと首を振り、脳内の甘い声を振り払う。すると、怯《ひる》みながらもまだ部屋にいた太陽光発電企画部の人に、奇異《きい》の目で見られてしまった。ちょっと恥ずかしい。思い返せば、紀藤はすごかった。よくこの雪也の冷《ひ》ややかな態度を前にして、冷静に駆け引きができたものだと感心する。

(いくら親しいとはいえ、本当にすごい……。わたしなんて他人に向けられた言葉をただそばで聞いてるだけで、こんなにいたたまれないっていうのに!)

「特にないなら、これで終わりにしてもらおうか」

つまり——とっとと帰れ。

うっすら冷たい笑みを浮かべている顔は、格好いいのに怖い。

雨音が口元をひきつらせて早く終わってと祈る間に、太陽光発電企画部は雪也の圧力に負けたらしい。直訴は聞き届けられないまま、人々は社長室を出ていった。

パタン、ガチャリ。電子ロックのかかる音を聞くやいなや、雨音は立ちあがる。社長室の奥にある給湯室で、雪也にお茶を淹《い》れた。八十度ほどに冷ましたお湯で入れる高級な日本茶は、口当たりがよく、ほのかに甘い。

「ん、ありがとう」

雨音が机に置いたお茶を口にして、雪也は軽く礼を言う。先ほどとは打って変わり、やわらかい笑顔だ。そのまま雪也のそばにいた雨音も、ほっと緊張を解き、思わず口元を綻《ほころ》ばせて——

「雨音、ちょっと」

「へ？」

名前を呼ばれたと思ったら手を引かれ、雪也の膝の上にぽすんと座らされていた。

とっさに、雨音はお茶を運んできた漆塗《うるしぬ》りの丸盆を、胸に抱きしめる。身を守るための唯一の盾としてしっかり掴んでいたのに、雪也にそれを取りあげられた。さらに手の届かないところへ丸盆を追いやられて、雨音は丸腰にされてしまう。

背中から抱きしめられた上に肩に顎《あご》を載せられて、どきりとする。いつもより胸の高鳴りが大きいのは、顔が見えないのに体が密着しているせいだろう。ふわりと雪也のオーデコロンが香って、雨音はつい気を緩める。抵抗を忘れて、されるがままになっていた。

「え、と……社長？　なんでいきなり膝抱っこ……？」

雪也の鼻先が耳の後ろに当たる感触に、とくんと心臓が跳ねる。

「イケニエがいるのも、いいもんだと思って」

「はい？」

雨音はすっとんきょうな声をあげて身じろいだ。

（いまの、わたしの質問に対しての答えになってた？　いや一応、意味はわかる気がするけど……

いいってなにがだ？　わたしを抱っこすると癒《いや》されるってこと？）

なんだか釈然《しゃくぜん》としない。来客が帰ったとたん、膝の上に載せられて、ぎゅっと抱きしめられる。ということは、つまりこれは――

「わたし、犬とか猫と同じってことですか？」

思わず首を傾《かし》げながら、口にする。家に帰ったご主人さまを、しっぽを振ってお出迎え。そんな存在に――なれる気はしないのだけれど。

「イケニエの羊なんだから、似たようなものだろう」

「というか、社長。太陽光発電企画部の人の直訴《じきそ》、そんなに苛々《いらいら》したんですか？」

雨音が雪也の行動から推測して問うと、ぴくりと雪也が反応した。

（どうやら大当たり。みたい）

雪也は仕事中、部下に対して暴君社長として振る舞う。

取引先と電話をしているとき。部下を呼びつけて指示を出すとき。必要があれば、威圧感を漂《ただよ》わせて、確実に相手を自分に従わせる。もし雨音が同じように振る舞っても、きっと誰も言うことを聞いてくれないだろう。もちろん肩書きも影響していると思うけれど、やっぱりそれだけではない。

より近くにいるようになって、つくづくわかった。

雪也には、人を従わせる力があるのだ。

普段の社長室での会話――雪也の指示の内容は、たとえば「総額十億円の新規予算の許可」や「海外との一兆円を超す取引」といったもの。聞いていると、雨音はいつも眩暈《めまい》がしてしまう。その上、分刻《きざ》みのスケジュールなのに雪也は涼《すず》しい顔で平然とこなしている。仕事の大変さをまるで感じさせない様子に、雨音はそばで見ていて、ただただ感心するばかりだ。

けれども、この社長室で過ごすようになって早一週間。よく観察すると、そんな雪也にもやっぱり、イヤな仕事があるとわかった。いつだったか、はるかが言っていた話は本当らしい。

仕事ができない人や話の呑みこみの悪い人が、雪也は嫌いなのだ。

そういう人が絡む仕事になると、雪也は異様に機嫌が悪くなる。

(だから、お疲れさまという気持ちをこめて、お茶を淹《い》れて差しあげたんだけど)

雨音の体を抱きしめる。これで本当に癒《いや》されるのだろうか。

(今後もこんなことがあるなら、もふもふ感を出すために、ファー素材の服でも着てくるべき？もう初夏でだいぶ暑いんだけど！)

うーんと首を傾《かし》げて、雨音は考えこんだ。すると、雪也に髪をさらりと掻《か》きあげられ、心臓が跳ねる。彼の骨張った指が髪に挿《さ》し入れられる感触に、雨音はいつも甘い困惑を覚える。そんなことはないと意地を張っても、頬は熱を帯びるばかり。

「雨音は……またくだらないことを、考えているんだろう？」

雪也の呆れた声でさえ、誘うように耳を震わせる。熱い顔がさらに火照《ほて》った。

(どうしよう……声を、出したら……震えてしまいそう)

身を固くして、ぎゅっと抱きしめられるのに耐えていると、耳元でくすくす笑われる。吐息が首筋にかかってこそばゆいから、やめてほしい。感じてるみたいでイヤだと声を我慢していたのだが、雪也はなかなか笑いを止めない。しかもやわらかい癖《くせ》っ毛《け》が耳の裏に触れて――限界だった。

体が勝手に反応して、「ふぁっ！」と変な声が出てしまった。

「な、なに笑ってるんですか！」

「いやだって、雨音が耳まで真っ赤になるから……楽しいなーと思って」

楽しいなーと思って。楽しいなーと思って。楽しいなーと思って……

頭のなかで雪也の言葉がリフレインする。

そんなひどい言葉を、いったいどんな表情で言っているのだろう。

「わたしはちっとも楽しくはないんですけど？」

「そんなの、しょうがないだろ」

――イケニエの羊なんだから。からかうような口調で、ねっとりと言われる。その声にどきどきが加速するだけではなく、イヤなことを思い出した。つまり――

――まだ試用期間中だということを、忘れていないだろう？

まるでそう言われたみたいで、身動きがとれなくなってしまう。

（……わたしの、お仕事ってこれ？　社長がイヤな気分になったら、ペットのように癒して差しあげること……なの、かな？）

背中から伝わる規則正しい雪也の鼓動にどぎまぎしながら、雨音は、これは仕事なんだ。仕事でやっているんだと自分に必死で言い聞かせる。

（ううう。だから社長は……他意なんてないんだ。この間、押し倒されたのだって……）

もう一週間前のことになる。

イケニエの羊のごとく雨音が雪也に捧《ささ》げられてしまったあの日。

押し倒されている最中に、電話がかかってきたあと。雪也は、「ちょっと仕事に行ってくる」と言って部屋を出ていき、しばらく戻ってこなかった。その間、雨音は腕の拘束具を外してもらえずソファに転がされた状態で待っていた。

放置されていたのは三十分ほどだっただろうか。

体を動かすことはできたし、時計は社長室の柱の見やすい位置にあったから、はっきりと覚えている。しばらくして雪也が部屋に戻ってきたときに、ひどくほっとしたことも。

「悪い。鍵外すの……忘れてた……」

雪也は、雨音の姿を見て気まずそうに謝った。

さっきまでの甘やかな雰囲気は、どこへやら。雪也はポケットから鍵を出して、無言で拘束具を外してくれた。

雨音には正直、雪也がなにを考えているのかわからない。しかも雪也はそのあと、そのまま自分のデスクに座り、まるで雨音など存在しないかのように仕事をはじめてしまったのだ。

雨音としては途方に暮れるしかない。

「えーっと……それで社長、わたし、どうしたらいいんでしょう？」

「え？」

思い切って聞いたのに、ものすごく意外そうな顔をされるとか……ない。

しかもそのまま、またしばらく雪也は黙ってしまった。ぐっと眉根を寄せて、ものすごい重大案件を考えているみたいに。チッチッと柱のアナログ時計が秒針を刻《きざ》む音だけが、やけに大きく響く。

たっぷり一分半は、端整な顔をしかめて固まっていただろうか。

「とりあえずそこ、座ってて。パソコンは好きに使っていいから」

そう言って示されたのは、雪也のデスクのそば置かれた、もうひとつの机だ。雪也の机ほど広くはない。けれども、柊E・Cで一般の社員が使っているオフィスデスクと違う、焦げ茶色が美しくてお洒落《しゃれ》な木製の机だ。

「はぁ……」

デスクに座っても、やることは特にない。言われるがままに、雪也にお茶を淹《い》れたり、頼まれれば資料のコピーをしたりする。ただそれだけだ。

そして定時のチャイムが鳴ったところで、「今日は帰っていい」と解放された。どうやら体《てい》よく追い払われたらしい。雨音がいると、雨音の仕事を作るために雪也の手が止まる。それで邪魔にならないように、追い出したのだとわかった。

なにせ、つい二ケ月ほど前にも、そんな思いをしたばかりだ。

それはこの会社に勤めることが決まり、簡単な研修を終えたあとのこと。風力事業開発部に配属されたときと同じ状況なのだ。

（風力開発事業部に初めて連れていかれたときは、ものすっごく緊張していたんだよね。部署の人

の顔が全然、覚えられなくて……翌日はるかに席表をもらって一生懸命、覚えたんだっけ）

もちろんこの社長室では、その必要はない。いるのは社長の雪也ひとりで、間違えるわけがない。

問題は、イケニエの雨音はなんの仕事をするのか、ということだった。

だから翌日出社するときに、さてどうしたものかと思ったのも、当然だと思う。

なにせ、イケニエなどという身分に、仕事などあるわけがない。

考えあぐねた結果、雨音は風力事業開発部へ向かうことにした。

早めに出社したので、他部署の社員とほとんどすれ違わなくて、雨音はほっとする。

自意識過剰と言われれば、そうかもしれない。けれども広いようで狭い会社のなかのこと。いつもと違う行動が周囲にどう見られるのか、ちょっと神経質に考えてしまう。

雪也のいる社長室には、定時十分前に着きたい。イケニエという身分だって、人に知られるには恥ずかしすぎる。そんなわけで、いつもより三十分も早い時間に、行き慣れた自分の部署へ足を踏み入れた。出社していたのは、ひとりだけだった。

「あれ、七崎。なにしにきたんだ？」

平然と残酷《ざんこく》な発言をしたのは、雨音をイケニエに差しだした張本人。課長の紀藤だ。

「なにしにきたんだ、じゃないですよ、課長。なんなんですか、イケニエって！」

紀藤の席へ歩みよると、ばんっと机に手を叩きつけて訴える。すごく痛い、やるんじゃなかった。

そう後悔した雨音だったけれど、仕方ない。多少は切実な感じを出さないと話を聞いてもらえない気がするから、このぐらいは我慢する。

「うん、まぁ……なんなんだろうな……イケニエ。俺にもよくわからない」

「はぁっ⁉」

目上の人に対する態度ではないけれど、いまは許されると思う。

この状況下で上司にそう言われれば、こんな反応でも仕方ないだろう。

「まぁいいじゃないか。社長が名目上、イケニエという名の貢《みつ》ぎ物を受けとってくれた。おかげでうちの部署は廃止を免《まぬか》れる予定なわけだ。充分な成果だと思うぞ」

「そういう問題じゃないですよ！　わたしはいったい、社長室でなんの仕事をしたらいいんですか！」

紀藤にひょうひょうとした態度で答えられて、雨音は怒りを爆発させた。

「は？　仕事？」

「いやだから、ここでの仕事もまだ一人前にできないことはわかってますよ？　でも一応グラフを作ったり、実験データを資料にしたりはできるわけじゃないですか。でも、社長にはそんな仕事は必要ないし……。なにかやることはないですかってうかがうと、社長がわたしに仕事作ってくれるために、手を止めさせてしまうわけで……本末転倒じゃないですか！」

まだ部署には人がいないのをいいことに、雨音は叫ぶ。

「…………。つまり、雪也の仕事の邪魔をしてるのが、嫌だと？　そういうことか？」

「そりゃあ、そうじゃないですか！」

問いかける紀藤の目が、大きく瞠《みは》られる。

(っていうか、いま紀藤課長、社長を雪也と呼びましたね？)

紀藤は仕事のときは、ことさら意識して雪也を社長と呼んでいるように雨音には見える。いまのはつまり、素の呼び方をしてしまうくらい驚いたということだろう。

(そんな驚くようなことを、言ったのかな？)

よくわからずに雨音が首を傾《かし》げていると、紀藤が整った顔に眉根を寄せた。なにか思うところがあるらしい。

けれども、そうこうしている間にも、時間は刻一刻と過ぎていく。なんの解決策も得られないいま社長室に行く時間になりそうで、雨音は気が気じゃない。心配になって時計に目を走らせると、その意味に気づいたのだろう。紀藤も時間を確認して、はぁーっと深いため息をついた。

始業二十分前。そろそろ出社してくる人もいるはずだ。

「わかった。そこは俺が社長に言おう。ちょっと一緒に来い」

そう言うと、紀藤はなにやらキーボードを叩く。ピコンという聞き慣れたメーラーの発信音がして、紀藤がメールを送ったのがわかった。

そうして紀藤は、外出の際にいつも使っているタブレットと、夜遅くに雪也と話していたときに使っていた小さめのノートパソコンを持って、雨音を会議室に連れ出した。

紀藤が向かったのは、小さめの会議室。会議室はいくつかのタイプがあるけれど、そこは隣に声が漏《も》れにくい、密談向けの部屋なのだという。

「こんな時間に俺が雪也のところに出向くのは、あまり都合よくないからな」

嘆息まじりに言われて、タブレットを渡された。どうやら紀藤は、雨音とふたりだけのときは、社長ではなく、雪也と呼ぶことにしたらしい。

そんなことはともかく、都合がよくないとは、どういうことだろう。

そういえば、部内で社長の話題が出たときにも、紀藤と雪也が親しいことをはっきりと知ってる人はいなかった。雪也と紀藤が親しいことがわかると、なにか問題があるんだろうか。

(もしかしてわたし……知りすぎてるのかな?)

残業した際に偶然見た、雪也と紀藤が話す姿がよみがえった。

あれがすべての発端だったのだ。

雨音が紀藤に帰社の挨拶《あいさつ》をしようとして、雪也と紀藤に話しかけてしまったことが――

(あのときの、雪也さんの驚いた顔。いまでもはっきりと覚えている)

端整な顔立ちの彼が目を瞠《みは》ったところを思い浮かべると、なぜだか、つきんと胸が痛む。

(雪也さんが社長でも柊城一族でもない、普通の人だったらよかったのに)

つい、そんなことを考えてしまう。ふぅっとため息をつくと、紀藤に会議テーブルの席に着くように促《うなが》された。ノートパソコンを開いて、紀藤が話を切り出す。

「雪也にはおまえが今日遅れる旨《むね》を連絡しておいた。正直言って、俺の意図は言わなくても通じてるだろうと思っていたが……甘かったらしいな」

「甘かったって……なんですか、それ」

不満を表すように唇を尖らせる。紀藤は軽く肩をすくめると、雨音にタブレットを操作するようにと手で示す。

「ま、七崎の所属は、もちろん風力事業開発部だからな。雪也に恩を売る意味でも、俺がおまえに仕事を作ってやる」

「はぁ……」

（わたしに仕事を作ったら、課長が社長に恩を売ることになるとかなんとか……いま気になるキーワードがあった気がするけれど、そんなことってあるのかな？）

よくわからないながらも、促《うなが》されるままにタブレットのアプリ、グリーンノートを開いた。

「さて、これが雪也の当面のスケジュールだ」

そう示されたカレンダーには、午前にも午後にも、びっちりと予定が組みこまれている。取引先との商談、取締役会の会合、関連会社との定例会などなどが分刻《きざ》み。

さすがは大企業、柊エレクトロニクスカンパニーの社長の予定だと、雨音は圧倒される。

（それにしても――なんで課長が、社長のスケジュールにアクセスできるんだろ？）

「なんでかというと、このスケジュールは雪也に頼まれて俺が打ちこんだからだ」

「あ、なるほど――ってわたしいま、声に出してました？」

慌てて手を口に当てて、唇を引き結ぶ。

「顔に出てた。雪也とふたりだけのときはともかく、他人が同席してるときはもう少し気をつけろよ、七崎。雪也の弱点になる」

「……えーっと、そんなこと言うくらいなら、イケニエになんてしないでくださいよ……」

がっくりと項垂《うなだ》れて訴える。

「仕方ないだろ。イケニエを捧《ささ》げたのはこっちだけど、受けとったのは雪也だ。もう、こっちでどうこうできるもんじゃない」

「うぅ。なんかすでに泣きたいんですけど……それでこのスケジュール、どうするんですか？」

「今日から、おまえが調整しろ」

「は？」

びっちりと埋まったスケジュールは、調整の余地がないように見える。画面を指先で動かして前の月や次の月を眺めても、スケジュールはいっぱいだ。その上、知らない社名ばかりだし、どう調整したらいいのかさっぱりわからない。

「別のエクセルデータに、簡単な取引先の説明がある。おまえのアドレスに送っておくから、確認しろ。社長室には雪也の予定のおうかがいがひっきりなしに来るはずだ。いまは秘書課で受けてるはずだが、最終的におまえがやれ」

「つまりわたしに、社長の秘書になれと⁉　む、無理ですよ！」

反射的に叫んでいた。この会社に入るとき、正社員になるために、どんな部署に回されてもがんばろうと固く誓った。けれども、これは無理だろう。

百歩譲って、紀藤の補佐をやれと言われるのならまだしも、大企業の社長秘書だ。会社に入ったばかりで、まだ試用期間中のぺーぺーには手に余る。どう考えても無理だ。

「そう言わずに、なんとかやってくれないか。俺もできるかぎりフォローするから。あくまで、所属は風力事業開発部のままでいい。おまえの身分は、イケニエじゃないと困るからな」

「はぁ……そうでないと、直訴《じきそ》の効果がないからですか？」

そこははっきり肯定されると思ったのに、紀藤はなにやら微妙な笑みを返すだけだった。

「まぁ、な……いろいろと理由があってな」

（いろんな理由。わたしみたいな下っ端には、言えないような――）

雪也は社長なのだから、そういうこともあるのだろう。ため息をひとつついて、疑問を呑みこむ。

雨音は、会社のことも桜霞市のことも、ろくに知らない人間なのだ。そんな複雑な問題があるところへ、送りこまないでほしい。そう思うけれど……

「七崎はピンとこないかもしれないが、あれで雪也は忙しくてな。役に立って、うちの部のために恩を売っておいてくれ」

というわけで、雨音は雪也の秘書の真似事をすることになってしまった。

予定の調整や資料の整理というのは、もちろんどこの部署でもある仕事だろう。けれども、なんといっても雪也は社長だ。それも大企業の。こんなペーペーの新入平社員以下が秘書をやるなんて、アリエナイ。そう思うのだけれど、どうやら紀藤の提案に雪也は乗ったらしい。

「あの、社長。おはようございます」

びくびくしながら社長室に行くと、「ちょっと来い」と今度は雪也に連れ出された。向かった先は総務部。

総務部というと、雨音は総務課しか知らなかった。それも、入社当時にいろんな必要書類を送ったところだという認識しかない。けれども、どうやらこの会社には、総務部に秘書課があるらしい。

ちらりとプレートを見たとたん、雨音は複雑な気持ちになった。

(ちゃんと秘書課があるんなら、別にわたしが、秘書の真似事をする必要ないんじゃないの⁉)

そう思ったのだけれど……

「風力事業開発部が、部署廃止をやめてくれと直訴に来てな。イケニエを差し出すって言うから、受けとっておいた。それでこれが、イケニエの七崎だ」

総務部の、いかにも真面目そうな部長に、そう紹介された。

「イケニエ?」

そんなことを真顔で平然と話す雪也も雪也だ。そして、総務部の部長も神経質そうな声で聞き返さないでほしい。羞恥《しゅうち》のあまり、雨音は熱い顔でうつむいて、身を縮めるしかない。

「予定の調整は、これからこのイケニエがすることになった。連絡用に回線を開いておいてくれ」

「ああ……なるほど。承知いたしました」

総務部長の物言いに含みを感じたけれど、もちろん雨音にその意味がわかるわけない。

総務部から社長室に戻ると、雨音は支給されたパソコンを起動させて、メーラーに自分のアドレスを設定した。すると、紀藤から取引相手の名前や業種、所在地などが、ずらりと書きこまれたエクセルデータが送られてきていた。

どこの部が作っているモノなのだろう。ご丁寧に〝重要〟〝新旧〟〝業種別〟で、表示が切り替えられるようになっている。さすがに紀藤が作っていたとは思えないから、総務部が作成したのかもしれない。どことなく社外秘データという気がして、見るだけでどきどきしてしまう。よくわからないながらも、それらを眺めているうちに、ある名前が目に留まった。

七崎機工――目をしばたたいて確認してみても、文字表記が変わるわけもない。しかも〝重要〟に分類されている。

(おかしい。これ、いつのデータなんだろう……)

「七崎、どうかしたのか?」

「あ、いえ、なんでも、ありません……」

雪也に問われて、とっさにかぶりを振ってデータを閉じた。その間も鼓動はどくどくと速くなる。見間違いではない。

七崎機工――それは、雨音の父親がやっていた会社の名前だった。


雨音が勤める会社、柊エレクトロニクスカンパニーは、精密機器を扱っている。

だから実は、雨音の父親の会社が取引先にあっても不思議じゃない。なぜなら七崎機工は、小さいながらも電子機器を取り扱う会社だったからだ。

社員数、十二名。そのうち、五名までが、七崎姓。雨音の両親と雨音。加えて常務として名を連ねているだけの叔父と叔母。そんな家族経営の小さな会社だった。

それでも仕事には定評があり、大企業との取引も続いていたのだけれど――

雨音はずっと会計をしていたから、取引先はよく知っている。七崎機工と柊エレクトロニクスカンパニーの取引はなかったはず。なのに、この会社の取引先名簿には七崎機工の名前が載っている。

（これは、どういうことだろう？）

雨音は疑問を抱きつつ、動揺を押し隠して考える。――ひとつだけ、思い当たる節《ふし》があった。

いま現在、七崎機工はほぼ消滅している。

ほぼというのは、社員を解雇して事業も停止したばかりで、いまは清算作業中だからだ。

他国の金融ショックを発端とした日本国内の金融不安。その波は七崎機工のような零細企業にも容赦なく押し寄せた。どういう仕組みで、というのは説明するのは難しい。けれども、会社というのは資金を必要とする時期にお金がないことがあり、雨音も母親も、いつも資金繰りに頭を痛めていた。

もともと会計は母親がやっていたのだけれど、あまりにもお金の心配をしたせいだろう。

数年前の冬、脳梗塞《のうこうそく》で倒れてしまった。一時は仕事をすることができず、経理事務はすべて雨音が引き継いだ。結局そのときは資金を銀行から借り入れることができて、事なきを得た。けれども、業績は下降線を辿る一方で、今年に入り、会社をたたもうという話になった。

父親が会計士さんと相談して、会社を廃業する手続きを進めていた、そんなある日のこと。

『縁を頼って柊グループに就職が決まった』

父親はそう言って家族を驚かせ、この桜霞市に家族全員で引っ越すことになったのだ。

雨音は七崎機工でしか就業経験がなくて、この先どうしようかと悩んでいた。桜霞市に来てからは、一般企業に正社員での就職を目指して、ハローワーク通いをした。そして幸運なことに、やはり柊グループのひとつ、柊エレクトロニクスカンパニーに就職が決まり、いまに至っている。

「最初の三ヶ月は試用期間になります。期間終了後、正式に採用するかどうかを決めますが、基本的に不採用になった場合の理由は申し上げませんので、ご承知おきください」

そう言われたときは、やる気に満ち満ちていた。

(絶対に、なにがなんでも正式採用されなくては!)

ほんの二ヶ月前のことだ。

(まさかそのあと、自分が社長のイケニエになるなんて人生は、全くの予想外だったわけで……)

雪也の膝抱っこから解放されて、雨音は自分のデスクに戻った。この一週間を振り返り、スケジュール表と格闘しながらも、雨音はなんでこうなったと思わずにはいられない。

そんなとき、ピコンと珍しく雨音個人宛にメールが届いた。差出人は、はるか。以前、私用メールをしてもいいのかとはるかに聞いたら、仕事に支障がなければ黙認されているのだという。とりあえず、たまにお昼や帰りの約束をしたりする分には、セーフだと理解している。

はるかからの私用メールは、『今日の夜、飲みにいかない?』というものだった。


定時を一時間ほど過ぎた午後六時。

雨音は会議があるという雪也を残して、社長室をあとにした。

今日の飲み会はボックスごとに壁で仕切られている居酒屋。「ここなら店の騒がしさと相まって、ちょっとやそっとでは会話の内容が他に聞こえないから」という、はるかのチョイスだ。

「今日は、洗いざらい吐いてもらうからね！」

「……やっぱり帰ろうかな」

はるかと合流すると、その意気ごみにおののいて、くるりと踵《きびす》を返す。けれどもはるかは、

「ここまで来て、帰すわけないでしょ!?」

と言って、すばやく雨音の首根っこを掴んで連行した。

店員に案内されたのは、店のなかでも奥まった席だ。

「席の指定に、はるかのやる気を見ました……」

「あったりまえじゃないの！『人に聞かれたら困るから話せません』なんて言い訳は通じないわよ！だいたいあんただって、社長から頼まれれば、店を予約するでしょう？このぐらい気を遣った手配なんて、当然だと心得なさい！」

はるかの言葉に、ぽむと手を打つ。

「それもそうだ！ありがとう、はるか。……メモしておこう」

雨音はタブレットを取り出して、タブレット用のペンでメモアプリに書きこんだ。

操作中に、画面の隅にかわいい吹き出しがピコンと表示される。予定を知らせるアプリだ。

『柊城社長はまだ会議中だよ！』

羊のミニキャラが予定を教えてくれた。

（社長はまだ会議中か――）

このタブレットを見れば、いつでも雪也の所在と状況がわかるというのは、複雑な気分だ。考え

たくなくても、雪也のことを考えてしまう。

「なんでわたし……こんな羽目になったんだろう？」

イケニエの羊。ときに雪也を慰《なぐさ》め、彼のことばかり考えさせられる――

雪也の少し色素が薄い瞳を思い出すと、ふっと引きずりこまれそうになる。息が止まる心地から逃れたくて、雨音は思わず、頭をぶんぶんと振った。

「そういう運命だったんでしょ。いいじゃないの、実質的には社長秘書！　柊城社長の反応からして、やっぱり脈アリだわ！　玉の輿《こし》よ！　まだ希望が持てるわ！」

「反応って……なんかあったっけ？」

イケニエに差しだされたときは確か、淡々と受けとられたはず。

「あんたにはわからなくても、絶対脈あったから大丈夫！　社長と仲良くなって、柊城一族の若いセレブを私に紹介してよね！　ま、それはさておき、どう？」

「どうって、なにが？」

はるかは身を乗り出して、話を切り替えた。

その間にお通しを食べ終わり、カシスオレンジと生搾《なましぼ》りグレープフルーツサワーがやってきた。続いて、シーザーサラダとお刺身。油淋鶏《ユーリンチー》と、最初に注文したいくつかの料理が机に並べられる。

雨音は自分が注文したカシスオレンジを口にして、はるかをうかがった。

「どう？」と聞かれても、もう少し言葉を足してくれないと、なにを聞かれているのかさっぱりだ。自分が鈍《にぶ》い自覚はある。雨音としては、直球で聞かれても、ときどき理解できないくらいだった。

「社長とよ！　社長と！　早速なにか、進展があったんじゃないの？」

うずうずとつつき回したそうな顔で聞かれて、思わずカシスオレンジを噴《ふ》き出しかけた。進展。

つまり、はるかが期待してるのは上司と部下としてではなく――

（つまり男と女のアレ的な……？）

そう思ったとたん、雪也に押し倒されて、胸まで触られたことを思い出してしまった。

『雨音の初めてのキスも、二度目のキスも、三度目のキスも……』

甘やかな声が唐突によみがえる。

『首筋やのどはね、人間の急所だから……。そこをさらけだしたら、もう相手のものになるしかないんだよ……雨音？』

そしてのどを甘噛《あまが》みされた感触を、いまも生々しく覚えている。

ごくり。雨音は火照《ほて》った顔で、のどを自分の手で押さえた。

「べ、べつに、特には！」

「あったのねっ！　どうしたの、なにがあったの？　あんたはともかく、社長は乗り気だったんでしょう？　顔をそんなに真っ赤にしてるのに、なにもないわけないでしょ！」

鋭《するど》い。誤魔化《ごまか》し切れそうもない。

イケニエに捧《ささ》げられて以来、はるかとはまともに顔を合わせていない。正直いろいろなかったことにして、今後の相談だけできたらと都合の良いことを考えていたが、甘かったらしい。

「や、ちょっと押し倒されただけです。別に……なにも、ないです……」

「は？　押し倒されて、なにもないわけないでしょ、あんたは！　子どもの恋愛じゃないのよ！」

「あ、はるか、最後のこれ食べ……ああっ！」

油淋鶏を狙っていたのに、ちょっと目線を逸《そ》らしたところで奪い去られる。

会話に夢中になってるようで、はるかの動きはすばやい。鈍《にぶ》い雨音は半泣きになった。

「うう……ゆーりんちー……」

「ばっかね！　食べたいなら、もうひと皿取ればいいの！　すみませーん、油淋鶏、追加してください！」

食べるだけではなく、店員を呼び止めて注文する様もてきぱきとしていて、感動する。とはいえ、雨音の気分はイケニエどころか、裁判にかけられた被告人状態。次はなにをつつかれるのか戦々恐々としていると、二皿目の油淋鶏がやってきた。やった！　と箸《はし》を手にしたのも束の間……

「さ、雨音。油淋鶏が食べたかったら、続きをおっしゃい！」

そういって、はるかは油淋鶏を人質《ひとじち》……もとい物質《ものじち》に、雨音に話を促《うなが》した。「ええっ!?」ととまどう雨音の目の前で、見せつけるように皿を動かされる。醤油《しょうゆ》だれと唐揚げのなんとも香ばしい匂いに、ごくんとのどが鳴る。

「いや、その、課長がイケニエなんて言うから、少しからかわれただけで、社長もきっと他意はなく……」

「あっそ」

「ああっ！」

はるかは皿を雨音から遠ざけ、ぱくりと追加注文の油淋鶏を口に入れる。これみよがしな嫌がらせに、雨音は再び半泣きになった。

「うう……ひど……はるかの鬼！」

「いい歳した大人の男と女が、ふたりで密室にいるのに、そんな馬鹿なことあるわけないでしょ⁉ どう考えても社長、あんたにご執心《しゅうしん》じゃない！ あんたを落とそうしてるに決まってるわ……って、雨音。今日の服、いつものとセンス違うわね」

「……………そ、そーかな」

突然の切り返しに、うっかり視線が泳いでしまった。

「なんだかやけに上品っていうか……あ、これイタリアのブランドじゃないの！ もしかして社長からの贈り物⁉」

「うっわ、はるか、鋭《するど》い……」

なんというか、完敗だ。服の折り返しや背中の縫製《ほうせい》をチェックされて、タグの写メまで撮られた。もう誤魔化《ごまか》せる気がしない。

（ダメだ。やっぱりわたし程度の実力じゃ、はるかに勝てない）

雨音はがっくりと肩を落とし、問い詰められるままに、服と下着の話を白状した。

引かれるかも。と思っていたのに、はるかの反応は逆だった。

「服に加えて下着をプレゼントだなんて……うわー、やっぱり脈あるんじゃない！ いいわぁ……セレブな社長さまからブランド服と下着のプレゼント！」

「ええーっ!?　いいかなぁ？」

今日の服は、上品なパステルグリーンのスカートとデコルテにアクセントがあるカットソー。もらっておいてなんだけれど、似合っているのか、よくわからない。親からはともかく、これまで、彼氏どころか友だちからも、服をプレゼントされたことはなかった。こそばゆくて、正直、落ち着かない。これまで雨音が着ていたのは、タイトスカートもジャケットもグレーの、よくあるOLスーツ。何着か似た服を持っていて、制服のようにそれらを着回していた。

「いいわよ。その服、雨音に似合ってるし」

「に、似合ってる？　本当に？」

新入社員のテンプレートのような、かっちりしたスーツとは違う。明るい色彩の服は、どこか女性らしさが漂《ただよ》う。慣れない身には、それがいいのかわからなくて、ついはるかに真剣に聞き返した。

「あんたって背が高いから、よくあるグレーとか紺のスーツはちょっとね……。服に着られてる感ハンパないのよ。でもこの服なら……柊城社長の隣に立ってて、釣り合う気がする」

「へ？」

意外な言葉だった。

（というか、それってつまり、アレよね？　いままでのスーツ姿だと、セレブな社長の隣には、不釣り合いだったってことよね？）

がっくりと肩を落としそうになるけれど、ここで気落ちするのも、なんだかおかしい。

（それに別に、社長とお似合いになりたいわけじゃないんだってば！）

そんな目立つことは、ごめん被《こうむ》りたい。でも、人から服が似合うと言われるのは、素直にうれしい。少し複雑な気持ちでいると、再びツッコミが入る。

「それでこの服、どんなふうにもらったのよ?」

はるかが、さぁ飲んで吐きなさい、と言わんばかりに、新しいカクテルを雨音の前に寄せた。ライム風味のジントニックは少し苦くて、つまみに食べる焼き鳥と妙に合う。雨音はもう半ばやけになっていた。ぐびりと多めにジントニックをのどに流し、そのいきおいを借りて、はるかの質問に答える。

「だからね、イケニエにされて社長室で押し倒されて、下着の話になったわけ。その次の日にね……」

雨音は自分の指をぐりぐりといじり回しながら、恥ずかしさをこらえて話しだした。


押し倒された翌日、大きな平たい箱が届いた。

(こんなものも社長室に届くんだな)

そのとき、雨音はのんきにそんなことを考えていた。紀藤からは「社長秘書もどきをがんばれ」と言われている。雪也宛の荷物も雨音が受けとるべきだろうと思い、社長室の電子錠を解除した。

届けてくれたのは、秘書課の社員だ。

「秘書課から秘書を出せますって、社長に何回も直談判したのにね。よりにもよって、風力事業開発部の変なイケニエに、秘書の真似事をさせるなんて」

あからさまに敵意を向けられて、イケニエの羊としてはいたたまれない。けれども、雨音にはどうにもできない。

「申し訳ありません……。でもわたし、ぺーぺーすぎて、部署の上司から言われても、社長から言われても、断るという選択肢はなかったので」

荷物を受けとりながら、とりあえず謝っておく。

(なんといっても、まだ試用期間中だし。というか、正社員になったところで、上司に逆《さか》らえるのかというと、微妙な気がするけれど)

雨音がぺこりと頭を下げて品物を受けとる。すると、雨音より少し年上と思われる秘書課の女性社員は、いくぶん怯《ひる》んだ。

「まぁ……それはそうだろうけど」

気まずそうに綺麗な黒髪を掻《か》きあげて、視線を逸《そ》らす。

(そっか。大きな会社だから、やっぱり派閥《はばつ》とか、矜持《きょうじ》みたいなのとか、いろいろあるんだな)

ぼんやりとそんなことを理解した。雨音だって、自分なんかより、資格を持ち、正式に秘書課に所属している人がやったほうがいいと思っている。雨音にはどうにもできないけれど。

しばらくして雪也が社長室に戻ってきた。荷物が届いたと伝えると、しれっと言われる。

「ああ、それ。七崎のだから」

「わたしの、ですか？」

「そう、どうぞ開けて」

雪也は驚いて甲高い声で聞き返す雨音を見て、端整な顔に、にやにやと企《たくら》みを秘めた笑みを浮かべる。

イヤな予感はした。けれども、社長にどうぞと促《うなが》され、逆らえるわけがない。十字にかけられた紫色のリボンを解き、包装を剥《は》いで箱を開く。すると、パステルグリーンのさわやかな色が目に飛びこんできた。さらには、これ見よがしに、ブラジャーとショーツの揃《そろ》いの下着まで入っていた。

しかも。しかも、だ。こちらは服のさわやかな色合いとは真逆に、赤紫色の上下ときた。

下着にはレースがふんだんについている。でも、ややダークな赤紫のブラジャーは、どこかしら淫靡《いんび》な雰囲気が漂《ただよ》う。思わず振り返ると、雪也は口角を上げてにやりと微笑んだ。それも、さっきよりなお、底意地の悪そうな顔で。

「どうぞ、イケニエ？　これなら脱がされても文句はないだろう？」

「――って……」

そのあと無理やり着替えさせられた。しかもちゃんと自分に合ったサイズだったのだ。おかげで、「体に合ってない」と言い訳して、逃れることもできなかった。

はぁ、とため息まじりに告白したのに、はるかはこぶしを握り、軽くガッツポーズをしている。

「社長のほうは楽しんでるんじゃないの！　これはイケるわ！」

「楽しんでるって……なんか反応見て、からかわれているだけな気がする。しかもサイズ、いつ知られたんだか……」

「あ、それは聞かれたから答えておいたわよ。なんたって社長に恩を売る絶好のチャンスだったし。にしたって、ばっかかね。からかわれるなんて上等じゃない！　『着替えたら、社長が食べてくれるんですか？』ぐらい言っときなさいよ！　ああ〜もう、もどかしい子ね！」

さらっと情報を売ったことは流されて、その上ツッコミが来た。酔わないと、やってられない。

雨音は揚げ出し豆腐を食べながら、三杯目の杏露酒《シンルチュー》に口をつける。

「はるか、それはおかしいよ……」

「おかしくないわよ！　服を受けとって下着もプレゼントされたのを着るっていうのは、そうなの。『あなたに脱がされてもＯＫよ』って、そういう意味なの！」

がくがくと襟元を掴まれて訴えられても困る。雨音の場合は違うと思いたい。

「いや、だって、ほぼ強制だったし……」

雪也の黒い微笑みに威圧されて、とてもイヤと言える空気じゃなかった。

「しょうがないでしょ！　あんたはイケニエなんだから！」

——イケニエなんだから！　その言葉に、なんだか心臓をぎゅっとわしづかみにされた気がした。

胸が、痛い。その痛みをどう受け止めたらいいか、わからないほどに。

「いーい、イケニエ。あんたね、この桜霞市で柊城一族に目をつけられて、拒否《きょひ》るという選択肢はないわよ。次に誘われたら、絶対に流されちゃいなさい！」

「え、流されちゃいなさいって……ええっ⁉」

有無《うむ》を言わせない口調に、ついうなずきそうだった。危ない。言っていることが、おかしい。

(流されたらどうなるか――ってそんなバカな！　そんなのダメ。ダメに決まってる！)

ほんの少し想像しただけで、もう耐えられない。いままで何度も何度も、雪也の甘やかな雰囲気に流されそうになった。もし、もう一度押し倒されたときに、流されない自信なんてない。

(でも、それってやっぱり……怖い)

雪也の仕事ぶりを目の当《ま》たり《あ》にして、日々、自分とは違う世界の人だと思い知らされる。

いまはまだ、雪也宛ての電話は交換手が選別してくれている。本来なら社長秘書がすべきいくつかの仕事は、秘書課が受け持ってくれている。そんななか、ほんのわずかの部分だけでも、関わるのが怖いくらいなのだ。雪也が電話しているときに聞こえてくる数字は桁違い。取引先からの電話だって、相手が有名企業の社長だということもある。ほんの少しの応対をしただけで、手に汗をびっしょりとかいてしまったくらいだ。

(あ、思い出しただけで、手に汗が……)

雨音はうつむきながら、おしぼりで手を拭《ふ》く。

すると、沈黙をどう受けとったのだろうか。はるかは三杯目のサワーを飲み干し、厚いガラスのグラスをごんっとテーブルに置いた。おまけに、はぁっ、と大きな、あてつけがましいため息をひとつ吐き出して――

「だいたいねぇ、あんただって本当は、社長のこと嫌いじゃないくせに！」

衝撃の一言を放《はな》った。

「わかってるんだからね!?　だってユキヤさんが社長だって知ったときのあんた、すごい顔してたもの」

どきり、とした。はるかの言葉はいつも直球で、雨音の心を打ち抜いてくる。否定したくても、のどの奥が急に渇いて、言葉がうまく出てこない。

(嫌いじゃない。それは確かだけど)

『好きなんでしょう?』

そう聞かれたら、雨音は簡単に否定できた。抜け目のないはるかは、それを見越して言ったのだろう。そう思うと、恨《うら》みがましい気持ちが湧き起こる。

「あんたが柊城一族と関わりたくなくても、柊城社長と会ったのは、偶然でしょ!? なんとも思ってなかったら、本当のことを知ったってショック受けるわけないじゃない」

拗《す》ねた顔で、はるかは枝豆をつまんだ。その横顔に、なんて言葉を返したらいいかわからない。

「でも……万が一好意を持っていても、下着のプレゼントは引くでしょ!? しかも最近太ったから、正直、服のプレゼントだって遠慮したいし。実はこの服も少し、お腹きついという衝撃の事実が」

「なにバカなこと言って……そのくらい、死ぬ気でやせなさいよ! 高級ブランド服をタダでくれるって言うんだから、そのぐらいの努力をしなさい!」

間髪《かんはつ》容《い》れずに口にした言葉を否定される。そのいきおいに怯《ひる》むけれど、雨音にも言い分はある。

「いやいや、死ぬ気でダイエットなんて無理だって。それに、わたしが太ったのは社長のせいだし」

「なによ、それ」

社長の一言に、はるかが器用に片眉をひそめる。ちょっと怖いな……と思いながらも、説明をはじめた。

「だからね……」

社長室に勤務しはじめて、昼食時に、雨音はまた雪也と外食させられることになった。おかげで、再び体重が増加しつつある。そう告げると、はるかは少しばかり思案顔になって、箸《はし》を持つ手を止めた。

「あーなるほど……」

「正直、社長に連れていってもらうお店が、高級でおいしいのが問題なの。太るし健康にも悪いと思うんだよ？　でも貧乏人根性で、お腹がいっぱいでもつい残さず食べちゃって……。いや、自分がいけないのは、わかっているんだけど！」

体重のことは切実な問題だけど、自分では絶対に食べにいけない高級なお店なのだ。どの料理も味もさることながら、見た目も美しい。ついつい手が伸びてしまう。太ってきていることは後悔してるけど、別な部分では後悔してない。

(だって社長も……。この変なイケニエの遊びには、すぐ飽きるに決まってる)

そうなれば高級な店とは、二度と縁がないだろう。

——これが、社長と食べる最後の昼食かもしれない。

そんなことを考えると、社長に半ば強引に連れられるのを断ることができない。

これもやっぱり内緒だけど。

「……いいじゃないの！　それ！」

「は？」

唐突に声を上げたはるかに、ぽかんと口を開けてしまった。いまの会話のどこに、「いい」と言える要素があるのだろう。高級ランチだろうか。そう思っていると、はるかはなぜか雨音の耳に口元を寄せた。誰に聞かれるわけでもないのに、内緒話のようにゴニョゴニョと雨音に囁《ささや》く。

「だからね…………」

「あ、なーるほど。それ確かにナイスアイデア！　なんで、いままで気づかなかったんだろう！」

「雨音がぼーっとしてるからでしょ」

さっくりと言葉で刺された。せっかく褒《ほ》めたのに。

「はるか……それひどい……」

恨《うら》みがましく軽く睨《にら》んだら、グラスを掲《かか》げられた。反射的に、雨音もまだカクテルが残っていたグラスを持ちあげる。乾杯するように合わせたグラスから、やってみなさいよと言わんばかりに高い音が鳴った。

「社長がどんな反応を示すのか、報告を楽しみに待ってるからね！」

からかう気満々の言葉は、けれども、はるかなりのエールに違いない。

そう気づくと、ありがとうと言うのも照れくさくて、雨音はこくりとカクテルをのどに流す。

（なんだかんだ言って、持つべきモノは友！　だよね！）

——その友だちに売られたわけだけど！　それはこの際、忘れることにした。

第七章　密やかな企《たくら》み

――だからね。外食がイヤなら、お弁当を作ってあげたらどうよ？

ということで、はるかから、ちょっとした知恵を授けられてしまいました。

雨音は、自分でもちょっと素直すぎるかもと思いながら、はるかの助言を試すことにした。

だから今日、飲みにいった金曜日から三日後の月曜日。

雨音の鞄には、朝ちょっと早起きして作ったお弁当がふたつ入っている。

別にたいしたことじゃない。けれども、ちょっとした企みを鞄に隠していると思うだけで、なんだか楽しくなってしまう。社長室で仕事をしていても、そんな気持ちがうっかり顔に出ていたらしい。雪也が眉根を寄せ、思いっきり不審そうな顔で話しかけてきた。

「七崎、朝から不気味だが、なにかいいことでもあったのか？　ずっと口が緩みっぱなしだぞ」

「え？」

呆れた声に、雨音は思わず自分の口元を手で覆い隠す。

（ヤバイ……気がつかなかった）

上目遣いに雪也をうかがって、苦笑いで誤魔化《ごまか》した。

「こ、この間、久しぶりにはるかと飲んで楽しかったものだから、ちょっと思い出して……」

飲んでいたときの話題について考えていたわけだから、嘘ではない。

雪也はまだ少し不審そうにしていたけれど、特に追及するつもりもなかったらしい。ビジネス用の――社長の顔に戻って、淡々とした声で上司としての指示を告げてきた。

「悪いがこれ、ちょっと紀藤のところに届けてきてくれないか？」

「あ、はい。承知いたしました」

(こういうところが、さすがだと思う)

基本的に、雪也はオンオフをきっちり区別している。就業時間中は仕事優先なのだということは、イケニエにされた翌日、雨音にもはっきりとわかった。

(そうでなければやっぱり、こんな大きな会社の社長なんて、やってられないんだろうな)

雨音が妙なことに感心しているなんて、当の雪也は知る由《よし》もない。

「じゃあこれを頼む」

資料や冊子、封をしたばかりの書類が入った茶色い箱を手渡された。


柊エレクトロニクスカンパニーは全社員数、約一万人の大会社だ。

東京本社をはじめ、海外にも拠点や研究施設がたくさんある。

桜霞市にある本社ビルで働くのは、数千人なのだとか。

雨音が毎日通勤している本社は、二十五階建てのガラス張りのデザインビル。さらに周辺には、柊グループの関連企業が入った十二階建ての建物がいくつか並んでいる。離れた部署にお使いに出ると、ビル内でも往復に三十分もかかってしまうくらい広い。

そのため社内と、少し離れた関連施設の連絡用に、社内便というシステムがある。社長室には朝十時と夕方四時。専門の人が、社内に配達する物がないか、回収に来る。でも近い部署への用や急ぎのときには、こうして雨音がお使いを頼まれるのだった。

書類をいっぱいにした箱を抱えて、勝手知ったる風力事業開発部へ向かう。

雨音は「失礼しまーす」と大きな声で来訪を告げて、区画のなかに入った。すぐさま、「お、イケニエ。お使いか」なんて、からかいまじりの声で紀藤が出迎える。

雨音がじろりと睨《にら》んだところで、紀藤はどうということもないらしい。にやにやと雨音の出方をうかがってくるから、雨音はため息まじりに答える。

「はいはい。今日のイケニエ便ですよー。どうぞ受けとってください」

重たい箱を、椅子に座ったままの紀藤に押しつけた。

「ついでに社長に持っていく書類があれば、持ち帰りますけど？」

当たり前のようにつけ加えると、紀藤がちょっと意外そうな顔になった。

「お、イケニエも気が利くようになったな……じゃあ確認するから、ちょっと待ってくれ」

「はい。わかりました」

そう言って、紀藤が箱の中身を確認するのを待つ。すると、デスクに座っていたはるかが手招きしているのに気づいた。

（課長は、まだ時間かかるかな？）

そう思って、はるかの隣の自分のデスクに座る。考えるまでもない。おそらくお昼の件だろうと思っていると、はるかがちょっと心配そうな面持《おもも》ちで聞いてきた。

「どう？　今日、持ってきた？」

「うん……一応。でもまだ、社長には話してない」

「え、なんで!?　社長がどんな反応したのか、聞きたかったのに！」

はるかがあまりにも大仰《おおぎょう》に嘆《なげ》くから、ほかの人に聞こえないかと、雨音はひやりとする。

「しー！　はるか、声が大きいってば！　……ちょっとまだ、タイミングが掴めなくて」

実を言えば、さっき雪也に口元の緩みを指摘されたときは、チャンスだったはずなのに。

（でも……うーん。どうしよう。実はまだ、迷ってるんだよねぇ）

雨音のそんな気持ちを、はるかは見透《みす》かしていた。

「ダメよ、雨音。どっちにしたって社長とは昼食を食べにいくんだから、同じことでしょ!?　だったらちゃんと言いなさいよ」

弱気な言葉を口にする前に、釘を刺されてしまった。

（うう、いや。ここで流されるから、ダメなのかもしれない！）

変なところで根性を見せて、雨音はもう一回だけ抗《あらが》ってみる。

「えーっとだから、もともとは、社長との外食をやめたいという話だったような……」

「それは違うでしょ」

きっぱりと否定された。

「わたしの話なのに、なんではるかが否定するの？」

「あんたねぇ……。社長の気持ちだってちょっとは考えてあげなさいよ」

「社長の気持ちって、なにを？」

雨音は、自分のささやかな希望を述べているだけだ。なのになんで、雨音のほうが駄々《だだ》をこねる子どものような扱いを受けるのだろう。なんだか釈然《しゃくぜん》としない気持ちで唇を尖らせていると、はるかは呆れ声をあげた。

「ほんとにもう……あんたって子は」

「ようするに、佐々木が言いたいのは、雪也はかなり忙しい身なんだからってことだろ」

「そうそう！　そうなんですよ！」

ぎくり、とした。いつのまにこんなに近くに来ていたのだろう。

紀藤が書類を手にして、唐突に会話に割りこんできた。ぱっと振り返ってイヤそうな顔を向けると、紀藤はどういうわけか、苦笑いを浮かべていた。

「ほら、ピンと来てない。パソコンを使った仕事はともかく、こういう話は鈍《にぶ》そうだなぁ。七崎は」

「なんですか、それ！　社長が忙しいことなんて、スケジュール管理して、よく知ってますよ！」

紀藤にも駄々っ子扱いされ、雨音は思わずむっとして叫ぶ。すると、なおさら、紀藤は苦笑いを深めた。

「ほら、わかってない」

紀藤はくすくす笑って、なぁ？　とはるかに同意を求めている。見た目は格好いいけれど、正直、いまの雨音はそれを認めたくない。

「紀藤課長、感じ悪ぅー」

不満げに文句を呟《つぶや》くのは、あきらかに上司に対する態度ではない。

そもそも、これが仕事に関わる話なのかどうかと言ったら、多分違う。けれどもなにせ雨音と雪也の話をすると、イケニエの話に繋《つな》がる。あれは結局なんなのか。仕事なのか、私的なものなのか。それは追及しないほうが多分いい。そう判断している。

話の流れからすると、どうやらはるかは、いつものように雨音の味方をしてくれる気はないらしい。はるかはぺしっと雨音の額を指先で弾《はじ》いて、かわいい顔をしかめた。

「雨音、鈍《にぶ》すぎ……さすがにいまのはイラッとしたわ。社長に同情したわ！　だから雨音をお昼に誘うのに、社長がどれだけ苦労して誘っていたかって話でしょ」

言われたことがよくわからなくて、雨音は一瞬固まった。

「は？　…………や、そ、れは……」

ないと思う。そう言いかけて、最近雨音が管理している雪也のスケジュールが頭をよぎる。同時に、公私どちらのお誘いが引きも切らないことも。

（でも、それって、だからなに!?　ってことじゃないの……）

雨音はひねくれた気持ちで思う。

わぁ、そんなに忙しいのに、誘ってくれていたなんて、うれしい！　なんて、雨音は素直に言える性格じゃない。もしそうなら、雪也がこの会社の社長だと知ったあとも、別に拒絶しなかっただろう。

「だって社長なのよ？　会食だってなんだって、いろんな予定があるでしょうよ。それをどうにか調整して、あんたに会いにきてたんじゃない！　その努力くらい汲《く》んであげなさいよ」

「そうそう。佐々木の言うとおり、涙ぐましい努力だよな」

紀藤まで、まるで雨音ひとりが、わがままを通してるような言いようだ。

(目立ちたくない庶民のわたしの気持ちなんて、誰もわかってくれないんだ)

そう思うと、やっぱりひねくれた気持ちが湧き起こる。

「べ、別にわたし、会いにきてほしいなんて、言ってないわけだし」

「わー、かわいくなーい」

(どうせわたしは、かわいくないですよー)

かわいくないんだから、放っておいてほしい。役職も特別な身分も、なにもない雨音なのだ。なんの因果か大勢の社員に連行されるところを見られて、いい迷惑だったんだから。

おまけに――太ったのだ。これが一番許せない。

雨音はもともと、太りにくく痩せにくい。これまで体重の変動は少ないほうだった。なのに、引っ越しと就職で生活が変わり、少し太り気味だったところに、連日の外食でとどめを刺された。

まだ元に戻っていなくて、切実なのだ。

（うぅ……だからこそのお弁当作戦！　……本当はわたしの分だけでいいんだけど、さすがにあんなに何回もごちそうになったからね！　なにも返していないのも申し訳ないし……というお礼の一種なだけ。そんな身構える必要なんて、ないわけで！）

結局、雨音が不機嫌になっているのを、はるかになだめすかされたあげく――

「ともかく、今日！　絶対に！　やりなさい！　命令よ！　作戦完遂《ミッションコンプリート》以外の報告は認めないわ。やらなかったら、今後一ヶ月はなにか困ったことがあっても、助けてあげないからね！」

そう脅《おど》され、もとい命令され、社長室に戻る羽目になった。

† † †

作戦――。ミッションと英語にすると、やけに重たい気がするけど、なんでこうなった。

「はぁぁぁ」

「遅い。イケニエのくせに戻ってくるのが遅くて、待ちくたびれた。昼飯食いにいくぞ」

雨音の重たいため息も吹っ飛ばす命令口調の人が、ここにもひとり。

（なんかわたし最近、他人から、命令されてばかりな気がする……。いや平社員以下のイケニエなのだから、それは正しい姿なのかもしれない）

そう思い、うっかり遠い目になる。一瞬放心しているうちに雪也に腕を取られ、社長室から連れ出されそうになって我に返った。

「ちょっと待ってください、社長！」

慌てて雪也の机の縁を掴み、足を踏ん張った。

（いやいや。イケニエの身を、いまさら嘆《なげ》いてる場合じゃない！　ミッション！　目指せ、ミッションコンプリート！）

そう心で繰り返し、自分を奮い立たせると、あらかじめ考えておいた言い訳が口をついて出た。

「外食はダメですよ、社長。今日は無理ですってば！　ほら午後に取引先との打ち合わせに出かけるじゃないですか。移動時間五十分ですから、お昼を外食にすると、約束の時間に遅れますよ！」

「なんだって？」

（うわー！　思いっきり、イヤそうな顔された！）

「昼の時間は死守しろと、あれほどしつこく言ったと思うが？　イケニエ？」

気づいたときには、社長の大きな机の上に押し倒されていた。背の高い雪也に体の両脇に手をつかれて覆いかぶさられると、どきどきしてしまう。やめてほしい。

（いやちょっと待って、お、おかしい、コレ！）

すぐそばに、雪也の色素の薄い瞳がある。

さらりと茶色がかった癖毛《くせげ》がふわりと揺れて、絵になるくらい格好いい。

（うわぁ……整った顔をこの至近距離で見るのは、ちょっと目の保養だぁ）

雨音の目が雪也の整った相貌《そうぼう》に蕩《とろ》けた。しかし、それは、ほんのわずかな時間だった。

「ひゃっ！」

冷たい指先が耳に触れて、びくんと体が跳ねる。と思うと……

「イケニエのこの耳は節穴《ふしあな》か!?」

「いたっ！　痛いです、社長！　ちょっとストップ！　ぎゃっ！」

両耳を引っ張られ、やめてほしいと訴えたのもむなしく、頭を囲いこまれていた。

（しかも近い！　さっきよりもっと顔が近い！　睫《まつげ》毛の数が数えられそう！）

姿勢が姿勢だから、机の上で身動きもとれない。そのまま雪也の顔に目が釘付けになってしまう。

（こんなに近くで見るのは、イケニエにされて押し倒された日以来だ）

灰色がかった雪也の瞳と視線が絡むと、吸いこまれそうな心地になる。

「……雨音？」

囁《ささや》くように名前を呼ばれて、胸がきゅんと鳴る。

さらりと髪のなかに指を挿《さ》し入れられたとたん――

「次に誘われたら、絶対流されちゃいなさい！」という、はるかの声が頭によみがえる。

――流されて……

そう思ったとたん、体のなかをさざ波が駆け抜けていくかのように、感情が昂《たか》ぶっていく。

もしかしたら本当は、雨音自身、流されてしまいたいのかもしれない。そんな感情が、あまりにも唐突に湧き起こる。自分で自分がわからない。

茫然《ぼうぜん》としながら押し倒されたままでいると、ふと、指先になにか細長いものが当たった。なんだろうと思った瞬間、はっと我に返る。雪也がいつも使っている万年筆。その固くて確かな手触りに、雨音は正気を取り戻した。

（いやいや。流されちゃダメに決まってる！　ここ会社だし！　就業中だし！　それに）

ミッションだ、ミッション！

今日はお弁当のために、わざわざ早起きしたのだ。鞄に秘めたままのお弁当が、脳裏に浮かんだ。

（このままじゃ、お弁当がダメになっちゃう。家に帰って、捨てる羽目になる！）

それではもったいないし、なんだか悲しい。

（……やっぱり、せっかく作ったんだから、社長に食べてもらいたい……と思う）

雨音はすぅっと息を吸いこんで、雪也の甘やかな呪縛《じゅばく》から逃れようと、気を引きしめた。

きっ、と眉を吊りあげ、雪也に強い視線を返す。

「今日は！　どうしても！　外食はなしです！」

「おい……社長命令はどうした？　イケニエは試用期間中の身だって、忘れたのか？」

雪也はにっこりと微笑む。満面の笑みを浮かべているのに、雪也の顔はなぜか真っ黒に見えた。

「わ、忘れてませんよ？」

「へぇ？　とてもそうは見えないんだが？」

ずいっと体ごと顔を近づけられると、雨音の心臓はどくんと大きく跳ねる。日本人離れした顔で微笑まれると、無条件で胸がときめいてしまう。

——たとえ真っ黒な笑顔でも。

（うう〜〜ダメ。どんなに顔がよくっても、黒い笑顔で脅《おど》されても、ダメなものはダメ！）

雨音は頬が熱くなるのを感じながらも、必死で理性を掻《か》き集めた。

「言わせてもらいますが、社長！　向こうの都合と照らし合わせると、午後イチが一番効率いいんですよ！　そのあとのプラントの視察は帰り道になりますし！　そうしたら、社長も帰りが遅くならずにすむじゃないですか！」

まだ初心者ながら、これはなかなか一石二鳥のスケジューリングだと自画自賛していたのだ。

雪也のスケジュールは、場合によっては分刻《きざ》みになっている。

スケジュール管理をしろと紀藤に言われて、雨音は頭を絞《しぼ》った。

雪也のスケジュール管理というのは、普通の人の予定の組み方とはまったく違う。優先順位や緊急性を比較して、スケジュールを組まなくてはいけない。それはまるで難解なパズルを解いている感じだ。

もちろん予定を聞いた順番で埋めていくなら、簡単。でも、そうすると雪也の予定は、あっという間にパンクしてしまう。

雪也と会いたい人は山ほどいて、でもその人たちのなかには、雪也にしてみれば会わなくていい人が山ほどいる。お互いの要望は噛《か》み合っていない。しかも社内での書類の決裁や会議もあり、要望どおりに時間を割《さ》くわけにもいかない。

だから雨音が、次から次へとやってくる「社長にぜひお会いしたい」という相手を選別するのだ。優先順位を吟味《ぎんみ》して、スケジュールを組む。

いまのところ、このスケジュール管理がイケニエの最も重要な仕事だと言い渡されている。

……だが、はっきり言ってこれが、泣きたいほど難しい。

そもそも雨音は、桜霞市の常識もこの会社のこともよくわかっていない。社長の顔さえ知らなかった雨音だ。誰が重要人物なのかも、雪也にとってどの仕事が重要なのかも、一朝一夕《いちょういっせき》でわかるわけがない。その都度、雨音は雪也や紀藤におうかがいを立てる。それで忙しい上司の仕事の手を止めさせることが、申し訳なくて仕方ないのだ。

それでなくても、このところの雪也はひどく疲れて見える。多分、雨音のスケジューリングが悪いせいではないとは思う。けれども、深い悩みを抱えたようにため息をつく姿を見ると、雨音は心配になる。

だから、雪也がなるべく早く帰れるようにスケジュールを組みたいのだ。そのためにゆったりとした昼食は犠牲にしてもいい。そもそも雪也との昼食は、雨音にも負担が大きい。外食をやめるというのは、雪也の負担軽減と、雨音の要望が嚙み合っている。

「それに社長、外食すると、わたしのことも連れていくじゃないですか！」

「当然だろ？　言ってしまえば、おまえは直属の部下みたいなものだし……。ひとりしかいない部下を置いて昼を食いにいくとか、どんな薄情な上司だよ」

（いや、そこは薄情でいいです！　お昼休みはプライベートな時間にしたいです！　上司と一緒なんて、一番ご遠慮したいところなんですが！）

そんなこと、さすがに言えないが。

（本当は、はるかと気楽にランチしたいんだけど！）

思わずそう口走りそうになるのをこらえて、雨音は雪也の腕に囲まれながらも、なんとか、自分の希望を通せないものかと、ない知恵を絞《しぼ》って抗《あらが》った。

(流されちゃダメだ！　どうにか交渉しないと)

「えーと、わたしとしては、外食はイヤなんですよ！」

「は？」

「一ヶ月に一回ぐらいならともかく、社長といると毎日じゃないですか！　会食のときもあるし」

「……おまえは昼食は、一ヶ月に一度しかとらないのか？」

「とりますよ！　そうじゃなくて……。えーと、だから社長、ひとまずこの体勢はやめませんか？」

さっきから、雪也はときおり雨音の頬を撫《な》でている。そんな愛玩《あいがん》動物状態な上に、顔のすぐ近くで意地悪そうに艶然《えんぜん》と微笑まれているのだ。脅《おど》されているのか籠絡《ろうらく》されているのか——雨音は、よくわからなくなる。

(ううぅ……無駄にいい顔をした上司なんて、いらないよぉ)

直属の上司が紀藤だったときは、こんなことを気にしたことはなかった。紀藤だって充分格好いいというのに、雪也が相手だと、雨音はどうも調子が狂ってしまう。

「……イケニエのくせに」

生意気だと言わんばかりに、雪也は眉根を寄せる。そのくせ、名残惜《なごりお》しそうな仕種で雨音の髪を掻《か》きあげるのは、やめてほしい。肌がざわりと粟立《あわだ》って、鼓動が跳ねる。

雪也がそんな顔をするのは、そんなことをするのは、どうしてなのだろう。

（わからないけど……やめてほしい）

雪也の行動の意味もわからないし、自分の気持ちも直視できない。でも、このやりとりはチャンスだった。

『ともかく、今日！　絶対に！　やりなさい！』

はるかの声が頭によみがえって、雨音はこぶしをぎゅっと握りしめた。

「だ、だからその……が、外食にいかなくていいように、わたし、お弁当作ってきましたから！」

言ったとたん、雪也の目が、まあるくなった。

「……お弁当？　雨音が？」

「は、はい。そうしたら時間が短縮できるじゃないですか！　なんだったら、車のなかで食べてもいいですし……」

雨音は顔から火が出る思いで、弁当の話をするのでいっぱいいっぱいだった。まだ就業時間中なのに、さっきから雪也が雨音と名前で呼んでいることに、気づく余裕さえない。

「いや。だったら、ここで食べる」

突然、雪也が前言を撤回した。

「そ、そうですか……えと、じゃあいま、お茶を淹《い》れますから……どいてくださいよ、社長」

「ん」

雪也は、今度は素直に雨音の上からどいてくれた。拗《す》ねたような表情でふいっと、顔を背けた雪也は、そのまま背を向ける。解放されてほっとしたのに、雨音はどこか残念な気持ちになった。

(は、いやいや。残念とか違う！　ちょっと社長の整った顔を間近で見られて、目の保養だったとか、そんな感じなだけで！)

雨音は自分の理解できない思いを振り切り、部屋の奥にある給湯室にお茶を淹《い》れに向かった。

「えっと、大したものじゃないんですけど」

どうぞ、とローテーブルの上——雪也の前に大きなお弁当箱を置く。

その隣には、雪也の半分ぐらいのサイズのお弁当箱。子供用の標準サイズぐらいだ。

「七崎は、それしか食べないのか？」

雪也がお弁当箱を見比べて、不思議そうな声で聞いてくる。

「あ、はい。お昼はこれで充分です。だから、外食すると量が多いんですってば」

「ふーん……そうなのか？　別にダイエットしてるわけじゃないんだな？」

「まぁ……そうですね」

(このところ太っちゃったから、まったく気にしていないわけじゃないんだけど、ね)

まだ雪也は納得しかねるような顔をしている。けれども、雨音が箸《はし》を取り出して「いただきます」と言うと、雪也も「いただきます」と言ってお弁当箱の蓋《ふた》を開けた。

その瞬間の顔を、雨音は思わず横目で確認した。

(だって……どんな反応するか、やっぱり気になる)

雪也はいつも、よく食べる。だから雨音は大きいお弁当箱を、わざわざ買ってきた。加えて、万が一車のなかで食べることになっても、食べやすいようにと工夫した。ご飯は俵《たわら》形に握りごま塩で味付けして、おかずは爪ようじでとめたアスパラガスのベーコン巻きに、真っ赤なミニトマト。定番のウィンナーや卵焼きも添えた。

（我ながら、見た目はなかなかよくできていると、思うんだけど）

「意外とまとも、だな」

「ど、どういう意味ですか、それ！」

雨音は甲高い声で叫んだ。

（意外とまともって、なにそれなにそれ！　どういう意味!?）

「いやなんか、ピンクのでんぶで〝LOVE〟とか、そういうのじゃないなーって」

「なんで社長相手に〝LOVE〟とか、やらなきゃいけないんですか！」

売り言葉に買い言葉。思わず言い返して、雨音ははっと身を引いた。正確には、並んで座っているソファの上で身じろいだ。雪也から離れるように、じりじりと動く。

「イケニエのくせに、生意気だな」

そう言うと、雪也は雨音の髪をわしゃりと撫《な》でた。

「い、いやその……あっそうか！　社長、女の人からそういうお弁当をよくもらうんでしょう？」

わかった！　と顔を覗《のぞ》きこむと、雪也は複雑そうな表情をしていた。

（お、やった！　社長のこんな顔を見ると、仕返しが成功したようで、ちょっとうれしい）

雨音は気をよくして、くすくす笑ってしまった。

その横で雪也はますます、ムッとした表情になっている。

「…………。まぁ、確かにそういうのもあったけど。うん。……でも、わりとおいしいな、これ」

「へ?」

「おいしいって言ったんだよ……ったく、何回も言わせるな」

「う、あ、その……あ、ありがとうございます。お口に合ったなら、よかったです」

雪也が拗《す》ねたような口調で言うから、こそばゆい。だってお世辞じゃない、本音を言うときの声だったのだ。雨音は胸がほわんと熱くなるのを感じた。

(う、うれしいかもしれない!)

がんばって早起きした甲斐《かい》が、ありました!

はるか、いっぱい後押ししてくれてありがとう!

お弁当のことをどう切りだそうかと悩んでいた、気の重さが嘘みたいだ。渡すのをやめようかとまで思っていたことも忘れて、浮かれあがってしまう。

(社長においしいって言ってもらえたよー。これは絶対、はるかに報告しなきゃ!)

そんなことをにやにやしながら考えていると、ふいに雪也が意外そうに話しかけてきた。

「雨音はピーマン好きなのか?」

雨音の食事の進み具合を、ちらりと横目にうかがっている様子だ。

「あ、はい。チャーハンに入ってるのはあまり好きじゃないんですけどね。焼いたのか、レンジにかけただけのピーマンに、醤油《しょうゆ》をひとたらしして食べるのが、割と好きで」

「じゃ、あーん」

雪也はにっこりと微笑み、お弁当箱からピーマンを自分の箸《はし》でとり、雨音に差しだしている。

「…………え？」

「ほら、好きなピーマンあげるから。雨音、あーんして？」

再びにっこり。黒さを纏《まと》う満面の笑みが威圧してくる。だから、ぱくっと雪也の箸から食べてしまったのは、その圧力に負けただけなのだ。雨音はそう思う。

（だって仕方ない。わたし、イケニエだし。うん、……だからその。ちょっと、仲のいいカップルみたいだなんて、全然思ってないんだから！）

頭のなかで、そんな苦しい言い訳をする。浮かれた頭で、考えがひと巡《めぐ》り。緑のピーマンを咀嚼《そしゃく》して、ごくりと呑みこんだあとで気づいた。

「社長……ピーマン嫌いなんですか？」

「イケニエ、ほらもうひとつやろうか？」

にっこり笑顔の雪也に、またピーマンを差しだされる。どうしよう。正直迷ったけれど、雪也があまりにもいい顔をしているから、逆《さか》らえない。雪也はなんでこんなことをしているのだろう。むぐ、と首を傾《かし》げながら咀嚼していると、雪也はぼそりと呟《つぶや》いた。

「……パプリカはまだいいんだけど、緑のピーマンは嫌いだ」

大企業の社長が、整った顔で少しばかり唇を尖らせて、「ピーマンは嫌い」なんて。

雨音の目は点になる。唇がわなわなと震えて、噴《ふ》き出してしまいそうだった。

（ま、まずい。いや、思いきり笑ったら、きっとなにか仕返しされる）

雨音は急いで雪也から顔を背ける。まだ口のなかに残ってるピーマンを噴《ふ》き出さないように口を手で押さえ、必死に笑いを噛《か》み殺した……つもりだった。

「おい、肩が震えてるぞ……！　仕方ないだろ。別に苦い食べ物が嫌いなわけじゃないぞ。山菜は好きだし。ただ緑のピーマンは、ちょっと苦手だっていうだけで！」

必死に言い訳する姿が、なおさらおかしい。

（社長、意外と子どもっぽい！　社長なのに！）

雨音はいよいよ我慢できなくなった。箸を置いて、ソファを思わずバンバンと叩いてしまう。

「おい、イケニエー！　いい加減にしろ！　食べ物の好き嫌いくらいあるだろ、誰だって！」

こぶしでこつんと頭を軽く突かれて、拗《す》ねたような声で言われた。子供っぽい一面を知り、一八六センチもある雪也なのに、なんだかかわいらしく見えてしまう。

（っていうか、これって社長のちょっとした弱点じゃない？　ふふっ）

雨音はそう気づいて、これは絶対はるかにも内緒にしようと心に決めた。

「あ、まぁ、そうですよね。好き嫌い、ありますよね！　緑のピーマン。体にいいけど……次のときは気をつけるようにしますね」

「次のとき？」

雨音がニコニコして言うと、雪也がぱちぱちと目を瞬《また》かせる。

そこで初めて雨音は気づいた。時間短縮のためという言い訳を、雪也は心から信じているのだと。

（いや、それも別に嘘じゃないけど！　でも、もともとはそうじゃなくて……）

雨音にしてみれば、スケジュールの都合というのは、お弁当を食べるための口実だった。けれども雪也にしたら、お弁当は今回だけだと思っているのだろう。

（それじゃ、また外食に逆戻りじゃない！）

「えーっと……だからですねっ、社長。わたしあの……しばらく社長に、お弁当を作って差しあげたいなぁなんて。その、外食ばっかりじゃ、カロリーが高くて健康に悪いですよ！　それに、たくさんごちそうになった分、ちょっとはお返ししたいなぁなんて……思いまして！」

太ったから外食はやめたいという理由では、雪也は納得しないだろう。雨音は、ずっと心の底で思っていたことを、雪也の腕を掴んで口にした。

（だってやっぱり健康は大事だし。おごってもらったお礼もしたいし！）

隣に座る雪也は目をまあるくして、しばし固まっている。

（ちょっと……こじつけっぽかったかな？）

雨音は覗《のぞ》きこむように雪也を見つめたまま、どきどきとその反応を待った。すると雪也は、もったいぶったふうに呟《つぶや》いた。

「うん……まぁ。イケニエがそんなに言うんだったら、いいぞ。お弁当食べてやっても」

そう言う雪也の耳が、少し赤くなっている。

（社長でもこういうの、照れたりするんだ……なんというか、うん。少し親近感が湧くっていうか、かわいいなっていうか——いやいやいや。社長は社長だけど！　柊城一族だけど！）

でもやっぱり雨音はうれしくて、自然と弾《はず》んだ声になる。

「わ、本当ですか！　よかったぁ……実は明日の分も、お弁当の材料を買ってあるんですよ！　無駄にならなくてよかった！」

「ふーん……雨音は、お弁当作るの、好きなんだな」

「ええ、まぁそうですね！」

と軽く答えたところで、雨音はアレっと思った。

（別にお弁当を作るのが好きなわけでは、ないような……いや別に、嫌いでもないんだけど？）

「ふーん……」

雨音が首を傾《かし》げている間も、雪也は神妙《しんみょう》な顔でお弁当に箸《はし》をつけている。その様子が雨音はうれしくて、まぁいいかと考えるのをやめた。そして自分もまた、はむっとお弁当のご飯を口に運ぶ。

（まぁいいや――社長もそんなにイヤじゃなさそうだし！）

これで、体重が戻るといいなぁなんて、雨音はニコニコと口元を緩ませる。

お昼のお弁当タイムは、そんなふうにのんきに作戦完了したのだった。

――その夜、なにが起きるかも知らないまま。

第八章　夜のオフィス、S《えす》系社長に押し倒されて

お昼を食べ終えた雨音と雪也が外出し、プラントの視察から帰ってきたのは夜八時。柊エレクトロニクスカンパニーの社内は、もう静まり返っていた。遅くまで残っていることが比較的多い営業の社員でさえ、まばらに見かけるぐらい。どうやら月末までまだ日があるため、早く帰れる時期らしい。

「はぁ……」

雨音は雪也の隣を歩きながら、静かな廊下で小さくため息をついた。正直、疲れ切っていた。

雨音が雪也のイケニエ――もとい手伝いをするようになって、まだ日が浅い。だから取引先についていくと、たいていの人とは初対面になる。当然、向こうにしてみれば「この人、誰」となるわけで――

「お、柊城社長。この方は新しい秘書？」

なんて、取引先のおえらいさんから尋ねられ、雨音はそのたびにびくびくしていた。まさか、イケニエだなんて紹介しないわよね⁉　と心配したけれど、さすがにそれは大丈夫だった。かわりに、名刺交換のあとに相手から聞かれたことに驚いた。

「七崎？　もしかして七崎機工のお嬢さん？」

その言葉に、雨音は固まった。

（な、なに？　なんで……？）

「美人の若い秘書で、しかも会社の利益になるなんて！　さすが柊城社長は抜け目がないなぁ」

雨音の父親ぐらいの年だろうか。小太りの社長は、雨音がなにも反応しないのにも気づかない。調子よく、野太い声で雪也に話しかけている。

「社長、彼女はそういうんじゃないですよ。うちの社員をからかわないでください。それより……」

雪也はやんわりと豪放《ごうほう》そうな社長の気を逸《そ》らして、仕事の話をはじめた。

けれども、雨音の頭のなかでは、ぐるぐると言われた言葉が回って消えない。

『もしかして七崎機工のお嬢さん？』

『会社の利益になるなんて』

その言葉の意味はよくわからないのに、なぜか一瞬、目の前が真っ暗になった気がした。

（なんで……？　ここでも、また？）

冷たい汗が噴《ふ》き出てきて、呼吸が乱れる。ふと、以前見たエクセルの表が頭をよぎる。重要な取引先――そんなはずはないと思うのに。

（偶然だ……。そうじゃなかったら、似た名前の会社と間違えてるのかもしれない）

けれども、聞かれたのは一度だけじゃなかった。打ち合わせのあとに、見学にいったプラントでも、同じことを問われた。雨音はどう返事をしたらいいかわからずに、とまどうしかない。

やがて何回目かに聞かれたとき、ようやく雨音は自分がショックを受けている理由に気づいた。

――初めて会った夜、雪也が雨音を送ってくれるといった本当の理由。それはもしかして、雨音が、重要な取引先の娘だと気づいたからなんじゃないだろうか。

そう思って次に、自分の浅はかさにいたたまれなくなった。

雨音はこれまで雪也のすることにとまどい、反抗的な態度をとった。でも心のどこかで、雪也が誘ってくるのは好意からだと思っていたらしい。イケニエとして、捧《ささ》げられたこともそう。

雪也は雨音本人に興味を持ってくれている。だから、イケニエとしての価値がある。

――雨音は心の奥底で、そう信じていたのだ。

(でも、そうじゃないのかも、しれない――)

それがわかってショックなのに、ショックを受けている自分を理解できないでいる。

(わたしは、別に社長のことなんて、なんとも思ってないはずなのに)

雨音がショックを受けて考えこむあいだにも、仕事の話は進んでいる。

「いやあ、前の秘書さんも美人だったけど……いいねぇ、社長のところは。前の人は、峰成《ほうせい》商社のお嬢さんでしたか？」

峰成商社。一般にはなじみが薄いけれど、電子機器に関わる仕事をしている人でその名を知らない人はいない。日本と海外の電子機器取引を担《にな》う大手商社だ。

(そうだ。前にいた秘書の人は、確か……。どこか取引先の、縁故採用だったって)

「それで確か、社長の婚約者候補だって聞いたんですけど……このお嬢さんもかな？」

「は？　婚約者候補!?」

考えごとをしていたところに唐突に話を振られて、雨音は反応できなかった。

隣にすらりと立つ雪也を、焦りを含んだ横目で見上げる。すると雪也は洒脱《しゃだつ》な仕種で肩をすくめて、素っ気ない声で一蹴《いっしゅう》した。気にしている様子は微塵《みじん》もない。

「彼女はそもそも、秘書じゃないですし……関係ないですよ」

その言葉を聞いて、雨音は目の前が真っ暗になった気がした。一瞬、きぃんと周りの音が消えて、耳鳴りだけが聞こえる。

秘書じゃないし、関係ない――

(どうせ、わたしは秘書みたいにちゃんとした身分じゃなくて、ただのイケニエですから！)

自分の話をされるのは、あまりにも居心地が悪かった。ただでさえ、所在ないイケニエの身。その上さらに肩身が狭く感じて、最後には笑顔が引きつるありさまだった。


ビッという リモコンの音と共に、社長室に明かりがつく。

そろそろ見慣れてきたはずの綺麗な部屋。けれども、窓の外が暗いせいだろうか。あるいは、自分の気持ちが沈んでいるせいかもしれない。社長室の内装が、いつになく冷たく感じられる。

(だって、ここはわたしの居場所じゃないし。居心地悪くて当然なんだ)

ねじくれた気持ちでそんなことを考えていると、雪也がふぅっとため息を吐く音が聞こえた。

「思ってたより早く帰れたな……七崎、ご苦労だった」

「いえ……社長こそ、おつかれさまでした。いまお茶をお淹《い》れしますね」

雨音はそう言うと、すばやく奥の給湯室で日本茶を淹れる。

「ん……ありがとう」

雪也もやっぱり疲れているのだろう。大きめの湯飲みに遠慮なくなみなみと入れたお茶を受けとると、一気に半分ほど飲んだ。もちろんお客様用には、お茶はなみなみとは注《そそ》がない。「大きめの湯飲みになみなみと」というのは、雪也のリクエストなのだ。

（どことなく、部屋の空気を重く感じるのは、きっとわたしの気のせい）

そう思いながらも、雨音は一刻も早く帰りたくて仕方なかった。

「じゃ、社長。わたし、お先に失礼しま……」

「七崎、さっきからなんだか不機嫌だな」

唐突に鋭《するど》い言葉を投げかけられ、雨音はぎくりと足を止めた。

「え？　なんですか、それ……。わたし、バスの時間がありますから、お先に失礼しますね。湯飲みは流しに入れておいてください。では」

「雨音！」

身を翻《ひるがえ》そうとしたところを、大きな声で呼び止められた。しかも名前で呼ばれたせいで、どきりとしてしまう。そのまま腕を掴まれたかと思うと、あっというまに雪也の膝の上へ座らされていた。

「ちょっ、なにをするんですか！」

我に返って抗《あらが》おうとすると、腰回りに力強く腕を回される。

「イケニエは……どうしたら機嫌を直してくれるんだ？」

抱きしめられながら甘い声で囁《ささや》かれ、心臓が壊れるほど大きく跳ねた。

「は？　わ、わたし別に、機嫌悪くなんか、ないですよ？」

「嘘つけ。ずっと、笑顔が凍りついていたぞ？　帰りの車だって、話しかけてもまともに返事しなかったじゃないか」

雪也がまるであやすかのように、片手で雨音の肩を抱く。さらにもう片方の手で、やさしく髪を撫《な》でた。

「イケニエが機嫌悪いと、俺も調子が狂う……どうしたらいい？　今度どこかに連れていこうか？」

「なにをバカなことを言って……ッ」

動揺して、雨音は雪也の腕のなかでもがいた。

（そんな言葉は、恋人にでも言えばいいじゃない。どうせわたしはただのイケニエ。秘書でもなければ、正社員でもない――それこそ、社長とはなにも関係ないんですから！）

雨音は、唇を引き結んでうつむく。自分のいまの感情が、拗《す》ねているのだという自覚もないまま。

「疲れた、だけじゃないんだろ？」

さらりと髪を撫でられて、ちゅっと頭に口付けられる。その仕種に、また胸がきゅんとしめつけられて、胸が苦しくなってしまう。

「社長には、関係ないですから」

突き放《はな》した声で言った言葉は、「だから離してください」という意味だと伝わっただろうに。雪也は雨音を離してくれなかった。

「関係ないか……」

どこか切なそうに呟《つぶや》かれ、雨音までのどになにかが詰まったような苦しさを覚えた。

同時に、抗《あらが》う気持ちが湧き起こる。

(そんな声を出されたって……関係ないものは関係ないし)

雨音の言葉のせいで雪也が傷つくわけがない。きっとまた、雨音をからかうための演技だ。雨音は自分にそう言い聞かせて、胸につかえる苦しさを呑みこもうと努力する。

(七崎機工の名前を出されたことが原因だって、本当は社長もわかってるんじゃないの?)

そう聞きたいけれど、口に出せない。黙っていると、雪也が背中で嘆息する気配がした。

「……じゃあ、イケニエは、仕事で疲れた上司を慰《なぐさ》めてはくれないのか?」

「なにを、言って」

誘うような声で問われると、どきりとしてしまう。

抗いたいのに、身動きがとれない――

雪也の骨張った指が自分の顎《あご》に触れるのを、雨音は避けられなかった。

「雨音?」

そう呼ぶ声は、どこかからかうみたいな気配を帯びている。

(ずるい、そんなの)

心はまだもがいていたけれど、甘やかな雰囲気に流されて――

「……ん」

膝に載せられたまま、雨音は口付けられていた。

唇に触れて、また離れて。雪也の指が下唇に触れたかと思うと、また口付けられる。

「ん……ふぅ……」

雪也に口腔《こうこう》を侵《おか》されて、柔肉を撫《な》でられる感触に、ざわりと肌が粟立《あわだ》つ。

怖い。反射的に身を引こうとするけれど、うなじに手を回されて、むしろより深く口付けられてしまった。舌裏をざらりと辿られ、体の奥に、わけのわからない疼《うず》きを覚える。

貪《むさぼ》られるように自分が奪われていく——そんな心地に、体はまた敏感に反応する。慣れない雨音にとって、それはとても受け入れがたい感覚だった。

「ふぅ……んぅ……や、社長！　やだ！」

雨音は怯《おび》えるあまり、雪也の腕を振りほどこうともがく。

そのとき、がたーんッと大きな音がした。続けて、ものが倒れる音が響く。

雨音はふくらはぎに熱を感じて動揺する。

「熱っ！」

お茶が零《こぼ》れた——雨音がそう気づくのに、時間はかからなかった。

(そうだ、さっきのお茶、まだ残っていたんだった！)

どうやら雪也も珍しく焦ったらしい。腰に回っていた雪也の腕の力が緩んだのと、雨音がもがいたせいで、雨音は床に転がり落ちてしまった。

「雨音⁉　ばっか！　変に暴《あば》れるから……お茶、どこに零《こぼ》れたんだ⁉　足か⁉」

「やっ。だ、大丈夫です。お茶、そんなに熱く淹《い》れてないですから！」

雪也が膝をついて、床に転がった雨音の体に触れた。

——瞬間、とっさに雪也の手を払いのけていた。

それがよくなかったみたいだ。

さっきから、雨音が雪也の慰《なぐさ》めをはねのけていたのも、原因のひとつかもしれない。雪也は突然、雨音をうつぶせにして押さえつけた。

(——え⁉　なに⁉)

なにが起きたのかを理解する前に、雪也にふくらはぎを触られて——お茶で濡《ぬ》れたところを、ストッキングの上からぬるりと舐《な》められた。

「な、なにして……社長……ひゃっ！」

「……痛い？　それとも感じる？　答えろ、イケニエ」

さっきまでの甘やかな空気はどこへやら。冷《ひ》ややかな声で問われて、雨音は泣きたくなった。

否定したい。それなのに、足に指を滑らされると、声が出ない。ストッキングを穿《は》いているせいで、素肌に触れられるのとは違うざらりとした感覚に、体が跳ねる。

(感じる……わけが、ない)

「感じてるんだな？」

くすりと含んだ笑いを背後で感じた。見透《みす》かされたような声に、かぁっと頭に血が上る。

「感じてなんか！　ちょっと、痛いだけですから！」

とっさに叫んだ言葉は、雪也の思惑通りだったらしい。

「痛い？　……やっぱりお茶が零れたところ、やけどしたんじゃないか、イケニエ」

そんな言葉と共に、ぴーっとやわらかい布を裂く音がした。瞬間、「ふぇっ!?」という変な声を雨音は上げる。

雪也の指先がストッキングを引き裂き、直接ふくらはぎに触れたのだとわかった。

（なに？　なんで？）

うつぶせになったまま、雨音の頭は混乱するばかり。

「……ん」という、なにかを味わうような雪也の声が聞こえる。さらには、ふくらはぎに――その素肌に、やわらかいものが押しつけられる。しかも、ただ触れるだけじゃない。水気を帯びた感触に、舌を這《は》わされているのだと生々しく感じた。

「しゃ、社長!?　なにをして……ひゃっ、く、くすぐった……やぁッ！」

雪也の舌が、だんだんふくらはぎから上に移る。その動きに気づいて、雨音はびくりと身を震わせた。怖い。そう思うのに、体の奥が熱を持ったように疼《うず》く。そんな雨音の反応に気づいているのか、雪也がやけにもったいつけたふうに問いかけてくる。

「くすぐったいんなら……やけどの心配はないな？」

「なっ……！」

雨音は絶句した。

「いくらイケニエだって、怪我をさせるのは俺の本意じゃない」

(怪我をさせるのは——って、なに、その含んだ言い方⁉)

雨音はかちんときて、じたばたと暴《あば》れ、押さえつけられた足を解放するように訴えた。

「わ、わたし、もう帰りますからっ。離してください！」

「大丈夫。あとで家までちゃんと送るから。……安心して、イケニエは俺を慰《なぐさ》めてくれればいい」

「なんでわたしが、社長を慰めなきゃいけないんですか！」

(おかしい。さっきまでわたしが不機嫌だという話を、していたはずなのにっ)

事態が呑みこめずにいると、ふわりと漂《ただよ》ってきたのは甘い香り。

(社長の——雪也さんのオーデコロンの匂いだ)

そう気づいたとたん、雨音の抵抗がふっと弱まった。その瞬間を見透《みす》かされたのだろうか。まるで体も心も搦《から》め捕《と》られるかのように、背中から雪也に抱きしめられた。

「だって雨音は俺に捧《ささ》げられたイケニエだから、俺は雨音を好きにする権利があるだろう？」

その言葉に、かぁっと全身が熱くなる。

(好きにする権利——そんな、こと、おかしい)

そう思うのに、言葉にならない。雪也の手が胸の膨らみに触られて、体がびくんと震えた。

「……イケニエだから？」

「そう。イケニエだから」

聞き返す雨音の声もまた、少し震えている。

けれども、雪也に言い聞かされるように繰り返され、雨音は頭のどこかで納得する。まるで憑《つ》きものが落ちたかのように抗《あらが》う気持ちが薄れて、もがくのをやめた。

雨音が急におとなしくなったのをどう思ったのだろう。雪也は雨音の髪を掻《か》きあげ、うなじにチュッと口付けた。その息が妙に熱い。雨音の体がどきりと震えた。

「イケニエは……今日はちゃんと俺が贈った服を着てる。ちらっと見えたけど、下着もそうだな？」

問いかける雪也の声には、確信がにじんでいた。そのまま雨音が答える前に、雪也はするりとスーツの上着を脱がす。なのに、雪也はそこで一度、動きを止めた。

「……いいのか？」

そんなことをいまさら聞いてくるのは、ずるい気がする。

（前に、はるかからも注意された。男の人から贈られた服や下着を身につける——それは、あなたに脱がされてもいいですよっていう合図だって）

「だって仕方ないじゃないですか。わたし、イケニエの羊なんですから」

そう口にしてみると、本当に仕方ないと思えてくるから不思議だ。

多少なげやりな気持ちもある。けれども、それだけじゃないことも心の底でわかっていた。

『次に誘われたら、絶対流されちゃいなさい！』

そんなはるかの声が、よみがえる。

——イケニエの羊だから。

——はるかに、強く念押しされたから。

自分の意志じゃない力で、こんな目に遭《あ》っている。そう思うのは、なんて楽な考えだろう。

「そうだな。雨音は俺のイケニエの羊なんだから、俺が好きにする権利があるよな……」

雪也の押し殺した声は、情欲が入りまじっているようだった。

体をあおむけにされて、ふっと雪也の色素が薄い瞳と視線が絡む。そのまなざしがやけに真剣味を帯びて見えるのは、多分、雨音の気のせいだ。

(こんなのは、きっとセレブな社長さまにしてみれば、お遊びにすぎないんだから)

ごくりと生唾を呑みこんで息苦しさを押し流したとき、雪也の端整な顔が降ってきた。

「……ッ。……んぅ」

口付けられるのさえ、いまはもう、ずいぶん慣れてしまった。ブラウスのボタンを外される気配に、どきりとしたけれど、雨音にはもう抗《あらが》う気持ちは欠片《かけら》もない。

「ふ、あ……ッ」

胸元が涼《すず》しくなり、雨音は身じろぐ。前をはだけられたブラウスの下で、キャミソールをまくりあげられる。すると、清楚な白いブラウスとは対照的な、ローズカラーのブラジャーが露《あら》わになる。

大人っぽい赤紫色は、淫靡《いんび》に胸の膨らみを強調していて、雨音は顔の熱が上がるのを感じた。

(は、恥ずかしい。ぬ、脱がされている間、どうしたらいいかわからない)

雪也の手がタイトスカートのホックを外している間、思わず手で胸を覆い隠す。すると、気づいた雪也に、やんわりと止められた。

「ダメだよ、雨音。隠すの禁止」

そう言われ、手を体の脇に置かれてしまった。するりとタイトスカートを脱がされ、足が露《あら》わになる。破かれて中途半端に太腿に残る濃い色のストッキングが、やけに淫《みだ》らだ。

「いいね、こういうの……やっぱりそそられる」

雪也はくすりと笑って、手を添えた胸の膨らみに口付けた。

その間にも、肩ひもを外されて、雨音は体を震わせる。甘さを帯びてどきどきと胸が高鳴り、胸元を吸いあげられる痛みに、びくりとおののく。

怖い。どうしよう。そう思ったときには、雪也の首に腕を回して、すがりついていた。

雨音はとまどいながらも、腕に触れた雪也の髪のやわらかさを感じた。

(そそられる――そそられるって、なにに?)

――いくら人気《ひとけ》がないとは言え、オフィスの床で抱き合っていることに?

――自分が贈った下着を身につけた女を脱がせてることに?

――それとも、中途半端に破れて、伝線しまくってるパンティストッキングにだろうか。

「んぅ……ふ、あ」

足を絡ませながら口付けられて、ざわざわと甘い疼《うず》きが体に走る。雪也のズボンを穿《は》いた足と自分の素足が触れると、ざらっとした布地に肌が粟立《あわだ》って仕方ない。官能が鋭敏《えいびん》に刺激される。

自分のなかに、こんな淫靡《いんび》な衝動が隠されていたなんて――雨音はこれまで知らなかった。

男の人とつきあっても長く続かなかったし、キスをしたこともなかった。

女友だちと集まったときに一度だけ、ちょっとエッチなＤＶＤを見たことはある。男女が絡まる官能的なシーンに、足を擦《こす》り合わせたくなる疼きを感じた。

でもこんな、なにもかも翻弄《ほんろう》されてしまう激しさは初めてだった。

「ひゃっ、あ……ッ。そこ、ダメ。さ、触らないで……くぅ……んぁッ！」

雪也の指先が、ローズカラーのショーツの上から雨音の足の狭間を——秘処の割れ目を辿る。シルクの滑《なめ》らかな布を滑る感触に、組み敷かれた体がびくんと跳ねる。しかも、ダメという雨音の言葉を嘲笑《あざわら》うかのごとく、雪也はこねまわすようにそこを触る。雨音は体をびくびくさせながら、「あッ、あッ」と短い嬌声《きょうせい》を漏《も》らした。

「やぁっ……ッ！　んんッ」

自分の淫らな声が止められないことが、恥ずかしくて耐えられない。雨音は、とっさに手で口を覆った。そうして自分の体を翻弄する快楽の波をやりすごそうとしていたのに——

「雨音、ダメ。声抑えないで」

雪也は雨音の手を押しのけて、にっこりと笑う。

「雨音の感じてる声、聞きたい。口を塞《ふさ》ぐのも禁止」

「ふ、え？　な、なんで？」

「雨音が喘《あえ》いで啼《な》く声、かわいいから。もっと聞きたい。やだって言うなら、両手を拘束するよ？　雨音がイケニエにされたときのが、まだどこかにあったはず」

拘束。その言葉に、びくんと雨音は身を強張《こわば》らせる。その反応さえ、雪也の思うとおりだとは気づかない。

「や、やだ。アレはいやッ！」

「じゃ、もっと啼《な》いて、かわいい声を聞かせて？　そうしたら拘束はやめてあげる」

「うく……ぼ、暴君……。社長ってば。暴君すぎ……」

雨音の視界がじわりとにじむ。どんなに声音は甘やかでも、言ってることはひどすぎる。

(わたしに選択の余地がないことくらい、わかっているくせに〜〜！)

お願いするような口調はずるい。一層、追い詰められた気分になる。

「け、結局、どちらも声を出さなくちゃ、いけないんじゃないですか。そんな選択肢、わ、わたしに不利です！」

「あ、雨音は賢いイケニエだなぁ……。でも暴君だなんて、聞き捨てならない。雨音にそんなに期待されてるなら、遠慮はいらないね」

柔和《にゅうわ》な声に、にっこりとやわらかな微笑み。それなのに、雪也の言葉にも、整った顔に浮かぶ笑みにも、嗜虐《しぎゃく》的な気配が入りまじる。そのスイッチが入る瞬間が、雨音にははっきりとわかった。

「雨音をめちゃくちゃにして、俺のことしか考えられないようにしてあげるよ」

(そんな言葉をにっこり笑って言うセレブ社長の、どこが暴君じゃないって言うの!?)

おののきながらも、雨音にはもうどうすることもできない。ただじっと、暴君さまを見つめる。

すると、雪也のにこやかな顔が、ふっと真剣になった。雪也は、骨張った指先で雨音の胸にまだ残っていたブラジャーを押し下げる。

ひんやりした空気にさらされたピンクの頂《いただき》は、すでに固く尖っている。張りのある膨らみを雪也の手にすくいあげられた。

「こんなに固くなって……すごい誘ってるみたいだよ？　雨音？」

そう言ってからかうように、ふっと息を吹きかけられる。すると、それだけで胸の先がじぃんと甘く痺《しび》れた。しかも、雪也がそのまま片方のピンクの蕾《つぼみ》をつまんで、もう片方を口に含んだからたまらない。雨音は「ひゃ、うん！」と鼻にかかった甘い声を上げて、びくんと背を反らした。雪也の舌先が、飴《あめ》をしゃぶるみたいに雨音の胸の尖りを弄《もてあそ》ぶ。舌のやわらかい感触が蠢《うごめ》くたびに、痺れるような疼《うず》きが痛いくらい集まってきて、雨音は熱い吐息を零《こぼ》した。

「しゃ、ちょう、やぁッ。もう、わたし……それ、た、耐えられ、ない……」

息が自然と荒くなり、生理的な涙を流して、ふるふると首を振る。

「……まだはじまったばかりだよ、イケニエ？」

どこかしら決意がこめられた声音に、雨音は心臓を搦《から》め捕《と》られてしまいそうだった。

「ほら、雨音だって、気持ちよくなってる……濡《ぬ》れてるの、わかるだろ？」

雪也はそう言うと、ショーツのなかに指を入れて秘処の割れ目をすーっと撫《な》でた。その生々しい感触に、びくんと体が反応する。雪也の指がなにかを探るように動くと、雨音はまた「ひゃあん……あ、やぁっ！」と甲高い嬌声《きょうせい》をあげて、身悶《みもだ》えた。やだやだと駄々《だだ》をこねる子どものように首を振り、夢中になって雪也の肩を掴む。

「ひゃ、あ……ッ！　や、やだぁ。ひ、人が来たら、き、聞こえちゃう」

雨音は荒い息の合間に、どうにか雪也に訴えた。

（ダメ。やめてもらわないと……自分で声が抑えられない）

こんな場所で情事に至っていることは、誰にも知られたくない。いくら社長室がちゃんとした個室だとはいえ、廊下はひどく静かだ。扉に近づけば、甲高い嬌声《きょうせい》が聞こえてしまうかもしれない。

「人なんかいないのに――ああ、でもそろそろ警備の人が巡回にくる頃かな？」

「け、警備の人？」

「そう。この部屋は入口側の壁の上がガラスになってて、電気がついていると一目でわかるだろ？　そうすると、電灯をつけたまま帰っていないか、確認のインターフォンが入る」

雪也の説明に、ぎくりと体が強張《こわば》る。

「雨音の喘《あえ》ぐ声、聞こえちゃう、かもね？　んん……」

「やぁ、ひゃ、あぁんっ」

雪也は雨音の足からショーツを剥《は》ぎとり、すばやく膝裏を肩に担《かつ》ぎあげ、濡れた淫唇に舌を這《は》わせた。やわらかく蠢《うごめ》く感触が、蜜壷の入り口を嬲《なぶ》る。

（な、なにを――わたし、されてるの!?）

雨音は一瞬頭が真っ白になって、体を大きく仰《の》け反《ぞ》らせた。

（わたし、わたし……雪也さんに、社長に、信じられないところを舐《な》められてる!?）

「ふ、ぁ……あっ！　あぁん！」

雪也の舌に秘処の周りをつつき転がされて、雨音のなかは快楽の波に攫《さら》われた。びくんっと体が大きく跳ねて、秘処の奥がどくどくと熱を孕《はら》んで収縮する。

「……ふ、ぁ……ん」

ふわりと陶酔《とうすい》するような酩酊《めいてい》感に襲われたあと、体からどっと力が抜けた。

「気持ちよく、イけたみたいだな」

ひとり言に近い雪也の言葉を聞いて、雨音はぼんやりとそれを反芻する。

(そうか。これが、よく聞く達するってことなんだ)

いままで漠然とした知識でしかなかった性行為を体感したのだと、雨音は理解した。

「雨音は自慰もしたことないの？」

くすくすとからかうように問いかけられ、雨音は頭が沸騰《ふっとう》した。

(どうしよう。なんて答えるのが、普通なんだろう)

本当のことを言えば、またからかわれそう——そんな気配に、ささやかな自尊心が疼《うず》く。

「しゃ、社長こそ、いつも、こうやって女の人を抱くの？　ま、前の秘書の人も？」

(美人で、取引先に関わるセレブなお嬢さまだったという——社長の婚約者候補)

昼間、出先で聞かされたことを思い出して、つきんと胸が痛んだ。なのに雨音の痛みは、雪也の吐き捨てるような声に一蹴《いっしゅう》されてしまった。

「は？　なんであんな女なんか！　だいたいこれまでうちの社員とつきあったことなんてないぞ。いろいろと面倒だし……あ、なんだ。もしかしてイケニエは嫉妬《しっと》してるのか？」

「は？」

言われたことが理解できなくて、しばし奇妙な沈黙が流れた。

「雨音？」

「なんで……わたしが嫉妬《しっと》なんかするんですか！　そ、それにさっきから名前で呼んだり、イケニエって呼んだり、ま、紛らわしいから、イケニエだったらその呼び方で統一して……ふぁっ！」

雨音がまくしたてている間に、雪也が雨音の淫唇にチュッと口付ける。そのまま感じるところをぺろりと舐《な》められて、びくんと体が跳ねた。

「じゃあ……拗《す》ねているんだ。イケニエは」

その声は雨音に言っているようで、まるで雪也自身に言い聞かせているようで――

なぜだろう。雪也はいつも傲慢《ごうまん》で、好き勝手に雨音に迫ってくる。なのにときおり妙に、自信のなさそうな声音になる瞬間がある。雨音の気のせいかもしれない。けれども、そんな声を聞くと、雨音の心臓は痛む。もっと文句を言いたいのに、言葉に詰まってしまう。

雨音がなにも言えずにいると、雪也は濡《ぬ》れそぼった蜜壷に指を入れて、動かしはじめた。

「あぁッ……つぅッ！　や、痛い！　ゆ、きやさん……やだぁっ！」

さっきまではやさしく愛撫《あいぶ》して、快楽を与えてくれていた指先。それが、体のなかに入ったとたん、急に異物のように感じられて怖くて仕方がない。パニックになった雨音は、思わず雪也さんと呼んでしまったことにも、気づかない。

「大丈夫だから、雨音。ね？　力を抜いて」

甘やかすように囁《ささや》かれ、ちゅっ、ちゅっ、と頬や唇にバードキスが降ってくる。

（そんな慰《なぐさ》めなんかに誤魔化《ごまか》されない――。痛いのはイヤ）

絶対ほだされてなるものか。そう雨音は思っていたのに、ぎゅっと抱きしめられて雪也の甘いオーデコロンの匂いを嗅《か》いだところで、体の緊張が緩む。その、ほんの一瞬を捉《とら》えて、慣らされたばかりの狭隘《きょうあい》な場所に、硬いものが割って入る。

初めての感覚に、雨音は息を呑んだ。

「いたっ！　やぁッ。あ……」

あまりの痛みに、ぽろぽろと生理的な涙が零《こぼ》れる。

「雨音……痛いの、わかってるけど、もう少し、力抜いて……くっ……ね？」

なんで雪也がそんなに苦しげな声を出すんだろう。雨音は腹立たしい気持ちで思う。なのに、さらりとまた慰めるように髪を撫《な》でられ、のどの奥が切なくなる。全部、許してしまいそうになる。

(だって――雪也さん、わたしのことを抱いてる。他の人じゃなくて)

痛みに意識が吹き飛びそうになりながらも、雨音はぎゅっと雪也にしがみついた。

(わたし、雪也さんのイケニエの羊だから。――だから仕方ないの)

雨音が強く目を閉じて痛みに耐えていると、雪也の骨張った大きな手が耳朶《じだ》に触れて、雨音の体を抱きしめる。

(早くこの痛みが終わってほしい)

そんな気持ちで耐えていると、ちゅっと髪に口付けされる音がした。それで痛みが軽くなるわけでもないのに、雪也は雨音の耳に頰にとバードキスを降らせる。さらには、よしよしとなだめるみたいに背中を撫《な》でる感触に、雨音は胸が苦しくなった。

「痛い……社長のバカぁ……」

思わず甘えるような声が出てしまった。雪也にひどいことをされてると思うのに、やさしくされるとすぐ、胸がときめいてしまう。

(社長なんて嫌いなんだからぁ！)

心のなかで悪態をつきながらも、雨音は雪也の胸に顔を寄せる。すると雪也はそんな甘えを許すように、また雨音をぎゅっと抱きしめてくれた。

「雨音が痛いの、わかってる。でも、イケニエの膣内《なか》、気持ちいいよ？　少し動かすことができたら、なおうれしい……かな？　ダメ？」

「……気持ち、いいの？　社長は？」

おねだりするように言われて、雨音はつい顔を上げてしまった。引きずられるように体が動いて、また痛みに体が強張《こわば》る。

「痛い……っ」

「雨音……大丈夫だから、ほら、ふーって息を吐いて……？　ね？」

言われて、ぎゅっと雪也の腕にしがみついたまま息を吐くと、確かに少し楽になった気がした。

(それに、社長は気持ちいいって言ったもの……もうちょっと我慢……)

「……動いていい？　雨音のこと、気持ちよくしてあげるから」

気持ちよくなんてならなくていい——そう頑《かたく》なに思うけれど、雪也には気持ちよくなってほしかった。だから、雨音は涙の跡が残った顔で、こくりとうなずく。それを合図に、雪也は「ちょっとだけ我慢してね」と言って、雨音のなかから肉茎を引き出して、また押しこんだ。

「ふぁ……あっ」

雪也は抽挿《ちゅうそう》の合間に、雨音の胸を手で包み、持ち上げて、形を変えるように揉《も》みしだく。起《た》ちあがった胸の蕾をつままれて、雨音はびくんと体を震わせた。

感じたことを示す雨音の動きに、雪也がよくできましたと言うように、また頭を撫《な》でる。

「いい子だね……雨音？　ついでに顔をあげて、舌を出して？」

体のなかはまだつきつきと痛いけれど、頭を撫でられるのも胸を揉みしだかれるのも気持ちいい。だから、雨音は雪也の言うとおり、「ん」と舌を出して、雪也の舌を受け入れてしまった。

「ふ、ぅむぅ……は、ぁ……」

舌裏を突かれて、びくりとおののく。雪也の舌の動きに翻弄《ほんろう》されて、体の奥が熱くなる。口腔《こうこう》の柔肉を執拗《しつよう》に嬲《なぶ》られるのに、雨音はまだ慣れていない。それでも雪也から深く口付けられるのは、嫌じゃなかった。

（まるで社長がわたしに夢中になってるみたいに感じられるから――）

――もっとキスして……？

雨音からもぎこちなく舌を動かすと、雪也がのどの奥でくすりと笑った気がした。唇が塞《ふさ》がれていて、そんなわけはないのだけれど。

足を絡めて、抱き合って、胸の形を変えるように揉みしだかれて――。口付けながら抽挿《ちゅうそう》され、いつのまにか雨音は、「あっ、あっ」と短い喘《あえ》ぎ声を漏らすようになっていた。

「やぁっ……な、んで、わたし……は、あぁん……ッ」

鼻にかかった声が、さっきからずっとこらえられない。

「いい声で啼《な》けるようになったね？　雨音」

そんな雪也の言葉にも、体の奥がずくりと反応してしまう。

「雪也さん、わたし、変……もうなんか……ふぁっ！」

雪也の肉槍に奥を突かれて、雨音はびくん、と官能の波に体を揺らす。

「雨音はかわいいね……かわいい俺のイケニエ」

ちゅっと鼻先に口付けられただけでも、ざわりと悪寒に近い快楽が湧き起こる。

（ダメ――わたし、このままじゃ……ダメな気がするのに――）

「イっていいよ……気持ちよく、快楽を貪《むさぼ》ってごらん。雨音」

そう言って肉槍を奥に押しこめられると、真っ白な愉悦《ゆえつ》が雨音を呑みこんだ。

「雨音の初めては、全部俺のものだよ？　――そう決めたから」

雪也の囁《ささや》く声が耳のすぐそばで聞こえているのに、うまく頭に入ってこない。

「雨音は絶対に俺のことを好きになる。そういう運命なんだから」

その言葉はまたしても、雪也自身に言い聞かせているような響きだった。

雨音はその意味を理解できないまま、ふわりと浮きあがるような心地よさに落ちていった。

指先には、ほんのわずかに触れる雪也のやわらかい髪の感触。

あとは、そろそろ嗅《か》ぎなれてきた甘やかなオーデコロンの匂いだけを、記憶に残して――

第九章　イケニエって言わないでください！

別に、すべてが夢だと思っていたわけじゃない。

けれども雨音が次に目を覚ましたときには、なにもかも夢だったかのように元通りになっていた。汗ばんでたはずの体はすっきりと拭《ふ》き取られ、乱れていた服も整えられている。ただ、破けたストッキングだけはどうにもならなかったらしい。スカートの下は、心許《こころもと》ない素足のままだ。

「帰るんだろ。送るから」

ぶっきらぼうな声でそう言われ、つい従ってしまった。正直、本当はいたたまれなかった。とはいえ、この状況はおかしい。なんで半ば無理やり抱かれた雨音よりも、雪也のほうが仏頂面《ぶっちょうづら》をしているのだろう。納得いかない。そう思いつつも、促《うなが》されるままに雪也の車の助手席に――左ハンドルだから、普通とは反対の右側に乗りこんだ。

車に乗るときはいつも、雨音を気遣って雪也がタイミングよく話しかけてくれていた。セレブな社長と、平社員以下のイケニエの身。その間に共通の話題なんて、そう多くない。なのに、雪也は話題が豊富だった。さらには、必要があれば下手《したて》に出るように話すのも厭《いと》わない。だから車で送ってもらう間、雨音はいつも楽しかった。

なのにいま、車内の沈黙は痛いほど重い。もちろん、さっきまでのことも夢じゃない。

雨音は鈍《にぶ》い痛みに、思わず下腹部をさする。その仕種に雪也が目敏《めざと》く気づいて顔をしかめたけれど、うつむく雨音には見えなかった。

「……雨音、さ」

「な、なんでしょう」

気まずそうに話しかけられ、雨音のほうもつい言葉に詰まったのは、無理もない。

「今度、どこか遊びにいこうか。……雨音は、仕事をよくやってくれているから、さ……ご褒《ほう》美《び》？」

「よくやってって……仕事ですし、普通だと思うんですけど？　迷惑をかけてばかりですし」

唐突に思ってもみなかったことを言われて、雨音は首を傾《かし》げた。だって、雨音はまだ秘書業務を全面的に引き継げていない。わからないことだらけで、しょっちゅう雪也の手を止めている。ときには紀藤やはるかの力まで借りていて、おかげでどうにか業務をこなせているにすぎない。

それなのに、「よくやってくれているからご褒美」というのは甘いのではないか。

「上司が褒《ほ》めたときは、部下は素直にありがとうございますとだけ答えればいい」

「……ずいぶん上から目線のご褒美ですね？」

雨音は嫌味を返したつもりなのに、雪也は蚊に刺されたほどにも感じなかったらしい。

ふん、と鼻を鳴らされて一蹴《いっしゅう》された。

「ともかく、今度の七日。スケジュールを夕方から空けておくように。俺の分も、イケニエの分も」

「……はぁ、承知いたしました。今度の……八月七日ですね」

雪也のえらそうな言い方に、雨音はついうなずいてしまった。しかも、さっきまでの関係を忘れて、いつもの上司と部下としての受け答えで。ある意味、自分の忘れっぽさに感心する。まだお腹の痛みだって残っている。雪也に抱かれたことは、雨音の人生において、ものすごい大事件だというのに。

（変なの。わたし……まるで全然、気にしていないみたいに振る舞って）

あまりにも現実感がなくて、どうしたらいいのかわからないのかもしれない。雨音はそう自分を納得させる。そこで、何度か送ってもらったときのように、雨音の家の前で車が止まった。

雨音はシートベルトを外し、ほとんど機械的な動作でドアのレバーに手をかけて――

「雨音」

雪也に名前を呼ばれた。振り向いた隙に、ちゅっと軽く、唇に触れるだけのキスを落とされた。

「ふぇっ!?　な、なにをするんですか！」

「イケニエとお別れのキス」

「……そ、そんなの……そんなのおかしいと……思いません？」

雨音は強く非難しようとして、すぐにこの主張は雪也に通用しないと気づく。そのせいで、抵抗の声は変に尻すぼみになった。

「おかしいわけないだろ。それとも、もう一回してほしいという意味か？」

「やっ！　違っ！」

まずい――雨音は危険を感じて、ドアを押そうとした。なのに、ドアが開くより早く、雪也の腕に頭を囚《とら》われて、また口付けられる。しかも今度は、深く、のどを開かせるようにして。

「ん……う……」

一瞬離れて、また角度を変えて、雪也の唇が触れた。雨音の下唇を弄《もてあそ》んで、舌先で口腔《こうこう》を侵《おか》して。

雪也はいつだって、雨音を好き勝手に貪《むさぼ》る。

(こんなの……ずるい)

痛いはずの下腹部が、熱を持って疼《うず》く。雪也の唇が離れ、この唇の間には惜《お》しむように唾液の糸が伸びた。そんなことさえ、雨音の未練がましい気持ちを表しているかのように見えた。

「おやすみ。雨音」

「……送っていただいて、ありがとうございました。社長」

できるかぎり事務的な声でそう言うと、雨音は会話は終わりという態度で、車を降りた。うしろ髪を引かれる思いを断ち切るように門を開けると、足早に玄関に続く階段を駆け上がる。その間、絶対に振り向かないと、固く心に誓う。

(あんなの……なんてこと、ないんだから)

抱かれたことも、お別れのキスも、特別な意味なんてない。必死に、自分にそう言い聞かせる。

けれども、じゃあ――。言い聞かせた端から、考えてしまう。

特別な意味なんてないそれらの行為は、いったいなんなのだろうと――

玄関扉の前まで来たときに車が走り出す音が聞こえ、雨音は反射的に振り向いた。雪也の車の赤いテイルランプが、遠く小さくなっていく。

「……おやすみなさい」

赤いランプが角を曲がって見えなくなったところで、雨音は小さく呟《つぶや》いた。

唇にそっと指を押し当てる。そこにはまだ、雪也の唇の感触が生々しく残っているようだった。

頬の熱が引くまで、雨音はその場に立ち尽くしていた。

† † †

雨音が雪也に抱かれた夜から、十数日。

雨音のお弁当作りは続いていたけど、それ以外はなにも起きない日々が続いた。

雪也に抱かれて、ふたりの関係は変わったのかというと——実は、よくわからない。

でも、雪也が仕事で疲れたと言って雨音を膝の上に載せることには、すっかり抵抗がなくなってしまった。

「イケニエなんだから」は、魔法の言葉みたい。

その一言で、口付けやちょっと過剰なスキンシップも、受け入れてしまう。雨音がこれまで、アリエナイと思っていたことをされるのは、もはやアタリマエになっていた。

なにもなかったのは、雪也が少しばかり、忙しかったせいもあるかもしれない。

普段から雪也の仕事は忙しいけれど、このところ、社内の会議がとても多かった。

株主総会に続いて、部署の評価報告会というものがあった。いったいどんな内容なのか、雨音にはよくわからない。ただ伝え聞いたところによると、今回は風力事業開発部の部署廃止の話は見送られたらしい。ひとまずは、めでたしめでたしだろうか。……油断は禁物だけれど。

「こんな稟議書《りんぎしょ》の書き方があるか、馬鹿。何年、うちの社員をやってる。もう一度、平社員からやり直すか？」

重役相手にそんな叱責《しっせき》を飛ばす雪也は、相変わらず、厳しくて暴君な上司だった。

普段、整った顔に浮かぶ柔和《にゅうわ》な笑みを見ていると、いまでも雨音は忘れそうになる。でも、こと仕事においては、雪也は自分にも相手にも厳しかった。もちろん、大企業の社長なのだから、当然だ。そう思っていても怖いものは怖い。自分が叱られているわけじゃなくても。重役が稟議書を突き返される。そんな場にいあわせると、その厳しさに雨音まで身がすくんでしまう。

(くわばらくわばら。あの不機嫌が、こっちまでやってきませんように)

そんなことを心のなかで呟《つぶや》き、魔除けさながら人差し指と中指をクロスさせた。やがて重役が社長室を出ていくと、素知らぬ顔で新しいお茶を用意する。

「どうぞ」

「ああ、ありがとう」

(叱責するほうだって、ああいうのはイヤなものよね。うん)

雨音はそう考え、こういうときはいつも、お茶を淹《い》れることにしていた。雪也ももう慣れたもの。

声を荒らげて、のどが渇いたのだろう。お茶を受けとり、怒りを忘れるかのように一気に流しこんだ。そしてパソコン操作に戻り――画面を見て、さっと眉間に皺《しわ》を寄せた。

「七崎、この八月七日のスケジュール、なんだ？」

「え？　あ、少々お待ちください……っと失礼」

まだ雪也の脇に立っていた雨音は、雪也の背後からディスプレイを覗《のぞ》きこむ。雪也が指差したスケジュールを見て、「ああ、それですか」と声をあげる。

その日は夕方から企画部のプレゼンテーションを見る予定を組んでいた。

「ええっと、会社のCM用に作られた映像を、社長に見ていただきたいということでした。いま二案にまで絞《しぼ》られているので……」

「そういうことを言ってるんじゃない。七日は夕方から空けておけと言っておいただろう」

雨音の説明を遮《さえぎ》り、雪也が苛立《いらだ》った声で非難した。

「え？　そう、でしたっけ？」

雨音は首を傾《かし》げて、自分の席に向かおうとする。スケジュールを組む前段階のメモを確認しようと思ったのだ。しかし雪也に強く腕を引かれる。「わわっ」と声をあげてよろめき、そのまま、ぽすんと膝の上に座らされた。

腰に腕を回され、どきりと心臓が跳ねた。ここまではいつもの膝抱っこ。でも、さらりとお腹を撫《な》でられて、体の奥がずくりと疼《うず》いた気がした。

（違う。わたし……社長に触れられたいって思ってるわけじゃ……っ）

「ちょっ……離してください！　わかりました。それは別の日に、ずらしてもらいますから！」

（せっかくいい具合に調整したのに――）

雨音は心のなかで恨《うら》みごとを呟《つぶや》くと、変更のやりくりを考えはじめた。腕のなかで暴《あば》れるわけでもなく、ただ抱かれるままになっているイケニエ。雨音はその様子を雪也が不機嫌そうにじっと見ていることに、みじんも気づかない。

「八日は無理だから……なんだったら、一週間ずらして同じ曜日のほうが……でも締め切りが」

「雨音。おい、雨音！」

「ふぇ？」

名前を呼ばれて、振り向こうとする。ところが、頭にこぶしをぐりぐりと押し当てられてしまった。

「いたっ。いたたたたた！　なにするんですか！」

「人の話の途中に、ひとりで考えこむからだ。その日、おまえの予定も空けておくように言ったの、まさか忘れてないだろうな」

「…………え？」

（やばい。社長に言われたこともそうだけど、さっぱり記憶にありませんでした！）

背中をひやりと、冷たい汗が流れる。

「忘れてたんだな？　ったく、この天然のイケニエが！」

拗《す》ねたような声で毒づかれ、また頭をこづかれた。やや痛い。

申し訳ない気持ちもあったけれど、雪也の態度のほうが気になった。

（いったい、社長はどんな表情で言っているんだろう？）

雨音がそっと振り向けば、雪也の怜悧《れいり》なまなざしと真っ直ぐにぶつかった。

色素が薄く、涼《すず》しげでいて甘やかさの漂《ただよ》う双眸《そうぼう》。

雪也のまなざしが、雨音の視線を搦《から》め捕《と》るように捉《とら》えて――

「………んっ！」

ふいっと顔を寄せられて、口付けられていた。雨音は唇を重ねられたまま、目を瞠《みは》る。

（な、なんで⁉　いまそんな、キスする場面じゃないはず）

「んんっ。や、ぅ……ンぅ……」

一度唇が離れて、息が楽になったかと思うと、今度はついばむように下唇を弄《もてあそ》ばれて困る。

（やだ……わたし、この間から……変）

ただ軽く口付けられるだけなら、まだいい。我慢できる。でも少し長く、角度を変えて口付けられると、体の奥がどくりと熱を持って脈打ってしまう。

（……社長に抱かれてから、わたしの体、変）

体の疼《うず》きに耐えるのに必死で、雨音は抵抗らしい抵抗ができずに、雪也にされるままになる。

やっと解放されても、口付けの余韻《よいん》で息が熱っぽく乱れる。焦点が合わない瞳で、ただ空《くう》を見つめていた。

「……俺の口付けに感じた？」

雪也がからかうようにくすくす笑うのを見て、ようやく我に返る。

「は、離してくださ い。まだ就業中ですよ！　だから、その、申し訳ありませんでした。わ、わたし、そのスケジュールを修正しますから！」

雪也は嫌がらせみたいなキスをして、満足したのだろうか。腕のなかでもがくと、珍しく、すぐに雨音を解放してくれた。

(スケジュールの変更は、なるべく早く相手方に伝えたほうがいいんだから！)

雨音はまだ頭に血が上った状態で自分の席に戻り、取り急ぎ予定変更のメールを入れた。

今回の場合は相手が社内だから、変更自体はそんなに問題がない。

ただそのかわり、別の日に雪也の予定を空けるのが難しい。

(どうしようかな〜〜。これをこっちに動かして……いや、でもそれだと)

雨音は雪也のスケジュールを見比べて、その複雑なパズルに没頭しはじめた。

頭を悩ませていると、「ピーピー」と内線の音が鳴った。三度目のコールの前に、雨音は急いで受話器をあげる。

「はい、こちら社長室です………。え？」

『柊城社長に、峰成商社の大峰《おおみね》社長が面会したいといらしてます』

今度は、難しい客の来訪が告げられた。

「いやいや、ちょっと近くまで用があったものだから、雪也社長にご挨拶《あいさつ》だけでもと思いまして」

峰成商社の大峰社長は、恰幅《かっぷく》のいい壮年の男性だった。

笑い皺《じわ》の寄った顔は、厳《いか》めしさのなかにも、どこか度量の広さを感じさせる。

（この人が峰成商社の社長？　美人だっていう、社長の秘書だった人の……父親）

雨音はソファに座る大峰社長にお茶を出しながら、心なし緊張していた。

風力事業開発部にいたときも、来客にお茶出しをする機会はあった。でも、この社長室で、雪也の客にお茶を出すのとは、緊張感がまったく違う。

なんといっても、大企業柊エレクトロニクスカンパニーの社長の客だ。相手も相応に大企業の幹部クラスであることが多い。粗相《そそう》があったら、雨音の正社員への夢なんて一瞬にして消える。そんな状況で緊張しないほうが、無理に決まっている。

「そういえば社長、彼女は新しい秘書の方かな？」

雨音に関しての問いかけに、どきりとした。といってもこの場合、応対するのは、雨音じゃない。自分に振られなくてよかったと思ったのだけど——よくなかった。雪也は「ああ」と気のなさそうな返事のあと、ビジネス用の腹の底が見えない顔で、とんでもないことを答えたからだ。

「彼女はイケニエでね」

「は？」

（ぶっ！）

雨音は自分のデスクに戻ったところで、驚きのあまり椅子に座りそこないそうになった。

（ちょっと社長、なんてこと言ってるのよ！）

そう叫びたくても、叫ぶわけにはいかない。ただ口元がひきつってしまう。きっ、と雪也を睨《にら》みつけて、冗談じゃないと意思表示をする。もちろん、そんなことに動じる雪也じゃない。しれっと雨音の目線を受け流して、とんでもない言葉の続きを口にした。

「まぁ……言いかえれば、人身御供《ひとみごくう》？　あ、あまり言いかえになっていないか。失礼」

「はは、は……社長、今日は冗談がきついですなあ。そんな気を使っていただかなくても、普通に紹介していただければ結構ですよ」

大峰社長も大企業の社長なだけある。さすがに肝《きも》が据わっているらしい。少し乾いた笑いを漏《も》らしたものの、どっしりと構えて、雪也とのやりとりを楽しんでいるように見える。

（でも……そんな気を使っていただかなくてもって、どういうことだろう？）

雨音は雪也に憤《いきどお》りながらも、気になってふたりの会話に耳をすませる。

「いやいや。冗談じゃなくてね。風力事業開発部を廃止にという話が持ちあがったときの約束でして。イケニエを差しだすから、考え直してくれというんで、ひとまず受けとっておいたんですよ」

「それはまた、貴社ではずいぶん……変わったやりとりがあるんですなあ……。なるほど。それでイケニエ」

大峰社長が、含みのある言い方をして、雨音のほうを見た。正直、本当にいたたまれない。ひきつった笑みを浮かべて、軽く頭を下げるので精一杯だ。

「まぁ研修というか、社員にこういうところを勉強させるのも、悪くないですしね」

「ああ、なるほど。社長の下で勉強させてもらえば、今後どこの部署にいっても、そりゃあ役に立つでしょうなぁ」

雪也の最後の言葉に得心がいったらしく、そこで雨音の話題は終わった。

そのあとのふたりは、ビジネスの話にひとしきり花を咲かせはじめた。

ただひとり、雨音だけが心のなかで不満を爆発させる。仏頂面《ぶっちょうづら》寸前の顔で、乱暴にパソコンのキーボードを叩く。

(どうせわたしは、秘書でも正社員でもない、平社員以下！　ただのイケニエですよーだ！)

†　†　†

そしてその翌日のお昼どき。

珍しく雪也は用事があると言って、昼休みにひとりになれた。それですかさず、雨音ははるかとランチを食べに外に出た。不愉快な客と不愉快な雪也の言動は、ひとまず棚上げ。目下、さしせまった悩みについて、はるかに相談を持ちかけたかったのだ。

「は？　あんたそれってデートのお誘いじゃないの？」

呆れ返ったはるかの顔を見て、雨音は目をぱちぱちと瞬《またた》かせる。

「デート……？　そ、そうかな……よく働いてくれてるからって、ご褒美《ほうび》？　だって……」

雨音は首を傾《かし》げながら、はるかの言葉について考える。そのとき、「お待たせしました。サーモンのクリームソーススパゲティーとアラビアータのスパゲティー、ランチセットです」という店員の声がして、テーブルに大きなお皿がふたつ並べられた。

「デートなんて……そんなの困る。絶対雨が降りそう……」

雨音は過去、イベントのたびに雨が降ったことを思い出して、頭を抱えた。雨の音と書いて、アマネ。その名前のせいなのか、旅行やイベントのときは、晴れの予報でも雨が降るほどの雨女だ。

スパゲティーをフォークに絡めながら、大きなため息をつく。

「雨はともかく……いったいどんな流れで、そんな話になったのよ？」

はるかは、状況が掴めないといった顔で、問いかけてくる。

「実はよく覚えていないんだけど……」

そう前置いて、雨音は雪也に家まで送ってもらったときのことを、かいつまんで話す。

(その前に、抱かれてしまった話は……別に、なくてもおかしくないよね？)

あとでバレたときに怒られそうな気がしなくもない。けれども、雪也に抱かれてしまったことに対して、まだ複雑な気持ちだった。人に話せるほど整理もできていなくて、いくら親しいはるか相手でも、自分から口にする勇気が持てないでいる。

そんな雨音の様子には気づかなかったようで、はるかは今度はあっさりと、雨音の話に納得した。

「ああ、なんだ。七日ね。七夕祭りのお誘いか」

「七夕祭り？」

得心がいったふうのはるかに対して、今度は雨音がきょとんとして首を傾《かし》げる。

「……ってそうか。雨音は桜霞市に来てまだ日が浅いから、知らないのね」

雨音はこくこくとうなずいて、教えてほしいと期待の視線をはるかに向ける。

「桜霞市はね、八月七日に割と大きな月遅れの七夕祭りがあるのよ。いくつも山車《だし》が出てね……。社長のお誘いだったら、きっと山車を見るために、特等席とってるわよ。きっと」

「へぇえ。七夕祭りかぁ……それは確かにちょっと興味あるかも」

（七夕かぁ……そういえばこのところ、お祭りなんて行ってないなぁ）

雨音はフォークに巻きつけたスパゲティーを口に運んで、しばし思いをはせる。その様子をはるかが鋭《するど》い目で観察していることなんて、欠片《かけら》も気にする気配はない。

「それにしたって、ご褒美《ほうび》ねぇ……なにか特別なことでもしたの？」

――特別なこと。一瞬、その言葉に雨音の心臓はどきりと跳ねた。

社長室で雪也に抱かれてしまったことを思い出して、どくどくと鼓動が速まる。

「と、特になにかした覚えはないよ？　ただ、普通に仕事しているだけで……。むしろ役に立っている気が、自分では全然していないんだけど」

「あんたがそういう気がしていなくても、いいんじゃない？　社長が、役に立ってるって言うんだから。素直にありがとうございますと、お礼を言っておきなさいよ」

「そうそう。そういうもの、そういうもの」

はるかに諭《さと》されていると、低い声の相づちが入った。雨音とはるかは、はっと声がしたほうに目を向ける。その先に、背の高いスーツ姿の男性が「よぉ」と軽く手を上げて立っていた。

「悪いんだけど、相席させてもらえないか？」

課長の紀藤だった。

気がつけば、店内は満席。雨音とはるかは早くに入店していたから、四人席でゆったりと食べていた。そこを目敏《めざと》く見つけたらしい。

「ガールズ・トーク中ですよ、課長」

はるかは軽く牽制《けんせい》する。それでいて、隣の席に置いていた荷物を、床に置かれた荷物置き用のカゴに移動させている。

「いや、悪い。でも俺もガールズ・トークに興味があるんだわ。七崎と雪也がどうなってるのか、気になって気になって」

「ぶっ！」

雨音は口にしていた紅茶を思わず噴《ふ》き出しそうになり、慌ててこらえた。

「べ、別に、わたしと社長なんて、なにもないですよ！　なにも！」

慌てて否定するほうが怪《あや》しかった。けれども紀藤は気にするでもなく、注文を聞きにきた店員にオーダーしている。

「まぁでも、雪也のあの難解な予定管理をちゃんとやってるって聞いたぞ。七崎は充分役に立っているって」

なにげない褒《ほ》め言葉に、雨音は少し感動してしまった。

（紀藤課長って、こういうところがいいんだよなぁ）

風力事業開発部にいたときも、いつもさりげなく、ちょっとしたことでも褒めてくれた。だから、些細《ささい》な仕事も、とてもやりがいがあるように感じられたのだ。対して、雪也とふたりだけの社長室は、少し雰囲気が違う。褒めてもらっても、なぜか褒められた気がしないのだ。

(社長には悪いけど、褒め方の問題かなぁ。それか、他に比較対象がないからかもしれない)

たくさん人がいた風力事業開発部では、ほかの人が褒められているところも見る。それでなんとなく、自分のときもあんな感じなんだろうと、客観的に思えるのかもしれない。

(うん、きっとそうだ)

雨音はひとまず納得して、スパゲティーを口に運ぶ。

「まぁ別にわたし、正式な秘書というわけでもないですし、ただのイケニエですから。いまぐらいの仕事ができていれば、それでいいってことなんですよね」

褒められても、このところこじらせていた卑屈《ひくつ》さは健在だ。皮肉っぽい言葉が口から出る。

「なにバカなことを言ってるのよ。誰もが特別な仕事をして、目立った結果を出すわけじゃないのよ。それなら皆、課長みたいにすごいいきおいで出世しているはずじゃない」

「おいおい、佐々木、そんなに持ちあげたってなにも出ないぞ」

「ええーっ!?　残念ですー!」

はるかはそう言いながら、とりたてて気にしているふうでもない。

紀藤は雨音に目を向けて、言い聞かせるように言葉を足した。

「まぁ、佐々木の言うとおりだ。そもそも地道な仕事の積み重ねが、結果に繋《つな》がるんだし……。それに、雪也のところは以前いた秘書がひどかったからな。アレと比べるのも悪いが、七崎はちゃんと仕事ができてるぞ」

「え？　ひ、ひどかったって……峰成商社の社長のお嬢さんがですか？」

雨音は目を大きく瞠《みは》って、問い返した。

「そう、よく知ってるな。まぁ、縁故入社のお嬢さんというのは、たまにいるんだ。ただ彼女の場合、どうしても雪也の秘書にしてほしいとごり押しされてね」

「あ、それで、婚約者候補……」

「そうそう！　毎日一緒にいるうちに、芽生《めば》える愛！　っていうのを期待したんだと思うけど」

(うぅ……そんなもの、芽生えるわけがない。芽生えるわけがないよ、はるか！)

雨音は自分の身に置き換えて、心のなかで呟《つぶや》く。口ではははるかに勝てないから、心のなかだけにとどめておくけれど。

「むしろ雪也に芽生えたのは、殺意で」

「はぁ？　殺意？」

「彼女は、徹底的に機械操作が苦手な人だったんだ」

どんな事件を思い出しているのか、紀藤が頬杖をついて重たいため息を吐き出した。

「うちの会社の秘書課に配属されたんだから、秘書としての資格を持っていたはずだけどな。実際には仕事が本当にできなかったらしい。コピーをとるのに、ソートが理解できなくてやたら時間がかかるわ。お茶を淹《い》れれば、まずいわ。何度教えても上座下座の位置関係は覚えられないし、おまけにパソコンが嫌いときた」

怒濤《どとう》のいきおいで、事例を列挙《れっきょ》される。ややとろい雨音には、どのタイミングで相づちを打ったらいいか、わからないくらいだ。

「仕事で予定を組んでもらおうにも、まずアプリケーションの仕組みから説明しなくちゃいけない。しかも入力は遅い。結局スケジュールを組んでもらうまでにはいたらなくて……。雪也のスケジュールは、七崎も知ってのとおり、共有管理にしてあるんだ。雪也と秘書と秘書課と――あちこちで入力して、確認できるようになっている。それに入力ミスがあると……わかるだろ？」

「……はい。わかりマス」

雨音にも身に覚えがある。ちょっとばかり遠い目になって力強くうなずいた。

（わかります。入力ミスがあると、本当は空《あ》いていないはずの時間に予定が入っていたり、本当は忙しいはずの時間がぽっかり暇になったり……。効率的に仕事ができないわけですね）

雨音も、うっかりダブルブッキングをしてしまいそうになり、あわてて修正したことがある。幸いすぐ気づいて簡単に修正できたから、大きなミスにはならなかった。けれどもそれ以来恐くて、必ずその日の予定は朝に一度、確認することにしている。そしてそのあとに社長と予定を確認して、ダブルチェックで間違いを防いでいる。

なんといっても、社長の雪也には、みっちり詰まったスケジュールが用意されている。あれで、入力ミスやダブルブッキング、把握漏《も》れが頻繁《ひんぱん》にあったとしたら――いったいどんな事態になるのか。考えるだけでも恐ろしい。

「それに比べて、七崎は新しいソフトでも直感的に使いこなすからな。俺と雪也がバグに困っていたときも、ぱっと問題点を把握して、助言してくれたし。あれで、ピンときたんだ」

「は、はぁ……？」

初めて雪也と会った夜のことは、雨音もよく覚えている。まさかあんな些細《ささい》なことを紀藤が買ってくれていたなんて。考えてもみなかった。

「うちの部署のこともあるが……。実はいま、雪也に秘書をつけるわけにはいかなくてな」

「ええっ？　な、なんでですか？」

雨音は驚きのあまり、お昼どきのお店にいることを忘れて、大きな声を出してしまった。まずいと我に返り、慌てて声を潜《ひそ》める。

「だ、だって、こんな大きな会社の社長ですよ？　普通、秘書がいないと仕事に支障があるじゃないですか？」

言葉が詰まって、うまく言えなくなるほど、雨音は紀藤の話に動揺していた。自分が秘書として紹介されずにやさぐれていたことも、頭から吹き飛ぶ。

（社長に秘書をつけるわけにはいかないって、なんで？）

話を続けようとしたところで、紀藤の頼んだ料理が運ばれてきて、会話が止まる。店員が立ち去り、雨音は紀藤に事の真相を早く話してほしいと目で訴えた。すると続きを話す前に、紀藤が周りをさっと見渡す。話が誰かに聞こえていないか、確認したようだ。ここは奥まった席。店内はランチ客でにぎわっているし、よほど大きな声で話さない限り大丈夫だろう。そうとわかると、紀藤はきのこと野菜のスープスパゲティーに軽く手をつけて、話を続けた。

「もちろん、柊エレクトロニクスカンパニーの社長に秘書がいないのは不自然だ。そこに、前のお嬢さん秘書の問題が絡んでいるんだよ」

（美人だっていう、お嬢さまが？）

雨音は目を丸くして、紀藤の話に聞き入った。

「なんといっても峰成商社の社長令嬢だ。『どうしても雪也の秘書に』と、ごり押しされたのを断り切れなかったらしい。あそこはうちとの取引も大きくて、個人的なおつきあいもあるし」

（個人的なおつきあい――じゃあやっぱり、その社長令嬢が、社長の――雪也さんの婚約者候補なんだ）

雨音は紀藤の口調からそう思いこんで、目をふせた。

（別に、社長が誰と結婚しようと、わたしには関係ないことだけど！）

いくら初めて抱かれた人だったとはいえ、それで結婚を考えたわけじゃない。

（だから別に……いいんだけど。たとえ社長に婚約者がいたって、わたしには関係ないし）

雨音はうつむいて、カップの底に少しだけ残った紅茶をスプーンでかき混ぜた。紀藤はコーヒーに口をつけてから、話を続ける。

「さっき言ったが……その峰成商社の社長令嬢、とにかく仕事ができなくてね。雪也が嫌がって嫌がって……。ほとんど無理やり言い訳を作って、辞めさせたんだ」

「はるかから前にちらっと聞きましたけど……本当なんですか？」

雨音の知るかぎり、仕事ができないというだけでは、正社員だと簡単に辞めさせられない。たとえここが桜霞市で、辞めさせたがっているのが柊城一族であっても。

「まぁ……正攻法では無理だから、向こうから辞めるように仕向けたわけだ。やっぱり雪也に秘書はいらないということしてね。彼女をひとまず他の部署の閑職《かんしょく》に置いて……って言っても、合法的にだぞ」

そこではるかが話を引き継いだ。

「でもお嬢さまは、社長のそばにいることが一番の目的だったわけでしょ？『社長の秘書でなければ、わたくし、この会社にいる必要はありませんわ』とか言って、ある日から出社しなくなったの」

「へ？　無断欠勤？」

雨音が唖然としてしまったのは、無理もない。目指せ、正社員！　キャンペーン中の雨音だ。無断欠勤なんて恐ろしいことは、考えられない。もちろん、遅刻だってそうだ。

「そう。それで、十五日以上の連続無断欠勤をした者は、社員である資格を失うという、うちの規定のもとに、晴れてお嬢さまを追い出すことに成功したわけだ」

「めでたし、めでたし。……じゃないですか」

雨音がのんきに笑みを浮かべたところで、すかさずはるかのツッコミが入る。

「んなわけないでしょ、雨音……。あの社長に、秘書がいらないわけないじゃない」

「あ……そうか。社長……お忙しいですもんね」

今の話は、今年の四月のことだったらしい。

お嬢さまが正式に退社したのは、ちょうど雨音が雪也と出会った五月半ば。それからは、雑事は雪也がこなし、スケジュールは総務部の部長や紀藤がどうにかやりくりしていたとか。雨音をイケニエだと紹介されたとき、どうりで総務部の部長がやけに納得していたはずだ。

「まぁ、雪也は仕事ができるから、しばらくはそれで回していたんだ。でも、予定の管理は結構大変だし、ちょっとした事務作業は誰かがやってくれたほうがいい。そこで、たまたま持ちあがっていた、うちの部署の廃止の噂を利用したわけだ」

紀藤がその男らしい顔に、にやりと人の悪い笑みを浮かべた。こういうところは、紀藤と雪也はよく似ている。そう思うと雪也と紀藤の仲がいい理由がなんとなくわかる気がした。

「うちからイケニエを差し出したということにしておけば、雪也が望んで人を置いていることにはならないからな。万が一、向こうが文句を言ってきても、秘書じゃありません、イケニエですって言い逃れできる。お嬢さまが不安定なイケニエの身分になりたいなんて言うわけもないしな」

「…………ええっ⁉」

「雪也にしてみても、うちにしてみても、一石二鳥の策だったんだよ。おまえのイケニエは」

寝耳に水――だった。

第十章　今宵《こよい》、七夕の願いを叶えて

八月七日。雪也と約束していた、七夕祭りの日。

桜霞市には朝から雨が降っていた。

『雨天の際、七夕祭りは中止いたします』

仕事中にもかかわらず、七夕祭りの特設サイトの一文を眺めて、雨音はため息をついた。

「やっぱり雨……」

社長室のガラス窓にも、雨が当たって激しく水が流れている。

（きっと今日のイベントは中止で、デートはなしだぁ……）

そう落ちこんで、自分が雪也とのデートをずいぶん楽しみにしていたのだと気づいた。

（別に……中止でもいいけど……。いつものことだし、仕方ないけど）

雨女の宿命に、ぐるぐると鬱屈《うっくつ》とした思いを巡《めぐ》らせる。そこに、明るい声が響いた。

「大丈夫、大丈夫。このイベントはうちがメインスポンサーだから、夕方には上がる」

腐《くさ》る雨音を、雪也はやけに確信のこもった口調でなだめてくる。けれども、「メインスポンサーだから、夕方には上がる」とは、どういうことだろう。疑いの目を雪也に向けると、雪也は肩をすくめ、なんということはないという態度で言い放《はな》つ。

「俺の会社が出資したイベントは、雨で中止になったことがないんだよね」

だから、晴れて当然なのだと言う。雨にたたられてばかりの雨音は、ひどく劣等感を刺激される。

（どうせ、わたしはいつも雨ですから！　でも……社長の言うこと、本当かな？）

半信半疑でいると、三時過ぎには本当に雨が上がってしまった。

しかも、この日は会社全体に、定時より早い四時で上がってもいいとのお達しが出ていた。雨音が驚いてはるかにメールで確認したところ、これも毎年のことらしい。

「ほらね？　とっとと準備をはじめようか？」

すっきりと晴れた空を見上げ、雪也はにっこりと微笑む。そして組んでいたスケジュールより早く仕事を終わらせると、雨音に浴衣《ゆかた》を渡して、美容室に連れ出したのだった。


そんなわけでいま、雨音は雪也と夕暮れの赤が空に残る街を、浴衣姿で歩いている。

「社長、もう少しゆっくり歩いてくれませんか。わわ、わたし、浴衣着るの、すごく久しぶりで」

「あ、ああ。悪い、つい……」

祭りの人混みのなかだ。雪也にするすると歩かれてしまうと、慣れない浴衣姿ではついていけない。雨音が雪也の袖を掴んで見上げながら訴えると、なにを思ったのだろう。雪也はさっと雨音の手をとり、指を絡めてきた。

「これなら、いいだろ？　遅れそうになったら、俺にもすぐわかる」

そう言って、整った顔でにっこり微笑む。雪也の笑顔と握られた手の温かさに顔が熱くなる。

（こ、これカップルがよくやってるやつだー！）

さっきから、雨音の鼓動は高鳴りっぱなし。ともすれば、口から心臓が飛び出しそうだった。

（だって、社長ってば、浴衣《ゆかた》浴衣浴衣ーっ！　もう格好よすぎる……見ているだけで、眼福《がんぷく》すぎる！）

雪也は背が高い。少し茶色がかった癖《くせ》っ毛《け》に、日本人離れした相貌《そうぼう》。

そのせいか、まるで外国人が浴衣を羽織っているかのように見える。違和感と格好よさが同居する、不思議な雰囲気が漂《ただよ》う。

どきっとするのは、スーツ姿ばかり見ているせいもあるだろう。黒い洒脱《しゃだつ》な柄の浴衣姿というのは、本当に格別だ。普段とはまた違う魅力に、雨音はついぽーっと見蕩《みと》れてしまう。

（なんというか……社長なのに、まるで社長じゃないみたい……だって）

桜霞市を歩くとき、スタイルのいい雪也のスーツ姿は目立ち、常に注目を集めていた。でも、今日は違う意味で注目を集めている。そんな彼と恋人みたいに歩いているなんて。

（わーわたし、ごめんなさい違うんです。カップルじゃなくて、上司と部下というか——）

「暴君社長とイケニエの羊……ですよ？」

雨音はそう呟《つぶや》くと、くすぐったい気持ちで、先日知ったイケニエの真相を思い返した。

「そういうわけで、雪也に秘書がいるというのはまずいんだ。苦肉の策だったが、なかなか役に立ってくれてるようだから、まぁ会社としてもよかっただろう」

ランチの席、昼休みの終わり近く。紀藤は満足げにそんなことを言った。

（わたしの立場としては、全くよくありませんが……）

雨音はそんな本心を心のなかにしまっておくことにした。とはいえ、イケニエとしての立場に存在意義があったことは、うれしかった。うれしいというのも妙だけれど、人の役に立っているのだ。

なんだか、「ここにいてもいいよ」と言われているようで、安心する。

しばらくはイケニエの羊でいてもいいかな——そう思うくらいには。


「雨音？　なにか言ったか？」

気がつくと、雨音は足を止めてしまっていたらしい。

雨音の一歩先で雪也も立ち止まり、不思議そうな顔で振り向いていた。すると、夕刻の風に彼の癖っ毛がふわりと揺れる。首筋が覗《のぞ》きみえて、雨音はどきりとした。

（うわぁぁ、絶対いまわたし、顔真っ赤になってる！　整った顔と高い背丈に浴衣。そんなのもう、艶《なま》めかしすぎて……）

雨音は胸のときめきをこらえながら歩みを進めると、誤魔化《ごまか》すように話しかけた。

「い、いえ。社長、その浴衣よく、お似合いですね」

「そうか……？　雨音こそ、いつもと雰囲気が違って、色っぽくて……いいな。髪を上げているのって、そそられる」

「は？」

雪也は微笑んだと思ったら、すっと手を伸ばして、雨音の零《こぼ》れ落ちていた後《おく》れ毛を掻《か》きあげた。

その仕種に、雨音の鼓動はますます速まる。

（ああ、これって、どこまではるかに報告させられるかなぁ）

雨音は先日のランチの続きを思い出して、思わず苦笑いを浮かべた。


ランチで紀藤が衝撃の真実を告げたあとのこと。

紀藤はあとから加わったわりには、早々にスープスパゲティーを食べ終えた。

「打ち合わせ兼報告会ということで、ここの支払いは俺が持っておくから」

そう言って、紀藤は先に席を立った。そして雨音たちも少し遅れて、食事を終えたとき――

「雨音、話はまだあるのよ」

店を出て会社に歩きはじめると、はるかはやけに鋭《するど》い口調で雨音の注意を引いた。

イケニエの羊の真相を聞かされ、雨音は少しばかり呆けていたに違いない。

「なに？　あ、歩きながらでいいよね。時間ギリギリになってエレベーターが混むと大変だしさ。にしても課長、打ち合わせ兼報告会だなんて……またなにかあったら、報告させられるのかなぁ」

なんて言って歩道を歩いている雨音に、はるかは真剣な目をして、言葉を続けた。

「課長が来たからさっきは追及しないであげたけど、あんた社長となにかあったでしょう？　……というか、流されちゃったんじゃないの？」

「な……あ、や……わ……ッ」

体がびくりと固まって、言葉にならなかった。

（す、鋭い！　はるかってば……微妙な変化をすぐ嗅《か》ぎつける能力は猟犬《りょうけん》並みじゃないの⁉）

雨音はどっと冷や汗を流して、混乱のあまり立ち止まっていた。

「その態度……やっぱりね。どーもこの間から、そうじゃないかと薄々思っていたのよね」

「な、な、なんでー⁉」

他の人にはなんの話かわからないはず。なのに、雨音はつい周りを見渡した。自分のプライベートなエッチ話を、行き交う人に聞かれている。そんな気になるのは、完全に自意識過剰なのだけれど。

（でも、でもでもだって、こんなの！）

涙目になったまま、あうあうと不明瞭《ふめいりょう》な言葉を呟《つぶや》いて、歩道の真んなかで茫然《ぼうぜん》とする。

「もー雨音。わかるってば、ばっかね。あんたは、駄々《だだ》漏《も》れなの。隠せてないの。顔が全然違うの！」

「か、顔ぉお？」

思わず熱く火照《ほて》る頬に両手を添えてしまう。

「そうよ。ま、実際には顔だけじゃないんだけど……。なんつーかね。ついこの間まで子どもだったのに、あんたはいま女の顔をしてるのよ！」

ずばりと効果音が聞こえそうないきおいで言われて、雨音はうろたえた。

「女の顔って……ええっ⁉」

「だって雨音、処女だったでしょ。いかにも男の人に馴れてないって感じだったし……。あんた、女子校育ちなの？」

「いえ、一応、中高と共学でした……」

はるかにはすべて見抜かれていた。あまりにもいろいろと丸裸にされて、自分にだってなけなしの自尊心があるのですと言いたくなる。言いたいけれど、言えない。

共学に通う女の子がみんな男の子と親しくしていて、彼氏ができるわけではないと思う。

雨音は男嫌いでもなかったし、彼氏という存在に憧れを抱いてもいた。

初めて彼氏ができたのは、大学に入ってからだ。しかも友だちのセッティングでつきあいはじめた彼には、すぐに振られてしまった。

『君ってちょっと、天然入ってるよね』

そう言った彼のことは、もう顔も覚えていない。

――天然というのはずいぶんオブラートに包んだ言い方で、実際には、気が利かない子だと思われていたのだろう。

どうも雨音のやることは、ワンテンポずれているらしい。合コンに行っても、女子力の高い子に比べると、気配りが遅い。隣の人に飲み物を注《つ》いであげたり、おしぼりやお箸《はし》を配ったり。そんなことは、雨音がもたもたしているうちに、手際のいい子が全部すませてしまう。

さらに鈍《にぶ》いのも致命的だった。会話の受け答えが、うまく噛《か》み合わないことも珍しくなくて――

女の子がたくさんいるなかから、そんな気が利かない雨音が選ばれるわけがない。

雨音は彼氏がいる子に、重量級のコンプレックスを持っていた。それはもちろん、いまも。

「ま、この話はまた今度じっくりと聞かせてもらうからね！」

「お、おてやわらかに……ねがいマス」


はるかには、ああ言ったものの。

（あの様子じゃ、どこまで吐かされるやら……）

ちょっとばかり恐ろしくて、思い出すたびに雨音は身震いしてしまう。

「雨音……どうかしたのか？」

「え？　あ、なんでもないです。すみません、ぼーっとしてて！」

慌てて謝ると、雪也は一瞬目を丸くして、次に盛大に破顔した。

「雨音って――!!」

「ふぇっ⁉　な、なんですか？　わたし、なにか変なこと言いましたか？」

「いやいや、なにか嫌なことでも思い出していたのかと、思って」

ちらりと雨音の顔色をうかがうように聞かれても、まるで心当たりがない。

（なんだろう。イヤなこと。あ、そういえば）

「えーっと社長室のクーラーが寒いなとか、そういうことですか？」

「クーラー……そんなに苦手か？」

雪也の呆れ返った物言いで、雨音の力説モードにスイッチが入った。

「社長はいつもスーツだから、平気なんですよ！　女子社員はたいてい室内ではブラウスで……寒いからカーディガン着てる人だって多いじゃないですか。夏物じゃないですよ？　毛糸のやつ！」

雨音が一気にまくし立てると、雪也はまたこらえきれないとばかりに笑いだす。

「雨音は～～！　ほんっとうに天然だな！　くくくっ……」

片手は雨音と繋《つな》いだまま、もう片方の手を口元に当てて、顔を背けて笑う雪也。その姿からは、かなりツボにはまったのがわかる。

浴衣《ゆかた》から伸びる太い首筋に、くるりと弧を描く癖《くせ》っ毛《け》がかかるのが妙に色っぽい。

(別に、露出してるわけでもないけど、なんだか直視できない、ような)

どぎまぎしている雨音は、自分をちらちらと見ている雪也に気づかない。雪也は髪をアップにしたうなじを見ては、目のやりどころに困ったように、視線を泳がせていた。

「無理やりみたいにしたから……もっと嫌われてるかと思ったのに」

雪也が雨音に嫌われていないかさりげなく探っていたことに、彼女はまるで気づいていない。

雪也が安堵しながら小さく呟《つぶや》いた言葉は、祭りの喧騒《けんそう》に掻《か》き消され、隣を歩く雨音の耳には当然のように届かなかった。

†　†　†

「はるかから聞いてましたが、本当に大きなお祭りなんですね」

宵闇《よいやみ》に沈みはじめた街はいつもとは違う場所のようで、雨音はつい目移りしてしまう。そのせいで人混みのなかでつまずきそうになっては、雪也に支えられて歩いていた。

川沿いの道は、両岸に無数のぼんぼりが点《とも》っていて美しい。

暗い川面《かわも》に橙色の灯りがぼんやりと浮かびあがるのは、幻想的でいて懐かしく胸に迫る。

「こういう風景って……子供の頃見たかどうかに関係なく、なぜか懐かしいような気がしますね」

「日本の原風景って感じで、目に焼きついていたりするからな」

「原風景かぁ、なるほど。そうですね」

(こんな綺麗な風景のなかを、社長——雪也さんみたいな素敵な人と歩いてるなんて)

ふわりと心が浮き立ち、指に絡まる雪也の骨張った指がくすぐったかった。男の人の指だなと意識して、手のひらに汗がにじみそうだ。

(本当に……雪也さんが柊城一族でも社長でもなければよかったのに、な)

それは雨音のひそかな本音。もちろん口には出さない。ただ、こんなふうにふたりだけでいると、ふっとそんな考えが頭をよぎる。しかも今日は浴衣姿でいるのが、なおいけないと思う。

スーツ姿じゃないから、つい雪也が何者なのか忘れてしまう。

夏の夕刻特有の、アスファルトに残る気怠《けだる》い熱のせいもあるかもしれない。

(ほんの少し……いまだけは、忘れても、いいかな……?)

雨音はとくんとくんと、ときめく胸に促《うなが》されて、雪也の手をぎゅっと握りしめた。

いまだけ——そう考えていたけれど、雨音はすぐに自分の考えの甘さを思い知らされた。雪也が振り向いて、何気ない口ぶりで雨音との世界の違いを告げる。

「雨音、そろそろ最初の山車《だし》が出る時間だから、見物席に行こうか」

(見物席——？)

雨音は首を傾《かし》げて、はるかの言っていた祭りの情報を思い出した。

「社長のお誘いだったら、きっと山車を見るために、特等席とってるわよ。きっと」

(そういえば、はるかもなにか言っていたけど——もしかしてそれって……)

イヤ～な予感が、雨音の脳裏をかけ巡《めぐ》った。


案内された見物席で、雨音はさっきまでの浮き立つ気持ちが嘘のように緊張していた。

(こんなのは、デートみたいな気分になったあとで、放りこまれる場所じゃないと思います、社長ぉぉぉ！)

それはまさしく特等席——いわゆるＶＩＰ席だった。

山車が通るという大通りの前に、柊グループのビルがある。そのエントランスはちょっとした広場になっていて、特別に階段状の席を設《しつら》えてあった。

「ここで山車が折り返していくから、すごくよく見えるよ」

雪也が丁寧に説明してくれたけれど、問題はそこじゃない。

(そうじゃなくて、社長。これ、周りはみんな柊城一族か、ご招待されたどこかの企業のおえらいさんですよね？　みなさま、ＶＩＰですよね？)

七夕祭りは大きなお祭りのようだし、柊グループは桜霞市の大企業だ。雪也だって、「うちがメインスポンサー」と言っていたから、たくさん寄付をしているのだろう。柊グループの関係者が優先的に祭りを満喫できるようになっていても、不思議はない。

ＶＩＰ席のスタンドは十段もの高さで組まれており、すでに大部分の席が埋まっている。

ふたりが席に座ると、さっそく雪也は声をかけられた。

「社長、こんばんは。お久しぶりですね」

席にいるだけで次から次へと声をかけられ、雨音は他人の振りを決めこんでいた。挨拶《あいさつ》の応酬《おうしゅう》をしていると、雪也も出向かなければいけない人物がいたらしい。

「悪い、ちょっとだけ挨拶に出てくるから」

そう言って席を立ち、少し離れた段へ降りていってしまった。

「ふぅ～……さすが柊エレクトロニクスカンパニーの社長」

雨音は感心したように肩をすくめて、小さく零《こぼ》す。その呟《つぶや》きに、響きのいい女の声で「当たり前でしょう」と返事があった。

「え？」と驚いて、声がしたほうを振り向く。すると、さらりとした長い黒髪が印象的な美人が立っていた。いま着ている上品なワンピースのかわりに振り袖を着たら、まるで日本人形のような和風美人になりそうだ。美人はなぜか、険《けん》のある視線で雨音を睨《にら》んでいる。

「ちょっと、顔を貸してくださらない？」

「……………顔を貸して……というと？」

雨音は思わず、問い返していた。ヤンキーっぽい服装をした人が言うなら、まだわかる。でも、こんな美人がフェミニンな服装で言うのだ。もしかしたら、雨音が考える意味とは違う意味で使っているのかもしれない。そんな考えが頭をよぎり、念のために問い返した。

雨音の言葉に、美人は顔をさらに歪《ゆが》める。

「頭の回転が悪い方ね。用事があるので、ちょっとこちらに来てくださらないということよ」

(別にわたしは、なにもないんですけど？　というか、知らない人なんですけど？)

雨音はそう思ったけれど、あまりの迫力に負けて、雨音は見知らぬ美人についていってしまった。


「あなた、雪也さんにここへ連れてきてもらったからって、いい気にならないことよ」

VIP席の裏側。

柊グループのビルの物陰は、驚くほどがらんとしていた。

すぐ近くに一番山車《だし》が迫っていることもあり、人はみんな大通りに集まっているらしい。

遠くから歓声と祭り囃子《ばやし》が聞こえてくるけれど、あたりに人の気配はなかった。

相手はきちんとした身なりをしていて、しかも女性だ。だからついてきてしまったけれども、不用意だったかもしれない。雨音は少し後悔していた。

「たかがイケニエの身分で……正式な秘書でもないくせに！」

「はぁ……あの、失礼ですけど、あなたのお名前をおうかがいしてもよろしいでしょうか。初めてお会いすると思うのですが」

「なんですって⁉　雪也さんに告げ口でもするつもりなの⁉　卑《いや》しい子ね」

（卑しい子ねってそんなことを言われても……告げ口以前の問題なんですけど⁉）

雨音はこの期《ご》に及んでも、まだどこかのんきに構えていた。

雨音は社内でも、「本来、秘書課から社長秘書を出すべき」と考える正式な秘書たちから恨《うら》みを買っていた。いくら風力事業開発部の面々が理解してくれていても、イケニエの立場は微妙なものだ。だからこそ、「仕事をよくやってくれている」という雪也の言葉や、「役に立っている」という紀藤の言葉も、心に沁みた。うれしかった。それならもう少し、イケニエでもがんばってみようと思えた。

しかしこの美人はいったい誰なのか。それすらわからない状態で文句を言われても、正直、返答に困ってしまう。

（社内の人ならともかく、取引先の人だったりすると、無下《むげ》にできないしなぁ）

どうにか手短に話を終えられないか。曖昧《あいまい》な笑みを浮かべて、雨音はそう考えていた。美人はどうやら、そんな雨音の態度が気に入らなかったらしい。

「あなた、雪也さんに体を使って取り入ろうという魂胆かしら？　言っておきますけど、雪也さんに指一本でも触れたら、承知しませんわよ。あの方はわたくしの旦那さまになるんですからね」

それを聞いて、ピンと来た。

「旦那さまって……もしかして峰成商社の社長の……」

「そうよ。わたくしは大峰麗《うらら》。峰成商社の社長は、わたくしの父です」

（あ、ああ～なるほど！　それでイケニエのこと知っていたんだ！）

つい先日、峰成商社の社長が訪れたとき、雪也がイケニエの話をしていた。

「本当なら、わたくしが仕事をお手伝いして差しあげたいのですけど……雪也さんは仕事ができる方ですから、秘書はいらないとおっしゃったのです。ご立派ですわ。あなた、雪也さんに仕事を教えてもらうのは仕方ありませんけど、邪魔するのはわたくしが許しませんわよ」

仰々《ぎょうぎょう》しい仕種で勝ち誇ったように言われ、雨音は腹が立つどころか逆に冷静になった。

（あなたのほうこそ、邪魔をしてたんでしょうが）

しかしその情報は、雨音自身が見聞きしたことではないので、口にはしなかった。それに――

（指一本でも触れたらって、別にわたしから触れているんじゃないんですけど？）

そう思うと、ひそかな優越感が湧き起こる。

（社長が！　わたしに！　触れてるんですもん。文句言われる筋合いは、ないと思うけど！）

「そうですか。気をつけるようにいたしますね」

（社長から触れられたときは知りませんけど）

雨音は社会人として精一杯の社交辞令で、取引先の社長のご令嬢に礼を尽くした。その際、優越感がにじむ笑みを浮かべてしまったのは、ほんの一瞬。

ところが、大峰麗と名乗ったお嬢さまは、それを敏感に察したらしい。

「……あなた、いまわたくしを馬鹿にしたでしょう!?」

「は？」

美人からきっと睨《にら》みつけられると、なかなか迫力がある。

こんなことじゃなくて、仕事に必要なところに気が回れば、クビにされたりしなかっただろうに。

そうすれば雨音は、雪也のイケニエになんかならなかったはず。

「ちょっと聞いているの⁉　だいたいわたくし知ってるのよ。あなただって、縁故採用なんじゃないの。七崎雨音――七崎機工の娘なんですってね」

「え？　ええ……そうですけど？」

麗お嬢さまは突然、妙にもったいつけた口調になった。雨音の背にざわりと悪寒《おかん》が走る。

（なんだろう……なんだか、聞かないほうがいいような気がする）

そう思ったのだけれど、相手は取引先のお嬢さまだ。一方的に話を切り上げて背を向けるのは、適切な判断とはいえない。

（でも――）

七崎機工が入力された、エクセルファイルの文字が頭に浮かぶ。そこに、〝重要〟のチェックがついていたことも。

――それは確信だった。

（このお嬢さまは、わたしがずっと抱いていた疑問の答えを知っている）

雪也の仕事についていった先で、たびたび聞かれた。

『もしかして七崎機工のお嬢さん？』

――なんでみんなに、そんなことを聞かれたのだろう。

その答えを知りたいと思う一方で、知りたくない気もした。雨音にとって、なにか都合が悪いことのような気がして怖かったのだ。

「あら。その顔はご存じなかったのかしら？　このところ柊E・Cをはじめ、何社かが七崎機工が持つ特許を狙って、あなたのお父さまとコンタクトを取っているはずだけど」

——特許。その言葉を聞いて、ある記憶がよみがえる。

『会社の借金の清算は、特許を売ればどうにかなるだろう』

そんな言葉を、父は確かに口にしていた。

「その商談が決まるまでは、社長もあなたのご機嫌を損ねないようにしているんじゃなくて？　万が一、狙っている特許を他社にとられたでもしたら、大変だもの」

近づいてきているはずなのに、「わっしょい」という囃子声《はやしごえ》がやけに遠く感じる。

「そうか……そうだったんだ」

（だから社長は……わたしをそばに置くことを承知したんだ）

目の前が一瞬真っ暗になって、その場にしゃがみこみたくなる。もしこのときひとりだったら、きっとそうしていただろう。でも麗お嬢さまの前では、絶対そんなことをしたくない。その一心で、雨音は必死に、ぐらぐらと目の回りそうな気分を耐えていた。

「わたくしだってしばらくの辛抱だと思って、我慢して差しあげているのですからね！」

「七崎！」

麗お嬢さまが話を終えて踵《きびす》を返したところで、雪也の声がした。ぎくりと雨音は体を強張《こわば》らせる。

（こんなこと、社長に言っても仕方ない。わたしがショックを受けるのだって、本当はおかしい）

雪也が自分を利用していようといまいと、社長としての仕事なのだから。

「こんばんは、雪也さん。わたくし、引き継ぎのことで、彼女にお時間をいただいてたんです。もう終わりましたので、失礼しますわ」

お嬢さまの言葉はよどみない。こんなことが如才《じょさい》なくできるのなら、もっとちゃんと仕事をすればよかったのに。そんな余計なことを考えていたら、少しは冷静になれたらしい。雨音は自分を取り戻してにっこりと笑い、雪也に大丈夫だとアピールする。

「そうなんです。ちょっとしたことで……もう終わりましたから」

雨音が雪也のそばに近寄ると、麗お嬢さまはちらりとこちらを振り返ってから、祭りの喧噪のなかに戻っていく。

その後ろ姿を見ながら、雪也が怪訝《けげん》そうに顔をしかめて、雨音の肩を掴んだ。

「雨音？　なにか失礼なことを言われなかったか？」

「え？　言われてないですよ。話したのは、ほんのちょっとしたことです。社長室の冷蔵庫に残ってたお茶の賞味期限は大丈夫だったかとか。コーヒー用のミルクのストックがわかりにくいところに置いてなかったかとか」

不思議なことに、どうでもいい嘘がすらすらと口をついて出る。

(変なの。わたし、こういうの、得意じゃなかったはずなのに)

にこっと雨音が無理やり笑ってみせると、雪也はなおさら心配そうな顔になって、肩を落とす。

「悪い。まさか、彼女が来てるなんて思わなくて……その。彼女は前に秘書をしていたんだが」

「社長」

雨音は雪也の言葉を遮《さえぎ》って、どこか強い想いをこめて呼びかけた。

「最初の山車《だし》、行ってしまいましたね」

雨音の視線の先――見物席のスタンドの向こうに、建物の一階半ほどの高さがある山車が見え隠れする。山車のてっぺんから足下まで垂れ下がった飾りが、大きく揺れる。その華やかな姿が交差点を折り返し、見えなくなっていく。

「あ……」

雪也がとまどった声を上げる間にも、ぴーひゃらら～という笛の音が遠ざかる。

「社長、戻りましょうか？」

そう平坦な声で問いかける。雨音個人としてではなく、柊エレクトロニクスカンパニーの社員としての、社長への問いかけ。

その違いに気づいたのか、雪也は少し困った顔をして、さっきと同じように雨音の指に自分の指を絡めた。

「山車はどこからでも見られるから、見物席からじゃなくて歩いて見ようか」

† † †

さっきまでの楽しい気持ちは、いったいどこに行ってしまったんだろう。

雨音はただ黙って、雪也に手を引かれるままついていく。

雪也は何度も、「本当になにもなかったのか？」と聞いてきた。そのたびに雨音が笑顔で「なんでもないですよ？」と返していたため、途中から諦めたらしい。

「雨音は、変なところで頑固《がんこ》だからな」

そんなため息まじりの言葉は、聞こえなかったことにしておく。

雪也は雨音を連れて、大通りから川沿いの歩道をしばらく歩いた。するとその先で、またひときわ大きな笹竹が、七夕の飾りつけをされて空高く立っているのが見えた。

近づいてみると、それは古めかしい神社だった。

大きな笹竹が神社の敷地に立つ。その周りには、写真を撮る人や、願いごとを書いた短冊を笹につけようとする人が集まっている。

にぎやかだけれど、神域特有の空気が漂《ただよ》う。

さっき見ていたのと同じ祭りとは思えないほどだ。雨音は、もやもやした気分がいくぶん晴れるのを感じた。

（それに、あれ？　なんかわたし、こういうの……デジャブ？　前にもどこかで、こんな光景を見たことがある、ような……？）

飾り付けられた笹竹を間近に見た瞬間、雨音のなかに、懐かしい記憶がよみがえった。

――もっと、寒い季節に。

――楽しいのに淋《さび》しくて、でも浮き立つような気持ちが抑えきれない。

――そんな記憶の欠片《かけら》。

(なぜだろう。胸が、苦しい)

雨音は急に切なくなって、ぎゅっと手を握りしめ、胸を押さえた。

その様子を、雪也がなにか問いたげな瞳で見つめていることに、雨音は気づかない。七夕の笹を見上げる雨音は、雪也が黙って隣に並ぶ気配だけをただ感じていた。

「ここはね、願いごとを書いて奉納できるんだ」

どこか茶目っ気を感じさせるような雪也の声で、雨音ははっと我に返る。

(わたし、いまぼーっとしてた。しかも社長に気を使わせているなんて……平社員以下のくせに)

雪也をちらりと見ると、雨音は心持ち明るい声で答えた。

「へぇ……願いごとかぁ。こんなの小学校以来ですよ」

「雨音は……なに? 願いごと」

雪也は賽銭箱《さいせんばこ》に小銭を入れて、その脇の箱から短冊を取る。それを差しだしながら、雨音の顔色をうかがってきた。

どこか、自信なさそうな表情をして。

「願いごと? なんでしょう……全然考えてなかったですけど……あっ! 正社員になること! ですかね!?」

「正社員って……そう。そんなこと、か」

「そんなことって、大事なことですよ! 社長にはわかりませんよ。平社員以下のイケニエの気持ちなんて……」

（だって、社長だもん。生まれたときから、大企業の幹部としての地位が約束されている、柊城一族の生まれで――わたしとは違う世界の人）

雨音は短冊をじっと眺めて、しばし沈黙した。

本当は他に願いごとがあるのか、よくわからない。もしかしたら、誰もが納得しそうな願望を口にしているだけかもしれない。そんな雨音の様子に、なにか思うところがあったのだろうか。雪也は雨音の髪に触れて、慰《なぐさ》めるように雨音に体を寄せる。

「じゃあ、正社員になりたいですって、社長にお願いしてみれば？　短冊に書くんじゃなくて」

誘いかけるように、低い声で雨音の耳朶《じだ》を震わせる。

「え？」

「そうしたら、社長がイケニエのお願いを聞いてくれるかもよ？」

顔を向けると、すぐそばに雪也の日本人離れした端整な顔がある。

（それって……なんていうか、本人が言うこと……なのかな？）

雨音は思わず首を傾《かし》げて、くすりと笑ってしまった。

「どうでしょうかね……うちの社長、結構、暴君さまなんですよ。イケニエの羊のお願いなんて、かるーく一蹴《いっしゅう》されてしまいそうで」

「おい。誰が暴君だ」

そう言って、暴君社長は頬を赤くしながら、雨音の額を軽くこづいた。

雪也の拗《す》ねたような声を聞いて、雨音はまた、くすくす笑ってしまう。

「そうでなければ、彼氏が欲しいかなぁ……うん。そうしよう」

(そういえば学生の頃はずっと、そんなことを思っていた気がするし)

雨音は気を取り直して、置かれていたペンを取って文字を書こうとした。けれども――

「イケニエ。それは却下」

雪也がそう言って、ペンを持つ雨音の手を掴んだ。

「は?」

「やっぱり、正社員になりたいにしておけ。まだ試用期間中の身なんだし」

「だからそれは、社長が叶えてくれるんじゃないんですか?」

「……雨音が俺のこと、暴君って言ったから、却下だ」

「ええっ!?」

雨音は恨《うら》みがましい気持ちで雪也を睨《にら》みつけた。すると雪也は、ふいっと顔を背けてしまう。どうやらこの様子だと、言われたとおりにしないとあとあと面倒そうだ。

(なんていっても、上司だし、柊城一族だし、暴君社長だし)

雨音は文句を言いながらも、雪也の言うとおりにした。しぶしぶ、『早く正社員になりたいです雨音』と短冊に書きこむ。

「よしっと。それで社長はなんて書いたんです?」

書きあげた満足感に充ちた顔で尋ねる。答えるかわりに、雪也はにやりと人の悪い笑みを浮かべて、ひらりと雨音に短冊を見せつけた。

『早く復讐が成功しますように　雪也』

「…………。復讐……ですか」

「そう。復讐」

（うん。見直しても〝復習〟じゃなくて〝復讐〟。なんていうか……）

「社長はまた、ツッコみにくいお願いを書きますね」

「誰がお前にツッコミを求めたんだ。ほら貸せ、イケニエ。高いところにかけてやる」

雪也はそう言って、一八六センチの身長でさらに手を伸ばす。そうして器用に雨音と自分の短冊を、笹の高いところに引っかけてくれた。

「ありがとうございました、社長。ふふっ。わたし最近こういうイベントに来てなかったので、楽しいです！　ありがとうございました、社長」

「そうか……うん。それは、よかった」

美人の元秘書にいちゃもんをつけられたり、気持ちがすっきりしないことを聞かされたり。

（でも、それを別にすれば、こんな素敵な人と七夕を一緒に過ごすのは、悪くない……と思う）

雨音は胸をちくりと刺す痛みを無視して、微笑んだ。

（いま隣にいるのは……わたしの彼氏でもなんでもない。でも、道行く人にはきっとわからない）

それだけで、雨音は全部許してしまおうと心に決めた。そんな雨音の様子を雪也は訝《いぶか》しそうに観察して、一瞬、表情をくもらせた。しかし雨音はそのことに気づかなかった。

「雨音、もう少し歩かないか」

雪也はそう言うと、雨音の手を引いて神社を出た。川沿いの歩道を、また歩き出す。

すっかり日は暮れて、ひんやりとした風が心地よい。

気づくと、あたりはカップルだらけだった。雨音はいちゃつくカップルに、とまどってしまう。

川原に空いている場所を見つけて並んで腰を下ろすと、苦笑を浮かべて雪也に話しかける。

「あまりにも……目のやり場に困りますね、こういうの。七夕の伝説くらい長い間会えないんならともかく」

「そうか？　一年に一回しか会えなくっても、毎日会っていても、同じだろう？　好きな人に触れたいと思うのは、自然なことじゃないか？」

「好きな人に触れたい……ですか」

『雪也さんに指一本でも触れたら、承知しませんわよ』

さっき麗お嬢さまに言われたことが、頭をよぎる。

「雨音は違うのか？　誰かに――触れたいとは思わない？」

「よくわからない……です」

そう答えるのが精一杯だった。

（本当はわたし……社長には、触れたいかもしれない。髪とか手とか……触れたいし、社長から触られたい……気もする。けど――）

雨音は川縁《かわべり》のところどころに飾られた七夕飾りに、目を向けた。

「七夕の話ってよく考えると変ですよね。織り姫と彦星は、たった一度会っただけで、ずっと仕事を忘れるくらいお互いに夢中になって。そのあと離れ離れになったら、今度は一年にたった一度しか会えないのに想い続けるなんて……わたしにはわかりません」

（わたしには、無理かもしれない。たった一度で……一年に一度の逢瀬で、想い続けるのは）

——たった一度。たった一度、雪也に抱かれただけなのに。

——自分で自分の気持ちが理解できない。

（自分の心が、こんなにぐらぐらと揺らいでしまうなんて）

「でも、たった一度の出会いでも人を好きになることは、あるだろ」

雪也はきっぱりと、まるで自分の経験のように言う。

「そうでしょうか」

「そうでなければ、ひと目惚《めぼ》れなんて言葉、あるわけない」

「う……それは、そうですね。ひと目惚れ」

なぜだろう。口にすると、すーっと理解できる気がした。

祭りの宵闇《よいやみ》のせいだろうか。

七夕の飾り。点々と仄赤《ほのあか》い光を点《とも》すぼんぼりの幽玄な風景。

華やかな祭りの夜が、雨音に告げている。

今宵《こよい》、一度だけ出会った人と、恋に落ちてもいい。

赤いぼんぼりに照らされた端整な顔に、心惹《こころひ》かれてもいいのだと——

（こんな幻想的な夜に、こんな素敵な男の人と過ごしているんだもの）

ほんの少しだけ、恋をしている気分になっても、無理はないと思う。

それでいて、美しい祭りの風景はどこか切なくて淋《さび》しい。

（不思議……わたしやっぱりこんな光景を、どこかで見た気がする）

胸がつかえるような痛みを覚えたとき、雨音はふと気づいた。

「そういえば……祭り囃《ばや》子《し》の音が、聞こえなくなりましたね」

雨音が川向こうの大通りに目を向けたのに気づいて、雪也も目線を遠くに投げる。

「ああ、そうだな」

「そろそろ祭りも終わりだ」

その言葉に雨音はほっとしているのか、いないのか。

「お祭りが終わるのって、淋しいですね……いつも終わりまでいるのがイヤで、すぐ帰ってしまうんですけど。今日は社長が一緒だから、気づかずに最後までいてしまいました」

雨音がぺろりと舌を出して笑うと、雪也は雨音の髪に触れた。浴衣の袖から、筋肉質な腕が見える。雪也の骨ばった指先が、少しウェーブのかかった雨音の髪を絡めて弄《もてあそ》ぶ。

「雨音は……こっちに越してきたばかりだって言ってたけど、その前に彼氏はいなかったのか？」

唐突に投げかけられた問いに動揺して、雨音は火がついたように顔が熱くなる。

「ど、どうしたんですか、社長？　まるでそんな……はるかみたいなこと、聞いてくるなんて！」

口をついて出たはるかの名前に、雪也は眉間に皺《しわ》を寄せた。

しかめっ面だけれど、雨音がひどく心惹《こころひ》かれる表情だ。うっかり雨音が胸をときめかせていることなんて、雪也は想像もしてないに違いない。

(変なの、わたし――。社長が拗《す》ねた顔とか、不機嫌そうにしかめられた顔が、なんだかすごくすごく……好き、みたい)

雨音はどきどきしながら、どこかくすぐったい気持ちで雪也を見つめる。その視線の先で、綺麗な横顔がさらに歪《ゆが》められた。

「俺はおまえの友だちと、同じレベルか……」

「え、て、いや……あの、ではなくて！　いや、わたし、あまりそういうことを聞かれる機会がなくてですね！　す、すみません、あの。彼氏とかあまり、いたことがなくて！」

雪也があんまりにも拗ねた声を出すから、雨音は焦って言い訳してしまった。

(いや、なんていうか。き、聞かれたことに対して、ちゃんと答えになってた⁉)

「でも、つきあっていた人はいたんだ？」

「え、ええ。まぁ……一応？　みたいな？」

「キスもしないまま終わるくらいの、つきあいで？」

くすりと雨音に流し目を向けた雪也は、艶然《えんぜん》と微笑む。その魅惑的な顔を見て、雨音は再びかあっと耳まで火照《ほて》るのがわかった。

(彼氏がいたかどうかを聞いたのは、ただ話の流れで聞いただけ、なんですよね？)

雨音がじっと雪也を見あげていると、雪也の瞳と視線が絡む。

もう辺りは暗いから、いつもは薄い色に見える雪也の瞳も、真っ黒に見える。

夕刻の風に、くるりと額にかかる癖《くせ》っ毛《け》が揺れて、まるで雨音を誘っているかのよう。

「キス、してもいい？」

低い声が、雨音に誘いかけてきた。

「え、や……ここ、人がいっぱいいますよ？」

「誰も見てないと思うが」

「そんなの、わからないじゃないですか！」

雨音は抗《あらが》った。でもそれは形ばかりで、髪をさらりと撫《な》でられる感触に、心はすでに落ちていた。

雪也は、そんなことは知らない。ただ抵抗は許さないと、雨音を長い腕で引き寄せる。

「イケニエは、俺に逆《さか》らうんだ？」

そう問いかける雪也は、どこか嗜虐《しぎゃく》的な、仄暗《ほのぐら》い笑みを浮かべているように見える。雨音の気のせいだろうか。

「………そんなことを言うぐらいなら、はじめから聞かないでくださいよ、社長」

「そうだけど……まぁ一応？」

雪也が愉《たの》しげな声で言って、ふっと微笑み目を細めたところで――

（あ、キス、される――）

雨音も目をふせてしまった。

人がたくさんいる場所で、唇にほんの少し触れるだけのキス。何度も角度を変えて、キスの雨を降らされる。雪也は雨音の唇からピンク色の口紅を全部奪い取ってしまいそうなほど、唇をついばんだ。しだいにキスは激しさを増し、雨音の唇がふっくらと敏感に反応するまで弄《もてあそ》ぶ。

「んぅ……ふ……」

肩を撫でる手の熱さが、浴衣《ゆかた》の薄い布地を通して伝わる。頭のなかがぐにゃりと蕩《とろ》けて、雪也のこと以外、なにも考えられなくなりそうだった。——それこそ、怖いくらいに。

けれども貪《むさぼ》るようなキスは、どこかやさしい。

（キスがただ、痛くて苦しいだけだったらよかったのに）

そうすれば、こんな切なさは感じなくてすむ。ただ雪也に貪られるだけの、一方的なキスだったなら——。雨音はそう考えて、泣きたくなるほどの苦しさに呻《うめ》いた。

（——わたし、社長のことが、雪也さんのことが、好き……なのかな）

イケニエの羊は考える。流されるように抱かれてしまって、それを後悔する瞬間があるかもと、数日は悩んだ。気まずさを感じなかったと言えば、嘘になる。けれども、日常的に雪也と顔を合わせるうちに気づいた。

（多分わたし、後悔なんかしない）

雨音は雪也の唇が離れていくのを淋《さび》しく感じて、きゅんと痛みを訴える胸をこぶしで押さえた。

（やっぱり——好きなのかもしれない）

たとえ雪也が、どんな思惑を抱いていたとしても。

第十一章　イケニエは、七夕の夜に帰れない⁉

関係というのは、一度できると慣れてしまうから恐ろしい。

それによくよく考えれば、雨音には雪也の誘いに流されてまずい理由がなかった。

いろいろ言われたけれど、麗お嬢さまは候補なだけで、正式な婚約者ではないという。雨音にも、つきあっている人はいない。

社長に抱かれてはいけない理由なんて——どこにもなかった。

初対面の人から恋敵《こいがたき》扱いされたことも、逆効果だったと思う。

(だって、人に言われたから、言うとおりにするなんて癪《しゃく》だし)

もやもやした気持ちが湧き起こって、むしろ雪也の誘いに乗って、麗お嬢さまに見せつけてやりたくなってしまう。

(別に相手が目の前にいるわけじゃなくて、単なる気分の問題だとはわかっているけど！)

「雨音、抱いてもいい？」

それでも——

口付けのあとに熱っぽい声で言われて、雨音は雪也を拒絶できなかった。祭りのぼんぼりが点《とも》る川原。カップルがいたるところでいちゃついているのにも、影響されたに違いない。

（流されないほうが無理、だと思う）

雨音は雪也の甘い囁《ささや》きに、どくどくと鼓動が速まるのを感じた。ただ声を震わせないようにして、皮肉っぽく答えるのが精一杯。

「……イケニエの羊に、聞く必要があるんですか？　それ」

「ある、だろ？　やっぱり……ん」

そうしてまたキスされると、口腔《こうこう》が敏感に反応して頭の芯が蕩《とろ》けていく。

（ずるい……こんなの。逆《さか》らえるわけが……ない）

雨音はくらくらと眩暈《めまい》がして、体がぐにゃりと崩れてしまいそうだった。

「イヤだって言っても……さっきのキスみたいに、また脅《おど》すんじゃないですか？」

ひねくれた気持ちが高まって、なおさら意地を張りたくなってしまう。

「イヤだって、もう一回言ったら……どう、します？」

まるで駆け引きをするような台詞《せりふ》になっていることに、雨音は気づいてない。対して雪也はぴくりと片眉を上げて、反応した。雨音とのやりとりを楽しむみたいに、にやりと黒い笑みを浮かべて意地悪な言葉を口にする。

「川に落としてやろうか？　そうすれば、ホテルに入るのに充分な理由ができる」

そう言って、雪也はすばやく動いた。浴衣《ゆかた》姿の雨音を抱えあげ、水際に近づく。それはあまりにも突然のできごとで、雨音はなにが起きているのか一瞬よくわからなかった。

座っていたところから一八六センチの雪也に抱えあげられると、高さを感じて怖い。

しかも、すぐ近くには夜の真っ黒な川。

「わわっ！　待っ……社長、ストップ！」

「ほら、雨音。どうする？」

体を夜の川に放り投げるように揺らされ、雨音は慌てて雪也の体にしがみつく。そんな雨音の様子に、雪也が気をよくしているなんて、焦る雨音は気づかない。

「ちょっ……ッ！　なにバカなことして！　ヤだ。ちょっ……誰か助けて！」

本人は必死に訴えているのだけれど、悲しいかな。周りからは、やっぱりカップルがちょっと行きすぎて、いちゃついているようにしか見えない。助けに来る人なんているわけがない。けれどもやっぱり、雨音にしてみれば怖かった。パニックになり、思わずもがいてしまう。

「やだっ！　社長、振り回さな……」

「ば……雨音、暴《あば》れるな、馬鹿！　わっ！」

「きゃっ！」

水際で興じるには、あまりにもバカげたやりとりだったと思う。

ぐらりと雪也がバランスを崩したところで、ふたりして川の浅瀬に転がりこむ。

(雨に降られなかった代わりに、川の水でずぶ濡《ぬ》れになるなんて――！)

水の冷たさを感じて、雨音は盛大にため息をついた。

スイートルームというものが、こんなに広いなんて。

雨音はホテルの最上階にある奥まった一室で、途方に暮れていた。

それはスイートルームに通された驚きだけでなく、浴衣《ゆかた》が盛大に濡《ぬ》れて、ところどころに泥がついているせいもある。身じろぎすると、綺麗な模様が描かれたふかふかの絨毯《じゅうたん》を汚してしまいそうなのだ。いろいろと見てみたいのに、気軽に動き回れない。

（あ、あの大窓の向こう側って、テラス？　温室？　ソファはなんでこんなに大きいの？　この大きな絵はポスターじゃなくて、本物なの？）

こんな場所に来る機会なんてきっと二度とないと思うのに、動き回れない。目線だけは忙しく、部屋のあちこちに動かしていると――

「服は用意させておいたから……こっちにおいで」

汚れを気にしていることに気づかれたらしい。雪也はバスルームの扉を開き、雨音を手招きした。

「う……だ、大理石の浴槽……!?」

おずおずと入ったそこは、あまりにも広いバスルームだった。ビジネスホテルのユニットバスとは、全然違う。三、四人で入っても余裕がありそうな広さ。さらには海外の豪邸のカタログにでも出てきそうな、クラシカルな装飾の水道にシャワー。薄いピンクに白と黒が入りまじったマーブルの大理石が麗《うるわ》しくて、圧倒される。しかも、湯船にはすでにお湯が張られていた。

「ええっと……これって」

（――どうしたらいいのかなぁ）

雨音は一緒にバスルームにいる雪也を意識して、ひくりと口元をひきつらせた。

ついさっき、ふたりして川の浅瀬に座りこんだあとのこと。

「ほら、やっぱり近くのホテルで、着替えるしかないね」

お尻からじわりと水気が広がっていくなか、雪也がにやりと黒い笑みを浮かべた。それを見て雨音はなおさら拗《す》ねた子どものように、うれしそうな雪也を睨《にら》む。

「確信犯……」

「ん？　なにか言ったかな、イケニエ？」

「すみません、ちょっとしたひとりごとです。聞かなかったことにしてください、社長」

雨音があっさり謝ると、珍しく雪也は追及してこなかった。どうやら川に落ちたのは雪也にとっても不本意だったらしい。雨音の手を引いて助け起こすと、早々に携帯で電話をかけはじめた。

「もしもし？　ああ、俺だ。悪いが部屋を用意しておいてくれないか？」

そんなやりとりを雪也が誰かとしている間、雨音も家に電話して、はるかにメールを打つ。

さすがに勤務先の会社の社長と、ホテルに泊まるなんて言えない。

はるかの家に泊まることにして、口裏をあわせてもらった。

「雨音、行くぞ」

電話を終えた雪也と歩き出すと、道路のアスファルトに水滴が染みを作る。それはまるで、ふたりがいちゃついていた痕跡《こんせき》をてんてんと印《しる》していくかのようで、くすぐったくも恥ずかしい。

（こんな格好じゃ、ホテルのロビーに入れてもらえないと思うんだけど、どうするんだろう？）

雨音のそんなささやかな心配は、杞憂《きゆう》に終わった。

雪也はホテルのロビーには入らず、柊グループが所有するビルのひとつからエレベーターで地下へ潜《もぐ》る。そして地下通路を進むと、関連会社のホテルについてしまったのだ。

「この街は開発全てを柊グループが請け負っている。柊城一族しか知らない、こういう道もある」

そんな規格外な言葉を言い放《はな》った雪也に、雨音は唖然とするしかない。

ホテルの地下の扉を開けると、ホテルの従業員がバスタオルを持って待っていた。

そこからエレベーターに乗りこみ、最上階のスイートルームへ向かう。

雪也とホテルに入るところを誰かに見られたら、どうしよう。ほんの少しそんなことを考えたけれど、誰とも出会うことはなく、雪也は雨音の常識を超えた世界の人だとわかっただけだった。

雨音は、流されてもいいと思っていた。

雪也とホテルに入ることで、わざわざ妙な釘を刺してきたお嬢さまに当てつけたい気持ちもあった。

（でも——）

明るいバスルームを前にして、雨音はさすがに耐えきれなくなってきた。シャンデリア風の照明や豪華な装飾の施された空間は美しいと思うのに、変な想像をしてしまう。どんなに綺麗でも、男性とふたりきりでホテルのバスルームの前にいるというのは、どうしたって生々しい。

気恥ずかしさに、頬がかぁーっと熱くなる。

「えーっと社長。わたし、社長が着替えるまで、外で待ってますから！」

苦笑いを浮かべてドアノブに手をかけようとすると、その手を掴まれた。

「そんなの、許すわけないだろ？　イケニエ」

甘くもどこか傲慢《ごうまん》な声に、雨音の心臓が跳ねる。

「『抱いてもいい？』って聞いたの、どういう意味だと思ってるんだ……ほら、濡《ぬ》れた浴衣《ゆかた》を脱がせてやる」

雪也は雨音の抵抗を一蹴《いっしゅう》した。そして、雪也の甘い声に痺《しび》れて動けなくなってしまった雨音の帯に、手をかけてくる。

「わ、待って！　社長！」

（くらくら、するから、そんな声、出さないでよ！）

胸がきゅうっと切なくなる。

戸惑いながらも、雪也の命令をすべて受け入れてしまいそうな自分が怖かった。

「ふわっ、ちょっ……」

解かれた帯を引っ張られると、体がくるくると回る。

（目が回る――！）

雨音は平衡感覚を失って、たまらず床に手をつく。すると頭上から、くすくすと楽しそうな笑い声が降ってきた。

「いいね、こういうの。時代劇で町娘に手を出す悪代官にでもなった気分だ。思ってたより、そそられる」

「わたしは楽しくないんですけど!?　それに社長は、いつも悪代官じゃないですか！」

苦情を言いながら体を起こしたところで、背中から抱きすくめられる。

「へぇぇ？　雨音にとって、俺はいつも悪代官なんだ？」

どうやら、火に油を注《そそ》いでしまったらしい。

雪也は、からかうように雨音の耳元に唇を寄せてくる。

（絶体絶命――！）

そんな言葉が雨音の頭のなかに浮かんだ。表情が見えないことも相まって、心臓が早鐘を打つ。

「え、や……その、ですね」

言葉に窮《きゅう》していると、先ほど見た短冊の文字がふっと頭をよぎった。

『早く復讐が成功しますように　雪也』

「だって復讐。復讐なんてお願いするくらいだし！」

浴衣を脱がせようとする雪也に抵抗し、雨音は大きな声をあげる。必死に浴衣の合わせを握り締めていると、雪也はふっと笑った。

「……あんなの冗談に決まってるだろ。それより、手が邪魔なんだけど？」

「や、んっ」

耳元に息を吹きかけられて、雨音の口から甘い声が漏《も》れる。慌てて口元を押さえると、雪也はその隙に浴衣をするりと肩から落とし、首筋に唇を這《は》わせる。

「ふぁ……」

「イケニエ、声、我慢するの禁止」

口元を押さえていた手は、あっさりと雪也に拘束される。そのまま浴衣《ゆかた》を脱がされてしまい、雨音の鼓動はどんどん速くなった。

浴衣の形をよく見せるため、肌襦袢《はだじゅばん》の上には補整ベルトをつけている。

(こ、こういうのは、人に見られることを想定してないわけで!)

そんな雨音の内心の声はもちろん届かず、雪也は肌襦袢の合わせから手を入れてきた。

「あ、やっぱり。浴衣だから、下着つけてないんだ」

楽しそうな笑い声が聞こえ、すくいあげるように、ゆっくりと胸を揉《も》みしだかれる。

「っやぁ、ん、ぁ……」

「気持ちいいんだろ? ここ、もう硬くなってるぞ」

雨音は胸の先をきゅっとつままれ、甲高い声をあげた。

「あぁんっ!」

雪也はもう片方の手で雨音の体をぎゅっと抱いて耳朶《じだ》をついばみ、ざらりとした感触の舌を耳殻《じかく》に這《は》わせた。

「ふぁ……ッ。ん、や、耳、くすぐったい、から!」

悲鳴のような嬌声《きょうせい》を上げて雨音はじたばたともがくけれど、しっかりと抱きしめられていて身動きがとれない。その上、胸の先端を指先で弄《いじ》られ、雨音の息はますます上がっていく。

「……ッ、う、ん……ぁあっ」

そんな雨音の反応を楽しむように、雪也はわざと音を立てて耳に口付ける。これで、どこが悪代官じゃないというのか。

かぁーっと顔が熱くなって、雨音は泣きたくなった。

「も……やだ……」

「イケニエは正社員になりたいって言ってなかったか？　それなのに、社長に逆《さか》らうんだ？」

耳を震わせる低い声が、雨音を追い詰めていく。

怖くて逃げだしてしまいたいのに、雨音はいつもこの声に囚《とら》われる。それどころか、冷たくもどこか甘さを含む声を、もっと聞きたいと思っている自分がいた。

（追い詰められるの、イヤなのに……矛盾してる、わたし）

雪也が胸の頂《いただき》を責めるたびに、びくんと体が跳ねて膝が崩れる。やがて下肢の狭間が疼《うず》きはじめて、その熱い情動に翻弄《ほんろう》された。

まだ行為に慣れていない雨音は、疼きを感じる自分が恥ずかしくてたまらない。まなじりにじわりと涙が溜まった。

「……ん、やぁっ、ん。もぉ、やだ。こんなの、やっぱり……やめる。全部……わたし、っぁ、んっ……正社員に、なれなくていいですから！」

雨音は、雪也より与えられる快楽以上に、羞恥《しゅうち》心に耐えきれず声をあげた。

（やだ。もう……無理ー！）

それでも雪也は胸をまさぐるのをやめず、それどころかゆるゆると肌を撫《な》でてくる。

雪也の唇は耳元から首筋に滑り、舌先が誘うように蠢《うごめ》く。

「ひゃんっ！」

雨音のあげた甲高い声を合図にするみたいに、肌襦袢《はだじゅばん》の上につけていた補整ベルトを雪也はことなげに外した。

雨音はギクリと身を強張《こわば》らせる。肌襦袢がはらりと広がり、張りのある白い乳房がぽろりと零《こぼ》れた。

雪也は両手を使って、雨音の胸を揉《も》みしだく。

「やあ、ん、やだ……離して！　もう、っぁ、しないって……言ったんです！」

必死に訴えると、雪也は雨音の耳を甘《あま》噛《が》みしながら囁《ささや》いた。

「離して？　イケニエは俺の……俺だけのものなんだから、離さない。離れるのだって許さない」

そう言って、雪也は雨音を床に押し倒した。

万歳の格好で雨音の腕を拘束し、胸元から首筋、頬と唇を滑らせていく。

「イケニエは、俺だけを見てればいい」

雪也の顔に、照明の影が落ちる。にやりと腹黒い笑みを浮かべる顔とは違い、どこか冷《ひ》ややかに見えるのは、気のせいだろうか。

（まるで、突然、知らない男の顔になったみたい――）

それが情欲のせいなのか、あるいは他の思惑を秘めているせいなのか。雨音には、区別がつかない。額にはりついた髪を指に絡められ、やさしく口付けられる。その仕種に、とくんと胸がときめいた。雪也は雨音に言い聞かせるように、甘い声で囁《ささや》いた。

「ここまできて、男は途中でやめられない。観念しろ、イケニエ」

「……んっ、ぁ」

雪也は雨音に深く口付け、舌を伸ばす。逃げそうになる雨音の舌を捕らえて、くちゅくちゅと卑《ひ》猥《わい》な音を響かせながら執拗《しつよう》に口内を侵《おか》した。

角度を変えて繰り返される濃厚なキスに、雨音の意識はぼんやりしていく。

息があがり、下腹部に切ないほどの疼《うず》きを感じて、雨音は無意識に足をすり合わせた。

「ふ……ぁん、っあ」

キスの合間に漏《も》れる甘い声に、雪也は満足そうな表情を浮かべる。やがて唇がゆっくり離れていき、ふたりの間にいやらしく銀の糸が引いた。

「ひ、ふぁっ！」

唐突に胸の膨らみを舌でなぞられ、雨音はびくりと身じろぐ。やわらかい唇は雨音の肌をやさしく愛撫《あいぶ》し、次の瞬間、強く吸いあげた。

「ん、やぁんっ……痕《あと》、つくの、やぁ」

ちりっとした痛みに震え、雨音はいやいやと首を横に振る。

けれど雪也は構うことなく、何度も膨らみに赤い花を散らしていった。

「雨音は俺のイケニエなんだ。所有の印を刻《きざ》むのは、主人の当然の権利だろ？」

そう言って、もう片方の胸やお腹にも唇を這《は》わせていく。

その間も手のひらで乳房をやわらかく揺さぶり、そこだけを避けるように胸の先の周辺を指で弄《いじ》られる。

「んぅっ、ぁ……は、ん……」

こらえきれず、雨音の口から声が漏《も》れた。

胸の頂《いただき》だけを触ってもらえないことがもどかしい。けれどそんなことを言えるはずがなく――

「ぁ……ふ、んぅ」

雨音は目に涙を浮かべて雪也を睨《にら》んだ。

「社長は……っん、なんで、わたしに、ぁっ、そんな……いじわる、するんですか？」

「さぁ？　なんでだと思う？」

雪也はふっと笑みを浮かべて、雨音の涙を唇で拭《ぬぐ》う。

右目、左目……さらには、慈しむように両手で雨音の頬を挟んで、唇にキスを落とす。

雪也の行動は雨音を追い詰めるものなのに、キスは驚くくらいやさしくて混乱する。

(だから……なんで、ひどいのにやさしくするの――⁉　雪也さんの、ばかぁ)

何度かやわらかいキスを落としたあとに、雨音は唇を開かされた。そうなると、もう逆《さか》らえない。

雪也の巧《たく》みな舌遣いに翻弄《ほんろう》されて、心まで搦《から》め捕《と》られていく。

「ふ、ンぅ、や、もぉ……ん」

口付けは次第に激しくなっていき、雪也の手が再び胸に伸びる。

その頂を掠《かす》めるように触られたとき、雨音の体がびくんと跳ねた。

「ひゃぁっ、んっ」

キスの間に嬌声《きょうせい》を漏らし、無意識に腰を揺らしてしまう。

雪也はにやりと笑って、雨音の耳元に唇を寄せた。

「ほら、イケニエは、俺にどうしてほしい？　言ってごらん？」

「んっ」

低い声と熱い吐息にさえ反応してしまい、羞恥《しゅうち》で胸が痛む。

（もぉ、やだ、こんなのいっそのこと……ただひどいだけのほうが、ましだから！）

「んぁ、も、いい……いじわるっ、どうでもいいですから、やるんなら、んぅ、終わらせて……早く」

雨音は胸の苦しさをこらえて、ぷいっと顔を背けた。

「早くだなんて……まだはじめたばかりだよ、雨音？」

雪也はそう言うと、雨音の足をぐっと開いて、体を下に移動させる。そして内腿に唇を寄せて、柔肌にもキスマークをつけた。その感触に、悪寒《おかん》みたいな疼《うず》きが雨音の背筋を這い上がる。

「ひゃ、やぅ、ダメぇ！　や、社長……ッ、んっ、それ、しないで！」

けれど雪也はそれに構わず、指先で雨音の秘部の割れ目を辿った。

「っあ、やぁっ、ん……」

嬌声をこらえることができない。その上、内腿にやわらかい癖毛《くせげ》が触れてくすぐったい。

やがて濡《ぬ》れそぼった蜜壷に舌が触れ、組み敷かれた体がびくんと跳ねた。

胸への愛撫《あいぶ》と濃厚な口付けのせいで、淫唇はすっかり敏感になってしまっている。

舌の艶《なま》めかしい動きに体の奥がきゅうっと収縮して、雨音は何度も体を震わせた。

「ゃあ……んっ、はっ」

雪也は、ぴちゃぴちゃと水音を響かせながら雨音の蜜壷に舌を這《は》わせる。

室内に淫靡《いんび》な音と雨音の嬌声《きょうせい》が響いた。

やがて顔を上げた雪也が、唇をぺろりと舐《な》めて言う。

「しないでじゃないだろ？　こんなに感じてるくせに」

敏感な場所に雪也の息がかかり、それだけで雨音は反応してしまった
「んっ、はぁ、や、だっ……て、びくびくしちゃ……うの、やだっ」

頭の芯が甘く痺《しび》れて、息が乱れる。雪也がそこを唇で吸いあげるたび、官能の波が大きくうねって、頭が真っ白になってしまう。

(変だ、わたし。この前よりなんかすごく、ざわざわしてる)

先程のデートで、ときめいたせいだろうか。

気持ちが妙に昂《たか》ぶって、性感帯を刺激されるとすぐに感じてしまう。

「ぁっ、んっ、は、早く、終わらせてくれないと、やだっ。んぅ、おかしくなりそう、だから、お願いっ」

痛みでも苦しみでもいいから、すがれるものが欲しい。すべて攫《さら》われてしまいそうなこの感覚か

ら逃れたい。そう思って、雨音は身悶《みもだ》えながら雪也の髪に手を伸ばした。

「いいよ、おかしくなって。かわいい雨音が、乱れたところが見たい」

足を大きく開かされて、再び敏感になったところを舌につつかれる。その感触は気持ち悪いはずなのに、快感が湧き上がってくる。雨音はぶるりと身震いした。

「や、んっ……社長、舌、っや、やだ……き、汚いし、ダメ。い、挿《い》れるなら、は、早くすませて、くれれば、んっ、いいから！」

「早くすませるなんて、楽しくないだろ」

必死に訴えたのに、あっさりと切り捨てられ、敏感な場所を強く吸われる。

「やぁっん！　うぅ……だって」

雨音は胸の苦しさに呻《うめ》く。

その間も雪也は、「んん……」と、まるで雨音の秘部を味わうような声を漏《も》らした。

艶《なま》めかしい舌戯に感じさせられながら、雨音はどんどん高められていく。

（なんで、こんなこと……するの？）

どうにもできずに、雪也にされるがままになっていると——

「……雨音？　さっき、大峰麗になにを言われた？」

急に雪也が尋ねてきて、雨音はぎくりと固まった。驚いて、心臓が飛び出しそうになる。

なぜ、このタイミングで聞くのだろう。雪也の声はなだめるような口調なのに、どこか鋭《するど》い。

（誤魔化《ごまか》すのは……無理かも）

「な、なにも……ちょっとした、社長室の消耗品の話だけで」

息を乱しながら答えたけれど、もちろん嘘だ。

『あの方はわたくしの旦那さまになるんですからね』

(だって……あんなの、わたしには関係のないことだし……)

ぷいっと顔を背けて、唇を尖らせる。そんな雨音の態度に、会話を続ける気がないとわかったのだろう。

「本当に意地っ張りだな、雨音は」

やさしい表情で笑った雪也に、心がぐらぐらする。

——本当の社長は、どっち?

やさしい雪也と、雨音を追い詰める雪也。

(どっちが、本当の雪也さんなの……?)

けれど考えても答えはわからず、雨音は拗《す》ねた口調で言った。

「ど、どうせ……わたし、かわいくないから!」

「頑固《がんこ》だし意地っ張りだとは思うが、かわいくないとは思わないぞ、イケニエ」

雨音をからかうように笑って、雪也は起《た》ちあがった淫芽を舌先で刺激する。

「やっ、あぁ……ッ!」

痛いくらいの快楽が、下肢の狭間から背中を這《は》いあがる。

(ダメ。やだ、本当に、おかしく……なっちゃう!)

感じるところをちゅっと吸いあげられ、雨音の体は痙攣《けいれん》したみたいにびくびくと跳ねる。

「気持ちよくなって、溺れるだけ溺れればいい」

追い打ちをかけるような雪也の低い声に、体の奥が反応した。

(そんな、声、出さないで)

雪也の言葉に、雨音の胸は苦しくなる。

雪也は体を起こして雨音の耳元に唇を寄せ、低く囁《ささや》いた。

「雨音は俺のイケニエなんだから、体も心も俺のものに決まってる。俺のことしか、考えられなくなればいい」

——イケニエなんだから。

それは、そうなんだけど、でも……

雪也にとって、雨音は単なるイケニエにすぎないのかもしれない。けれど雨音にとっては——？

支配されたとしても、せいぜい体だけ。気持ちは雨音のものに決まっている。

だから雨音は、雪也の首に腕を回して、しがみつきながらも首を振る。

「へぇ……？」

よくそんなことを言えるな、と言わんばかりの冷《ひ》ややかな声に、ざわりと肌が粟立《あわだ》った。

雪也は再び体を下に移動させ、舌を秘部に這わせる。蜜を零《こぼ》す膣道がぎゅっと収縮して、熱い疼《うず》きが雨音の脳天を襲った。

「ひゃ、あぁん……ッ」

こらえきれず、鼻にかかった甘ったるい声をあげた瞬間——雨音のなかを、悪寒《おかん》のような快楽が駆け抜けた。

「ふ、あぁぁ……」

どきどきと鼓動が高鳴り、体から力が抜ける。やがて、頭が真っ白になった。

(気持ちよく……溺れちゃった。わたし)

雪也の言うとおりになってしまったことは、少し癪《しゃく》だった。けれど、そんなことがどうでもよくなるくらい気持ちいい。

「ん……もぉ……終わり？」

思わず、舌っ足らずに問いかける。気怠《けだる》さを感じ、雨音はこのまま眠ってしまいそうだった。雪也の体が離れたと思ったら、床に黒い浴衣《ゆかた》が落ちてきた。

ぼんやりと見上げると、裸になった雪也にそっと抱き起こされる。

アップにした髪を解かれて、ふっと雨音の口元が緩んだ。さわさわと髪のなかに指を差し入れられるのは、とても気持ちいい。

「終わりって……これからだぞ？　まだ寝かせないからな」

うっとりと目を閉じようとしていたとき、即座に言われた。

雨音が言葉に詰まっていると、ふわりと体が宙に浮く。

「あ、れ？」

驚いて、雪也をじっと見つめた。

「汗かいたし、体が冷えてる」

「ん……社長だって」

ふわふわした感覚のまま雪也の首筋に手を回すと、汗ばんで髪が湿っているのに、肌はひんやりしていた。

「雨音が変に暴《あば》れて、お風呂になかなか入れてくれないからだろ」

意地悪そうな笑みを浮かべて言った雪也を見たとき、雨音はむっと顔をしかめる。

「わ、わたしのせい!? 社長が悪代官みたいな遊びをはじめるからじゃないですか！」

先ほどまでの夢見心地な気分から、はっと目が覚めたようだった。

「イケニエは、俺の遊びにつきあって当然だろ」

「……暴君めぇぇ」

「なにか言ったか、イケニエ？」

「う、や。なんでもないデス。遊びですね。はい、承知しました！」

河原にいたときみたいに、軽く体を振り回されかけて、雨音はあっさり白旗をあげる。

（別に、負けて悔《くや》しくなんて、ないんだから！ そもそも、はじめから負けて当然の戦いなんだし！）

圧倒的権力を持つ暴君にたてつくには、雨音はあまりに庶民すぎる。

特技があるわけでもないし、特別、美人というわけでもない。うん。仕方ない。

そんなふうに自分に納得させていると、雪也は雨音をお姫さま抱っこしたまま、湯船に入る。

「ふぅー……気持ちいい」

広い湯船につかるのは、どんな状況でも気持ちいい。雨音がうっかり安堵していると、くつくつと笑う声が聞こえた。

「雨音は本当に……天然だって言われるの、わかるよ」

「う、や、だから、それとこれとは別というか。ここのお風呂、広くて装飾も素敵だし、つい」

（いや、うん。ダメだ。いまのは笑われても仕方なかった。でも気持ちよかったんだもん）

ふと視線を逸らすと、大きな窓の外には、暗い川が広がっていた。

さっきまで雪也といた川沿いに、まだ点々とぼんぼりの灯りが残る。それを目にしたとたん、幻想的な祭りの空気が急によみがえった気がした。

「お祭り、楽しかったですね」

「さっきは終わるのが淋《さび》しいとか言ってなかったか」

「だって、お祭りが終わるときの物悲しさは、ちょっと独特だから……ふぇ？　待って社長、んっ、くすぐった……ッ」

雪也の大きな手が雨音の髪を掻《か》きあげ、うなじには唇が這《は》う。雨音はびくんと首をすくめた。

「っ、突然首に触れるから、変な声が出ちゃったじゃないですか、社長、わ……やぁ、ん」

苦情を言う間にも、雪也の手は雨音の胸の膨らみに触れる。脇の下から胸の膨らみへ、まるでマッサージをするようにやさしく撫《な》でられた。一度達しておさまった疼《うず》きが、また体の奥でびくびくと湧きあがる。

「いいよ、声をいっぱい出して……。ほら、お湯のなかでもはっきりわかるくらい、雨音の胸の先、固くなってきてる。感じてるんだろ？」

雪也の低い声が、耳元で甘く響く。

思わず、はふ、と熱い吐息を漏《も》らすと、顎《あご》に手をかけられる。

(ダメ。本当に、溺れちゃうから……待って)

「ふ……ンぅ」

わずかに残っていた理性は、すぐに吹き飛んでしまった。顔を上げさせられて、深く口付けられる。

舌と舌の絡まり合う音がバスルームに響き、雨音は昂《たか》ぶっていく。

「この間は、初めてなのに少し無理やりだったから……今日はやさしくしようか？」

太腿を開かされ、雪也の指先が狭隘《きょうあい》な場所を探る。お湯のなかでもはっきりと粘りのある蜜が零《こぼ》れてくるのがわかって、ひどく淫《みだ》らに感じた。

「ふぁ……ッ。やさしくって……い、いらない……んっ、ひゃん！」

雨音のなかに指を入れながら、雪也はときおり陰唇《いんしん》を撫でる。そのたびにばしゃばしゃと水音が立つくらい体が跳ねて、雨音は本当に溺れてしまいそうだった。

「っと、危ないな……雨音？　気持ちいい？」

お風呂のなかでなだらかな段になっている場所に座らせられ、頭を浴槽の縁にそっと置かれる。

ざわざわと掻《か》き立てられるような官能が、もっともっとと体の奥で痛いくらい疼いていた。

「……ん、気持ち、いい、です」

雪也に触られて、あやすように髪を撫《な》でられると、うっとり目を閉じてしまう。

「ん、ぅ……」

深いキスが落ちてきて、雪也の舌に口腔《こうこう》を蹂躙《じゅうりん》される。さらに胸の膨らみも刺激されて、雨音は思考を奪われていく。

(こんなの……はしたないって思うのに)

気持ちいい、と自ら言ってしまうなんて——

浴槽の縁でくたりとなったまま、雪也の手に弄《もてあそ》ばれる。

「ん……ひぅ……ッ。やっ、んあっ、しゃ、ちょう……やぁ、それ!」

敏感な場所を責めたてられ、雨音はびくんと体を震わせながら雪也にしがみついた。

「なにが、いやなんだ?」

くすくす笑いと共に、雪也は舌を伸ばす。雨音の硬くなった胸の蕾《つぼみ》を、転がすみたいにして舐《な》める。その執拗《しつよう》な愛撫《あいぶ》に、雨音はただ嬌声《きょうせい》をあげることしかできない。

「んぁっ、やぁっ……あんっ」

体が淫《みだ》らに跳ねて、じりじりとひりつく疼《うず》きに翻弄《ほんろう》されていく。

向かい合っていたから、雪也の肉棺が硬く起《た》ちあがっていたのは、ずっと見えていた。雨音の太腿を抱えあげて、肉棺で陰唇《いんしん》の周りをくすぐっていたのもわかっている。

だけど、雨音の体が震えて快楽の波が大きくなると、雪也は動くのをやめてしまう。お預けを食らった体は、熱い疼きを抱えたままでもどかしい。

「もぉ、やぁ……社長、ひど、い」

雨音は雪也に焦らされているのだと気づき、身を捩《よじ》らせた。

「んっ、あっ、社長のいじわる……も、いいです。体、んぅ、洗うから、離してください！」

そう叫んで、体を起こそうとした。でも雪也は雨音の膝を開いて、膝頭で淫唇にそっと触れる。

「ひ、ゃあっ、……はな、してって……ふぁッ」

逃れようと腰をくねらせると、逆に感じるところを雪也の膝にこすりつける羽目になってしまう。

「名前を呼んでくれたら、いいよ？　雪也って呼んでおねだりしたら、気持ちよくイかせてあげる」

「な、なにバカなこと言って……ふぁ、んっ、ダメぇ……ッ。そこ、やぁ！」

硬くなった胸の蕾《つぼみ》を、くすくす笑われながら弄《もてあそ》ばれる。びくんと体が跳ねて、また雪也の膝に秘部がこすれる。

「やぁ……社長、んっ、膝どけて……ッ」

「『社長』ね……雨音はその意地っ張りなところを直したら、もっと楽になれると思うけど？」

そんなこと、雨音にだって本当はわかっている。それに――

(雪也さん……のバカ)

眩暈《めまい》がするほどの快楽のせいだろう。実のところ、雨音はさっきから何度も名前を呼んでしまいそうだった。

（でも、柊城一族とか、理解できないもん。ホテルに入るのに、秘密の通路使っちゃうんだよ？取る部屋はスイートルーム。街を歩いたら、みんなが知ってる有名人で……）

そんな人を、これ以上好きになってどうするの――雨音のなかで、そんな声が響く。

そう、雨音は雪也に恋している。本当はわかっていたのに、気づかないふりをしていた。

「雨音？　体が疼《うず》いて、辛いんじゃない？」

「……言わ、ないから」

ふるふると首を振って、衝動をこらえる。雪也は、「ふぅん」とつまらなさそうな声で言うと、雨音の首筋に顔を埋めた。

唇が肌に触れる感触に、お腹の奥がきゅんと疼く。雪也の癖《くせ》っ毛《け》が肌を撫《な》で、唇が離れていくと切なくなり、雨音は眉根を寄せた。

（キス、してくれれば、いいのに）

熱い吐息を漏《も》らしながら、色素が薄い雪也の瞳をじっと見つめる。

「そうやって潤《うる》んだ目で見られると、誘われてるとしか思えないんだけど……雨音？」

「さ、誘ってなんか、ない」

「嘘つき」

雪也の顔に見蕩《みと》れていたのを認めたくなくて、ふぃっと目線を逸《そ》らしたところに容赦ない一言がかけられる。

（嘘つきって、嘘つきって……）

「さ、誘ってるのは、社長のほうじゃないですか！」

雪也は頬骨の高い男らしい顔でまっすぐこちらを見つめ、どこか甘えたような、ねだるような声で、雨音を追い詰めていく。

(ずるい。こんなの)

どうしたって、ときめかずにいられない。なのに突きつけてくるのは、簡単に『ＹＥＳ』と言えないようなことばかり。

「……誘われてるって自覚があるなら、おとなしく従ってみたら、どう？」

「な、なんでわたしが！　もういいって言ってるんです！　離してってば」

雨音は雪也の声に顔を真っ赤に染め、両手で筋肉質な胸を押しのけようとした。

「本当に、雨音は落ちそうで落ちないんだから……」

そう言った雪也は、雨音の唇に深く口付ける。

「ん、ぅ……」

奥まで雪也の舌に侵《おか》され、キスの合間に甘い声が漏れた。

「ンンっ……や、ぁ……ふぁ、ん！」

ふるふると首を横に振る。なのに体を抱きしめられて口付けられると、容易に逃れられない。

舌を搦《から》め捕《と》られて、弄《もてあそ》ばれ――やがて雪也の骨ばった指が、雨音の背中を滑った。

びくりと体の奥が疼く。ぬるぬるとした淫《みだ》らな蜜が、下肢の狭間から溢《あふ》れてくるのがわかる。

快楽の頂点を感じたいのに、ずっとこのままでもいたい気がして――もどかしさと切なさに、雨音の目には涙が浮かんだ。

「ほら、もう雨音の膣内《なか》は、ぐしょぐしょになってる。感じているんだろ？」

長い指先が秘裂をまさぐり、媚肉を分けいって蠢《うごめ》く。急速に熱が集まり、官能の火が燃えあがった。

「ふぁ……やぁ、んっ、あぁんっ！　だっ。さ、触らないで……んぅ、社長のばかぁッ！」

びくんと体が跳ねて、悪寒《おかん》みたいな感覚が背筋を走る。なのに、愉悦《ゆえつ》は最後まで与えられない。

雨音のまなじりから涙が零《こぼ》れた。頬を伝《つた》う涙を、雪也の唇がやさしく拭《ぬぐ》う。

「あっ、やだ、もう、そーゆーことも、しないでッ」

けれど、雪也は雨音をぎゅっと抱きしめてくる。濡《ぬ》れた筋肉質な胸に頭を押し当てて、雨音はぎゅっと唇を引き結んだ。もっと非難したい。なのに雪也の規則正しい鼓動が聞こえてきて、安心してしまう自分が悔《くや》しい。

「仕方ないか。今日はやさしくするって決めてたから……いいよ、もう。――名前はいいから、欲しいって言ったら許してやる」

「え」

唖然としていると、雪也の舌が再び雨音の口腔《こうこう》に入ってきた。

「んんっ」

舌先が歯列を辿る感触に、得も言われぬ甘い痺《しび》れが広がっていく。

くちゅくちゅと舌の絡み合う音が浴室に響き、雨音の息は乱れた。

「つあ、ふぅ……んっ」

まるで電気が走ったかのような愉悦を感じる。気がつくと、雨音は雪也の首に腕を回して、深い口付けを受け入れていた。熱い肌が触れ合い、恥ずかしいのに心が満たされていく。

(変なの、わたし……口付けられると、雪也さんのひどいとこ、全部許してしまいそう)

銀色の糸を引いて唇が離れたあと、もっと、とねだりたくなるほどの切なさに呻《うめ》く。

「ほら、イケニエ。『欲しい』って言ってごらん?」

「やあっ、社長の、いじわる! ドS《えす》!」

そんな罵りが雨音の口から飛び出した。

(雪也さんの端整な顔、格好よくなんかない! 腹黒だ。腹黒大魔王だ!)

負け犬の心地で雪也を睨《にら》みつけていると、不満を感じとられたらしい。

「んー? 雨音はこのままずっと、お預けを食らったままでいるほうがいいのかな?」

そんなひどいことを言いながら、うなじをさわさわと掻《か》きあげてくる。

「はっ、ん、社長は……や、やさしくしてくれるって、さっき、言ったくせに……ッ!」

再び涙の浮かんだ雨音の目に、やさしいキスが落とされる。

「わかったよ……イケニエが拗《す》ねたところがかわいいから、許してやる」

そう言って、雪也は雨音の秘裂をそっとなぞった。

「やあっ、ん!」

「これだけ濡《ぬ》れていたら、大丈夫だろ」

そして硬く起《た》ちあがった怒張《どちょう》が、淫蜜に溢《あふ》れた秘裂に割って入ってきた。

「ひゃ、あ……お、大きいの、無理。やぁっ、んっ！」

まだ一度しか肉茎を受け入れたことがない場所は、狭隘《きょうあい》なままだ。いくら蜜が溢れていても、ひと息に受け入れるのは辛い。

雨音が身を固くしていると、苦しそうな声が耳に届いた。

「欲しがってる、みたいだから、挿《い》れたのに……挿れたら挿れたで『無理』？　贅沢《ぜいたく》だな」

「だっ……て、ひゃ、う……無理……なの！　んあっ、お願い、抜い、て」

「んー……それは俺も無理。雨音、息止めたら、きつい……力、抜いて？　大丈夫だから……ね？」

雪也は雨音をあやすように、背中を撫《な》でる。そして口付けを落とし、雨音の舌をやさしく吸いあげた。

「ふぉぁっ、ん……ぁん」

甘いキスに、雨音は思わず目を閉じる。そして次の瞬間――

「んっ、やぁ……んっ！」

膣道の奥に雪也のものが入ってきて、甲高い嬌声《きょうせい》があがった。

入らないし、無理。

そう思っていたのに、一度膣内《なか》におさまってしまうと、雪也の肉槍の先端が感じるところを掠《かす》めて、思考を吹き飛ばしてしまった。

「はぁ……っん」

「ほら、大丈夫だったじゃないか」

「ち、違……やん、動かな……ひぅ」

雪也が雨音の前髪を掻《か》きあげて、額にキスしながら動く。そのたびに、泣き出しくなってしまう。

びくびくと与えられる愉悦《ゆえつ》の波に、頭が真っ白になっていく。

「ふ、あっ、ゃん……あぁっ……」

気がつくと、太腿を抱えられていた。その格好で突きあげられると、雪也の荒い息が間近に感じられる。

「んっ、あん、しゃ、社長……」

掠れた声で呼びかけたとき、やさしいまなざしと視線が絡んだ。

「な、に？」

問い返された声も、思いがけず掠れていた。とくん、と胸がときめく。

雪也は、雨音に口付けてくる。目を閉じると舌先を絡められ、ざわめく官能はどんどんと膨れあがるばかり。

肌と肌をしっかり合わせていないと、意識が吹き飛んでしまいそうだった。

ふたりの体が動くたびに、ばしゃばしゃと水音があがる。性急にも思える律動は、誰かが聞いているわけでもないのに、恥ずかしかった。

「……ね、雨音？　気持ちいい？」

「っ、んっ……しゃ、ちょう、こそ、どうなん、です？」

そう聞き返したとき、ずずっと最奥を突かれた。

「ひぁっ、んっ……ッ！」

びくんと背を仰《の》け反《ぞ》らせて、鋭《するど》い快楽に呑みこまれる。

「ゃあッ、んっ……も、だめっ」

雨音は雪也の首にしがみついて、早くとねだるように、鼻にかかった声で訴えた。

「雨音のなかが、もっとって絡まりついてくるから、気持ちいいよ？　もっとこうして楽しんでいたいくらい、だけど、もう……俺も限界……っ」

（なに、が……？）

雪也の苦しそうな声の意味が、雨音にはよくわからない。ただ高まったり静まったり、波のようにうねる官能に翻弄《ほんろう》されて、びくびくと体を震わせるだけ。ぎゅっと目を閉じたまま荒ぶる快楽に耐えていると、そっと瞼《まぶた》に口付けられた。雪也の熱いため息が頬を撫《な》でる。

「まぁ、いいか……。雨音の体にいっぱい俺の痕《あと》をつけたしね。いっぱいいじめて、いっぱい感じさせて……俺のことを刻《きざ》みつけたから、いいよ。もうイかせてあげる」

そう言うと、雪也は抽挿《ちゅうそう》を速めた。

「やぅ……あっ、あっ、んっ、ゃぁん！」

出し入れのリズムに合わせて、短い嬌声《きょうせい》が止まらない。

（なんか、わたし、雪也さんに甘えてるみたいな声、出してる）

なぜだろう。淫《みだ》らな行為をしていること以上に、媚びた声が恥ずかしいなんて。

（雪也さんに媚びているの、認めたくないだけかもしれない……ずるいんだ、わたし）

きっといろいろなものを取り払ったら、雨音の本心だって麗お嬢さまと大差ない。

――わたしだけ、見て？

「んっ、あっ、早く、欲し、ぃ……っ」

渇ききったのどが、ひくりとひきつった。

そのぐらい必死に恥ずかしさをこらえて、雪也の言ったとおりのおねだりをする。

（イケニエだから、いいの。ご主人さまに媚びておねだりするようにって、命令、なんだから）

まるでのぼせたのかと思うくらい顔が熱くなって、雨音は精一杯だった。

「へぇ……イケニエは、よく訓練されてきたみたいじゃないか？」

「ひゃ、あぁん……社長、お願い早く……！」

肉茎のくびれが膣内の感じるところを掠めて、雨音はびくびくと身震いした。いまにもイきそうな雨音に、雪也は髪を撫でながらささやく。

「もう……逃がさないよ、俺のかわいいイケニエ？　逃げようなんて欠片《かけら》も思わなくなるくらい、俺のことばかり考えさせてあげる。心も体も縛りつけてやるからな……雨音？」

まるで呪いのような言葉なのに、雨音はうれしくなってしまった。

「あ……ふぁんッ……も、ダメ……社長、わたしっ……ッ」

ぐぐっと奥を突かれ、快楽の波が押し寄せてくる。雨音は張りのある胸を揺らして、大きく体を跳ねさせる。雨音は、真っ白な恍惚に蕩《とろ》けさせられてしまった。

（雪也さん――好き）

雨音は心のなかで、そっと呟《つぶや》く。

肌を重ね合わせていると、なおさら想いを強く自覚する。ほろ苦くて甘い。

雨音は次から次へと湧き起こる切なさをこらえて、雪也にぎゅっとしがみついた。

「はっ、んんっ……やぁっ、ん……」

「つく……」

その瞬間、雪也もまた抱きしめてくれたと思ったのは、雨音の気のせいだろうか。

（雪也さん――）

雨音はもう一度、心のなかで雪也の名前を呟きながら、真っ白な世界に意識を手放した。


骨ばった男らしい手が、雨音の髪をやさしく撫《な》でる。激しい抽挿《ちゅうそう》のあと、雪也が果てると同時に雨音は意識を失った。今は雪也の腕のなかで、規則正しい寝息を立てている。

「……みっともないくらい振り回されているのは、俺のほうなんだけどな……雨音？」

そっと口付けて、眠る雨音に甘い声で愛《いと》おしそうに囁《ささや》く。

「好きだよ……雨音」

雪也はにっこりと微笑んだ。

エピローグ　イケニエのキモチ

雨音がうっすら目を開けると、すぐそばに雪也の端整な顔があった。

（あれ？　雪也さんだ……なんで……夢？　あ、そうかスイートルーム……）

雨音は雪也の顔に手を伸ばして触れてみた。雪也は眠っていて、起きる気配はない。いつも主導権を握っている雪也に好き勝手に触れることができて、雨音はうれしくなる。

「んん……」

そうやって遊んでいたら雪也が身じろいだ。ぎくりとして様子をうかがうと、雪也は変わらず寝息を立てている。ほっとしたものの、雨音の目はすっかり覚めた。

昨夜、お風呂場で行為をしたあと、雨音は気を失ってしまったようだった。ふと自分の胸元に目を落とすと、バスローブの隙間から赤紫色の痕がいくつも覗《のぞ》いている。

どうやら雪也がバスローブを着せてベッドまで運んでくれたらしい。

雨音は、穏やかに眠る雪也の顔をじっと見つめて考えた。

雨音はずっと、奥手だなんだと友だちにからかわれてきた。けれども雨音だって、本当は彼氏が欲しかったし、恋に憧れていた。

なのに、周りの友だちのようにはうまくいかなくて――

友だちに紹介してもらった同じ大学の人とつきあってみたものの、すぐに別れてしまった。それからは、雨音の身長に対するコンプレックスはひどくなるばかりだった。

一七四センチもある自分と、つきあってくれる人はいるのだろうか。

もしかしたら――自分は処女のまま、結婚もできないかもしれない。

そんな悩みを抱えていたときに、雪也と出会った。

雪也が雨音を家まで送ってくれたとき、見知らぬ人なのになんで送ってくれるんだろう、と訝《いぶか》しく思いながらも、彼の身長の高さにときめいてしまった。

あるときには、公道で抱きしめられて――

一生に一度あるかないかの、とびきりのシチュエーションだった。

でもいまとなっては、身長はただのきっかけにすぎなかったとわかる。

雪也の表情や仕種、それに声にも、雨音はときめいてばかりいたから。

それに昨日は七夕のお祭りデートにも連れ出してくれて、うれしかった。男性と指を絡めながら歩いたのは、初めてだ。

『雨音の初めては、これからすべて俺のものだって言ったんだよ？』

そんな雪也の声がよみがえる。

初めてのキス――

初めて男の人に下着を見られて胸を触られ、服や下着を送られて、初めて抱かれて――

考えれば考えるほど、思い知らされてしまう。初めて会った夜から、雨音は雪也の仕掛ける罠に、どんどん嵌《は》まっていったのだと。

雨音は、すっかり雪也に囚われている。

(わたし、本当は、雪也さんが好き)

心のなかで呟いて、雨音はすぐそばにある温かい体に身を寄せた。

雨音の試用期間は、あと少しで終わる。そのとき、正社員登用されるかどうかは、まだわからない。だけど――

(イケニエでもいいから、ずっと雪也さんのそばにいたい)

――いつかきっと、イケニエじゃなく……恋人として隣にいられたら……

そんな想いを胸に、雨音はふっと微笑んだ。

――いまはまだ、暴君社長さまのイケニエの羊にすぎないけど……

ふわりと雪也の甘い香りが鼻先をくすぐる。雨音はその香りに包まれて、とても幸せな気分になった。

恋愛小説「エタニティブックス」の人気作を漫画化!

Eternity COMICS

エタニティコミックス第11弾!

EC Eternity COMICS

ラストダンジョン

漫画
難兎かなる
Kanaru Nanto

原作
広瀬もりの
Morino Hirose

めていた会社をクビになり、
然自失で帰宅したところ、
パートの立ち退き話を切り出された梨実《りみ》。
いで新しい住み家を探さなければと
れた不動産屋で突然、
知らぬ男に声をかけられる。彼は
君が望む物件をすぐに用意する、ただし夫付きで」
、契約結婚を持ちかけてきて……!?

判　定価：640円+税　ISBN 978-4-434-19502 1

幼なじみの王太子に想いを寄せる子爵令嬢ユリアナ。けれど自分は彼に不釣り合いだと恋を諦めている。そんなある日、王宮で開かれたお茶会で、ユリアナは媚薬入りのショコラを食べてしまった！　そこに現れた王太子が、彼女の淫らな疼きを慰めてくれようとして——？　心も身体もとろける濃厚ハニーラブファンタジー！

定価：本体1200円+税　　Illustration：ロジ

藍杜雫（あいもり しずく）
趣味で書いていた小説を、ふと思いたって投稿。2012年に出版デビューに至る。2013年からWebにて恋愛小説の発表をはじめる。

イラスト：倉本こっか

本書は、「ムーンライトノベルズ」（http://mnlt.syosetu.com/）に掲載されていたものを、改題・改稿・加筆のうえ書籍化したものです。

イケニエの羊《ひつじ》だって恋《こい》をする!?

藍杜雫（あいもり しずく）

2014年10月31日初版発行

編集－見原汐音・宮田可南子
編集長－塙綾子
発行者－梶本雄介
発行所－株式会社アルファポリス
〒150-0013東京都渋谷区恵比寿4-6-1恵比寿ＭＦビル7F
TEL 03-6277-1601（営業） 03-6277-1602（編集）
URL http://www.alphapolis.co.jp/
発売元－株式会社星雲社
〒112-0012東京都文京区大塚3-21-10
TEL 03-3947-1021
装丁イラスト－倉本こっか
装丁デザイン－ansyyqdesign
印刷－中央精版印刷株式会社

価格はカバーに表示されてあります。
落丁乱丁の場合はアルファポリスまでご連絡ください。
送料は小社負担でお取り替えします。

ISBN978-4-434-19871-7 C0093